JN336953

漱石と近代日本語

田島優
Masaru Tajima

翰林書房

漱石と近代日本語◎目次

第一章

近代日本語資料としての漱石作品

（前略）君が生涯は是からである。功業は百歳の後に価値が定まる。百年の後誰か此一事を以て君が煩とする者ぞ。君若し大業をなさば此一事却つて君が為めに一光彩を反照し来らん。只眼前に汲々たるが故に進む能はず。此の如きは博士にならざるを苦にし、教授にならざるを苦にすると一般なり。百年の後百の博士は土と化し千の教授も泥と変ずべし。余は吾文を以て百代の後に伝へんと欲するの野心家なり。近所合壁と喧嘩をするは彼等を眼中に置かねばなり。彼等を眼中に置けばもつと慎んで評判をよくする事を工夫すべし。余はその位な事がわからぬ愚人にあらず。只一年二年若しくは十年二十年の評判や狂名や悪評は毫も厭はざるなり。如何となれば余は尤も光輝ある未来を想像しつゝあればなり。彼等を眼中に置く程の小心者にはあらざるなり。彼等に余が本体を示す程の愚物にはあらざるなり。彼等が正体を見あらはし得る程な浅薄なものにあらざる也。余は隣り近所の賞賛を求めず。天下の信仰を求む。天下の信仰を求めず。後世の崇拝を期す。此希望あるとき余は始めて余の偉大なるを感ず。君も余と同じ人なり。君の偉大なるを切実に感じ得るとき這般の因果は紅炉上の雪と消え去るべし。勉旃々々

十月二十一日夜十一時池上より帰りて　　　　夏目金之助

森田白楊様　　　　（明治三十九年十月二十一日　森田草平宛書簡）

（前略）ともかくも僕は百年計画だから構はない。近頃大分漱石先生の悪口が見える。甚だ愉快である。わる

く云ふ奴があれば直に降参させる丈の事である。僕のわる口を申すものが先非を後悔する迄是非長命であればよいと思ふ。僕読売の日曜文壇をたのまれた。竹越の与三さんが主筆になるので僕を指名したのださうだ。僕も中々流行児だ。はやつてもはやらなくつても百年後には僕丈残るのだから安心なものだ。

（明治三十九年十一月十七日　松根東洋城宛書簡）

二通とも漱石から門下生への書簡である。ともに明治三十九年のものであり、西暦に直すと一九〇六年になる。明治三十九年は前年から書き始めていた『吾輩は猫である』を完結させ、また『坊っちやん』を執筆した年である。漱石が予言した通り、百年後の現代において漱石は近代の作家の中で日本人が一番親しみを抱いている作家になっている。漱石が作品の中で述べようとしたことは、多くの作品が現代でも読み続けられていることからもわかるように、通用していると考えられるが、そこに用いられていることばはこの百年の間に変わってきている。そのため、漱石の作品を読むには現代では注釈が必要であると言われている。その原因の大半は文化の変化によるものと思われる。この百年間は、それまでの百年間とは違い、生活様式を大きく変化させている。そのために当時の習俗等がもはや理解できなくなっているのである。漱石は『虞美人草』以降、作品を朝日新聞に掲載している。そこには、同時代の人々にとっては馴染みのある物を多く描写している。文化が大きく変わってきていることから、その時代背景が分からなければ理解できないことも多くなってきているのであろう。明治以降の文化の変容に伴い、ことばもともに大きく変化してきているのである。

本書は、明治時代以降の近代日本語の動きを、夏目漱石の作品に使用されていることばから見ていくものである。近代日本語の歴史を扱うのに、なぜ漱石なのか、疑問を持たれるかもしれない。後で詳しく述べるが、漱石の生きた時代、また漱石の活躍した時代が近代日本語史において大変興味のある時代であること。また、漱石の作品群についての資料、すなわち原稿・初出・単行本などが他の作家に比べて容易に見られること。そして作品についてのデータベースが存在していて、用例が検索しやすいことなどが挙げられる。これらのことは日本語研究にとって大変ありがたいことである。また漱石自身についていえば、漱石の作品は同時代を舞台とするいわゆる現代小説であり、その当時のことばが反映されていると考えられること。そして、漱石の創作活動が十二年間という短い期間であり、言語の動きにおいて大きな変化が見られないと思われることである。ただしこれから見ていくように、この短い期間にもおいても実際には様々な変化が見られる。

このようなことも挙げられるが、それよりも大きな理由は、先に述べたように日本人にとって漱石は一番よく知られている作家だということである。漱石の作品を実際には読んだことがないかもしれないが、作品名だけは知られている。そのような漱石の作品を扱うことによって、学生や日本語に興味を持っている人々が日本語の歴史という学問分野に入りやすいと思われる。

それでは、近代の日本語を扱うにあたって漱石のことばだけでよいのかという疑問が提出されるかもしれない。ある時代のことばには様々な社会の人々のことばが存在する。すなわちある時代のことばといっても実際には様々な位相による混在したことばによって形成されていることは当然なことである。このことは、江戸末期の式亭三馬の『浮世風呂』や明治初期の仮名垣魯文の『安愚楽鍋』などの多くの人々が登場する作品からも知られていることである。しかし、それらのことばをもとにそれぞれの位相に戻すことは困難な作業になるであろう。それよりは、様々な人々の様々な個性を排除し、あくまでも限られた層におけることばを扱うことによって、位相のノイズを除去できると思われる。ただし、除去しすぎて見えて来ない部分も多いかと思う。漱石の作品で扱われる階層は主として上層階級であることから、ことばの変化の時期が下層階級よりもどうしても遅れてくる。しかし、上層階級で使用されていることはその語あるいはその語法の広い定着を意味していよう。このような限られた層のことばであるという問題点が存するが、入り口としてまず漱石から入り、それから同時代の他の作家についても、また漱石の前後の時代にも広げていけば、近代日本語の実態が次第に明らかになっていくであろう。

第一節　「嗽石」か「漱石」か

1　署名をめぐって

『坊っちゃん』は明治三十九年四月に『ホトトギス』九巻七号の附録として発表された。幸いにその原稿が残っており複製が出されている。まず一九七〇年に番町書房から原寸大の大きさで刊行された。最近では『直筆で読む

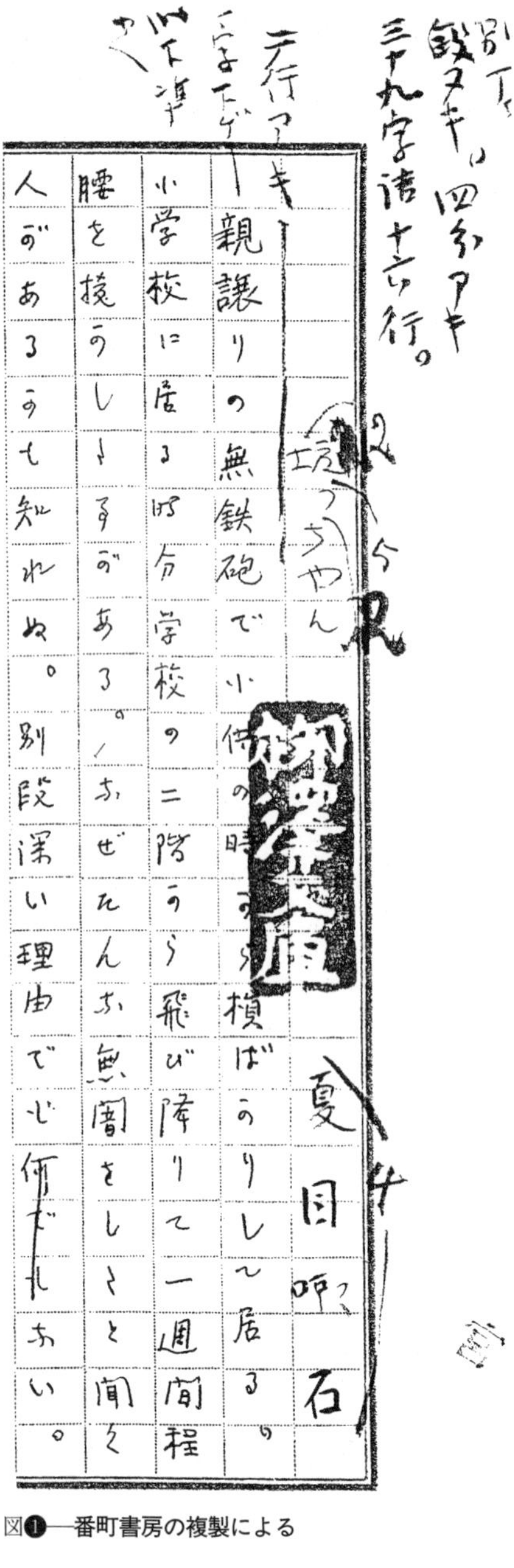

図❶——番町書房の複製による

「坊っちゃん」』（二〇〇七年　集英社）という新書版で刊行され、容易に見ることができるようになった。その原稿の第一紙（図❶）の最初には、「坊っちゃん」というタイトルの下に「夏目嗽石」と署名されている。「夏目漱石」とはなっていない。タイトル並びに本文はペンで書かれているのに対し、この署名は筆で書かれている。その字形から判断するところでは、この署名は漱石の自筆ではなく他の人によるものと考えられる。たとえば紅野敏郎氏は番町書房の複製本の解説で次のように述べている。

「漱石」と書くべきところを「嗽石」と署名されている。自分で自分の名を間違って書くはずはない。字体などからみても、漱石みずからが書いたのではなく、たぶん、「ホトトギス」編集部のほうで書き込んだものと思われる。

また荒正人氏は『漱石文学全集』第二巻（一九七〇年　集英社）において次のように述べ、虚子以外の手になるとしている。

原稿は一行目、五字下げ、坊っちゃん、七字あけて夏目嗽石となっている。前者はペンで、高浜虚子の字体である。後者は毛筆で書かれている。（これは虚子の字ではないと思われる。）

「夏目嗽石」あるいは「嗽石」という署名は『坊っちゃん』だけに見られるのではない。『坊っちゃん』の刊行された頃の他の作品にも見ることができる。たとえば、原稿では『野分』に見られる。また、『吾輩は猫である』の第十章・第十一章もそのようである。[*1] また活字になっているもの、つまり雑誌の初出では、[*2]

『幻影の盾』（明治三十八年四月　『ホトトギス』八巻七号）
『琴のそら音』（明治三十八年五月　『七人』七号）
『吾輩は猫である』第十一章（明治三十九年八月　『ホトトギス』九巻十一号）
『野分』（明治四十年一月　『ホトトギス』十巻四号）

	原稿	初出（目次）	初出（本文）
『吾輩は猫である』第三章（明治三十八年四月）	所在不明	夏目嗽石（◆）	漱石（○）
『幻影の盾』（明治三十八年四月）	所在不明	夏目嗽石（◆）	夏目嗽石（◆）
『琴のそら音』（明治三十八年五月）	元の姿不明	夏目嗽石（◆）	夏目嗽石（◆）
『吾輩は猫である』第六章（明治三十八年十月）	所在不明	夏目嗽石（◆）	漱石（○）
『坊っちゃん』（明治三十九年四月）	夏目嗽石（◆）	夏目漱石（○）	夏目漱石（○）
『吾輩は猫である』第十章（明治三十九年四月）	嗽石（◆）	夏目漱石（○）	漱石（○）
『吾輩は猫である』第十一章（明治三十九年八月）	嗽石（◆）	夏目嗽石（◆）	嗽石（◆）
『野分』（明治四十年一月）	夏目嗽石（◆）	夏目嗽石（◆）	夏目嗽石（◆）

において、署名が「夏目嗽石」あるいは「嗽石」となっている。『坊っちゃん』の原稿の署名の筆跡が漱石自身でないとしても、このような状況からは漱石自身においても「嗽石」と署名した可能性も考えられるのである。初出の署名を原稿の署名と対比していくと、『幻影の盾』の原稿は現存しているかわからない。また『琴のそら音』の原稿については、『漱石全集』によると「夏目漱石」の「漱」の偏が消されていて、もともとどのように書かれていたのか確認できない状況である。しかし、『吾輩は猫である』第十一章と『野分』については原稿・初出ともに「嗽石（夏目嗽石）」となっている。

さらに初出の目次を含めて見ていくと、目次も本文も「嗽石（夏目嗽石）」となっているのは『幻影の盾』・『琴のそら音』・『吾輩は猫である』第十一章・『野分』である。それとは異なり、本文は「漱石」であるが目次だけ「夏目嗽石」となっているものとしては『吾輩は猫である』の第三章と第六章がある。第三章は『ホトトギス』八巻七号の掲載であり、『幻影の盾』との同時掲載である。それにもかかわらず両者に異なりが見られる。目次では両者ともに「夏目嗽石」であるが、本文では『吾輩は猫である』は「漱石」、『幻影の盾』は「夏目嗽石」となっている。

目次と本文ともに「嗽石（夏目嗽石）」を採用せずに「漱石（夏目漱石）」になっているのは『坊っちゃん』と『吾輩は猫である』の第十一章である。両者はともに『ホトトギス』九巻七号（明治三十九年四月）の掲載である。
以上のことをわかりやすく示し直すと、14頁の表のようになる。（「漱石」を○、「嗽石」を◆で示す）
年代的に見ると、「嗽石」という署名は、漱石の朝日新聞入社以前の、いわゆる職業作家になる前の作品にしか見られない。

2　解決の緒

図❷は『野分』の原稿の最初の部分である。署名の字を『坊っちゃん』の原稿（図❶）の署名と照らし合わせてみると、両者が同筆であることがわかる。

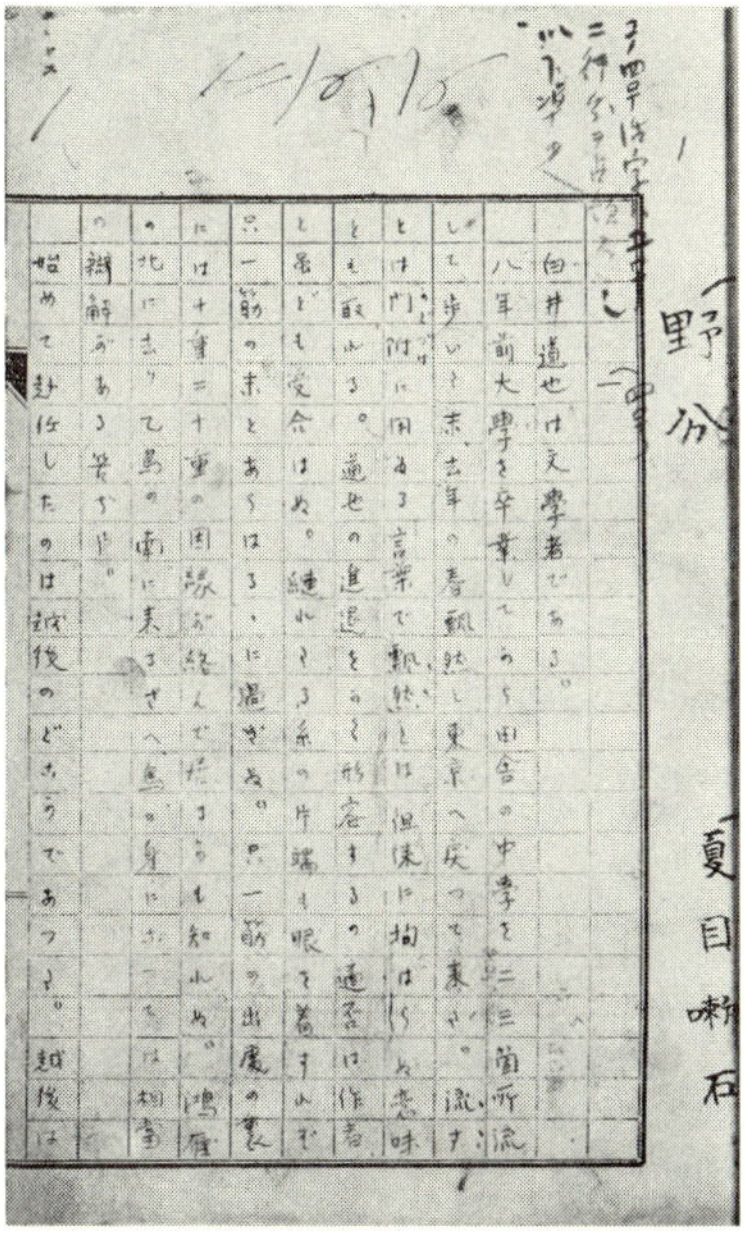

図❷—『野分』自筆原稿（永青文庫蔵）

『野分』の原稿は現在永青文庫が所蔵している。この『野分』の原稿の鑑賞会として催された、昭和十八年二月二十四日の清賞会第二回例会の速記録が『季刊永青文庫』十八号（昭和六十一年四月）に収載されている。それによると、『野分』の原稿は昭和十五、六年頃に細川護立氏が巌松堂の目録に掲載されていたのを購入したという。そして、細川氏はこの原稿について高浜虚子に問い合わせたようであり、その鑑定書ともいうべき虚子の文章もこの十八号に

収録されている。そこには次のように書かれている。（なお、傍線は田島による）

野分の原稿

野分はホトトギスが明治四十年一月十周年の記念号を出す時に夏目漱石が書いてくれたものである。私は校正がすむと原稿は反古籠に投ずるのを常としたものであるが、それがどうして今迄保存されていたものか。今細川侯の手によって保管せられるやうになったことは故人も満足であらうと思ふ。之を手に取って見ると三十六・七年前にはじめて此原稿を手にした時と一寸似通ったやうな心持がする。其野分といふ表題、夏目漱石といふ名前は私が書き添へたものであることも思ひ出される。漱石は原稿を滅多に書き直さなかった。原稿紙に向った時は角力取の一番勝負のやうなもので書き直すことはせぬといっていた。漱石の原稿は一体綺麗であった。さういふ綺麗な原稿は保存するものも其気になるものと見えて、今三冊の冊子になっているものを見ても余り汚れていない。

昭和十六年五月十九日、三度目の渡満数日前
ホトトギス発行所にて

高濱虚子記

細川氏もその座談会で、この文章によって『野分』の原稿に書かれている署名が高浜虚子によるものであることを明らかにしている。虚子の文章を信用すれば、『野分』と『坊っちゃん』の署名とが同筆であることから、『坊っちゃん』の署名も虚子の手によるものとなる。初出で「夏目嗽石」あるいは「嗽石」となっているのは、雑誌『七人』を除いてすべて『ホトトギス』に掲載されたものである。それらに見られる「嗽石」も『ホトトギス』の編集に関わっていた虚子の関与によるものと考えられよう。そのような意識で見ていくと、頷ける点も多いのである。『ホトトギス』には「嗽石」が多く出現する。たとえば、『坊っちゃん』を附録として掲載した『ホトトギス』九巻

七号は価格を値上げしさらに増刷したために残部が生じ、同誌八号と十号に広告を出している。そこにも「漱石」が見られる。

ホト、ギス九巻七号尚残部あり注文に応ず。（中略）「吾輩は備《ママ》である」（十）の外漱石の新作小説「坊つちやん」を載す。此頁数一百五十頁。（後略）

（『ホトトギス』九巻八号　明治三十九年五月）

ホト、ギス臨時号　坊つちやん号　増刷残部あり。世人「坊つちやん号」といふ故に暫く其称呼に従ふ。夏目漱石の小説「坊ちやん」其半を埋め、外に吾輩は猫である（漱石）（後略）

（『ホトトギス』九巻十号　明治三十九年七月）

また、新聞に載っている『ホトトギス』の宣伝広告（たとえば、明治三十八年六月十六日、十月十七日、十二月三十一日、明治三十九年四月一日、五月一日、八月三日、十月六日、明治四十年二月七日　すべて読売新聞）でも「夏目漱石」となっている。このような状況からは「漱石」についての虚子の関与は疑いのないところであろう。原稿に「夏目漱石」とあっても初出で「夏目漱石」となっているのは、印刷所の文選工による手直しによるものかあるいは虚子以外の校正の手によるものかと考えられる。

『ホトトギス』以外の雑誌に「夏目漱石」が見られるのは『琴のそら音』である。この作品を掲載した雑誌『七人』は、当時東京帝国大学英文学科の学生であった小山内薫、川田順、上村清延、吉田豊吉、高瀬精太、武林磐雄、太田善男の七人を同人として創刊された雑誌である。原稿にあった署名の字（「漱」か？）の偏が消されており、元の姿は確認できない状態になっている。そのような状態にしたのは『七人』の編集者による行為なのかわからないが、一ケ月前に刊行された『幻影の盾』に「夏目漱石」とあることから、印刷においてはそれに合わせたのかもしれない。

「漱石」という雅号は、活字として早いところでは『倫敦消息』（『ホトトギス』四巻九号　明治三十四年六月）や『自転車日記』(『ホトトギス』六巻十号　明治三十六年六月)に見られる。しかし『吾輩は猫である』第一章と同じく明治三十八年一月に発表された『倫敦塔』(『帝国文学』十一巻一号)や『カーライル博物館』(『学燈』九年一号)では東京帝国大学講師という立場で書かれたことによって、本名の「夏目金之助」となっている。明治三十八、三十九年当時においては、ソウセキという名前は次第に知れ渡ってきたようであるが、その漢字表記についてはあまり知られていなかったのかもしれない。青木稔弥氏の「明治の「漱石」」(『漱石研究』五号　一九九五年)によると、雅号として「漱石」や「嗽石」を使用する人が多くいたことがわかる。「漱石」や「嗽石」という雅号はありふれたものであり、そのために「嗽石」となっていてもあまり訂正されることがなかったのであろう。

このことはその当時の新聞に「夏目嗽石」と記されていることからも察せられよう。『ホトトギス』の広告の影響によるものかわかないが、たとえば『国民新聞』の明治三十九年八月三十一日、九月二十日、九月二十七日などの記事に見受けられる。また、『滑稽新聞』一二二号(明治三十九年八月二十日号)には猫の顔が漱石の顔になっている戯画が載っている。猫の上には「夏目嗽石像」とあり、絵の下には「我輩は猫である」と記されている。そこには「嗽」の異体字である「啾」が用いられている。「吾輩」が「我輩」と記されることは、その当時においてもまた現代でもよく目にするところである。その戯画を漱石は模写して小宮豊隆に送っているが、漱石は「夏目嗽石像」「我輩は猫である」と原画通りに記している。

このように、「漱石」を「嗽石」と思っていた人も、初期の頃には多くいたのであろう。虚子ももしかしたらそうだったのかもしれない。「漱石」という雅号は以前正岡子規も使用しており、それを漱石に譲ったものであるといわれている。それにも関わらず子規も「嗽石」と記している。子規の備忘録的な随筆である『筆まかせ』の第二編(明治二十三年)には漱石からの二通の書簡が記されている。見出しは二箇所とも「嗽石」ともなっており、目次も同様に「嗽石」とある。ただし、書簡の一通には漱石自身の署名を写した箇所があり、そこには「漱石」となっており、見出しとは異なっている。この『筆まかせ』には「漱石」とあったり「嗽石」とあったりしていて、子規においても揺れが生じている。

第二節　恵まれている資料

坊っちやん

夏目漱石

親讓りの無鐵砲で小供の時から損ばかりして居る。小學校に居る時分學校の二階から飛び降りて一週間程腰を拔かした事がある。なぜそんな無闇をしたと聞く人があるかも知れぬ。別段深い理由でもない。新築の二階から首を出して居たら、同級生の一人が冗談に、いくら威張つても、そこから飛び降りる事は出來まい。弱蟲やーい。と囃したからである。小使に負ぶさつて歸つて來た時、おやぢが大きな眼をして二階位から飛び降りて腰を拔かす奴があるかと云つたから、此次は拔かさずに飛んで見せますと答へた。

親類のものから西洋製のナイフを貰つて奇麗な刃を日に翳して、友達に見せて居たら、一人が光る事は光るが切れさうもないと云つた。切れぬ事があるか、何でも切つて見せると受け合つた。そんなら君の指を切つて見ろと注文したから、何だ指位此通だと右の手の親指の甲をはすに切り込んだ。幸ナイフが小さいのと、親指の骨が堅かつたので、今だに親指は手に付いて居る。然し創痕は死ぬ迄消えぬ。

庭を東へ二十歩に行き盡すと、南上がりに聊か許りの菜園があつて、眞中に栗の木が一本立つて居る。是は命より大事な栗だ。實の熟する時分は起き拔けに背戶を出て落ちた奴

●——初出（『ホトトギス』）近代文学館の複製による

1　自筆原稿・初出・初版

『坊っちゃん』の原稿に書かれた署名を巡って、他の作品の原稿や初出など様々な資料を用いて、その署名が高浜虚子によるものであることを明らかにした。このようなことができるのは漱石なればこそである。漱石を扱う場合、他の作家と異なって、漱石の作品並びに漱石に関する多くの資料を我々は容易に利用できる。これは、これまでの漱石研究の成果の恩恵に預かっているのである。漱石のことばを日本語の資料として扱う場合、これは大変恵まれた環境といえよう。しかし漱石作品の本文校訂といった場合には、逆にこのような資料の豊富さによって問題を複雑にしているのかもしれない。

近代の文学作品を日本語資料と扱う場合のテキストとして、松井栄一氏は、「現代語研究のために―明治期以降の著作物のテキストについて―」（『国語と国文学』七十巻十号　一九九三年）において、言語資料として使うには原本によるのが最上であることを、原本・個人全集・叢書本・文庫本のそれぞれの問題点について具体例をあげて述べている。作家自身の関与しているもの、あるいは同じ言語環境で生活している同時代人の関与しているものならその時代の資料としての利用が可能であろう。ただし、同時代人の関与であっても問題が生じてくる場合がある。このことについては第三章第二節「同時代人による違和感」で述べる。

漱石の場合、原本すなわち単行本も初版の複製が小説に限らず英文学関係の著書についても初版そのままの体裁で刊行されている。また初出として雑誌や新聞に掲載された小説も、さらに雑誌に掲載された評論や講演記録も、次のように復刻されている。

単行本………『名著複刻漱石文学館』全二十四冊（日本近代文学館　一九七五年　発売ほるぷ）

初出………『漱石雑誌小説復刻全集』全五巻（山下浩編　二〇〇一年　ゆまに書房）
『漱石新聞小説復刻全集』全十一巻（山下浩編　一九九九年　ゆまに書房）
『漱石評論・講演復刻全集』全八巻（山下浩編　二〇〇二年　ゆまに書房）

また原稿についても他の作家と比べると多くものが現存している。その中で、現在のところ『坊っちゃん』『それから』『こゝろ』『道草』については複製が刊行されており、容易に見ることができる。

『吾輩は猫である』第九章、第十章、第十一章　各章一部分………（個人蔵）
『琴のそら音』………（個人蔵）
『坊っちゃん』………（個人蔵）複製『坊っちゃん』（一九七〇年　番町書房）
『直筆で読む「坊っちゃん」』（二〇〇七年　集英社）
『草枕』………………（個人蔵）
『野分』………………（永青文庫蔵）
『虞美人草』…………（岩波書店蔵）数箇所脱落欠損あり
『三四郎』……………（天理大学附属天理図書館蔵）
『それから』…………（阪本龍門文庫蔵）複製『漱石自筆原稿　それから』（二〇〇五年　岩波書店）
『門』…………………（大東急記念文庫蔵）一部欠損
『彼岸過迄』…………（岩波書店蔵）
『こゝろ』……………（岩波書店蔵）複製『漱石自筆原稿「心」』（一九九三年　岩波書店）
『道草』………………（日本近代文学館蔵）複製『夏目漱石原稿　道草』（二〇〇四年　二玄社）
『明暗』………………（個人蔵　日本近代文学館寄託）

これらの自筆原稿によって、漱石の実際の書体を確認できる。また書き直したり、削除したり、書き加えたりした跡が窺え、推敲の過程が観察される。それらによって、その作品の成立過程を知ることができ、これまでとは異なった読みも可能となるであろう。*1

漱石の自筆資料については、短冊や書簡を収録した『夏目漱石遺墨集』全六巻（一九七九〜八〇年　求龍堂）や『図説漱石大観』（一九八一年　角川書店）がある。漱石のメモや日記についても東北大学附属図書館の漱石文庫のホームページから見ることができる。書簡・メモ・日記は岩波書店の『漱石全集』に翻刻されている。このような資料の豊富な作家は漱石以外にはいないであろう。それというのも、漱石没後すぐに弟子達によって企画された『漱石全集』刊行のために資料が集められ、また何次にもわたる『漱石全集』刊行によって多くの資料の所在が明らかにされたからである。

2　データベース

漱石の場合、作品に使用されていることばを分析するにあたっても大変恵まれている。データベースとして、活字のものとしては『作家用語索引　夏目漱石』全十五巻（近代作家用語研究会・教育技術研究会編　一九八四〜八六年　教育社）があり、漱石の用語が一覧できる。ただし『道草』は入っていない。電子媒体のデータベースとしては『CD-ROM版新潮文庫　明治の文豪』があり、そこには漱石の代表的な作品が収録されている。またインターネット上では青空文庫に漱石の作品が百ほど登録されている。これらのデータベースを利用すると、用例数がわかり、その使用されている箇所の見当がつく。ただし、『作家用語索引　夏目漱石』の底本がはっきりしないという問題はある。本文についての説明として次のように記述されている。

各社の全集及び初版復刻本等諸本によって、本書用の本文を確定した。ただし本書は、本文校訂自体を目的とするものではなく、本文校訂作業の材料を提供するものであるため、利用者の検索に耐え得るという段階に本文の確定をとどめた。

このように記述されているが、現代仮名遣いである点や漢字の平仮名化などからすると文庫本をもとにしているようである。『CD-ROM版新潮文庫　明治の文豪』は勿論新潮文庫を底本としている。青空文庫の場合、作品によって異なるがちくま文庫の全集によっているものが多いようである。先に松井栄一氏の「現代語研究のために」を紹介したが、文庫ならびに全集には問題があった。文庫の場合、現代の多くの人々に読んでもらうために、現代の表記法に改めている。仮名遣いは現代仮名遣いに、漢字の字体も新字体にしている。さらに読者の便をはかり、難読と思われる漢字には振り仮名をつけたり、漢字表記を仮名表記に改めたりしている。文庫などを底本としていると思われるこれらのデータベースをそのまま使用することは危険である。その一例を挙げてみよう。

漱石の作品には当て字が多いことは有名である。その当て字の一つとして「馬尻」がある。これは外来語バケツの漢字表記である。「馬尻」を先程の三つのデータベースで検索すると、『作家用語索引　夏目漱石』では『それから』に一例、『門』に一例の計二例が挙がってくる。また『CD-ROM版新潮文庫　明治の文豪』と青空文庫*2では『門』の一例となっている。初出や初版で確認すると、『それから』と『門』には確かに一例ずつ使用されている。

・「先生今日《けふ》は御疲《おつかれ》ですか」と門野《かどの》が馬尻《ばけつ》を鳴らしながら云つた。（『それから』十六）

・馬尻《ばけつ》の中《なか》で雑巾を絞《しぼ》つて障子の桟《さん》を拭《ふ》き出《だ》した。（『門』八）

漱石の作品をたとえば岩波書店の平成版の『漱石全集』で読んでいくと、それらの他に『三四郎』（四）に九例の「馬尻」の使用が認められる。

・早速箒とハタキを、それから馬尻《ばけつ》と雑巾迄借りて急いで帰つてくると、

・馬尻《ばけつ》を右の手にぶら下《さ》げて
・突然馬尻《ばけつ》を鳴らして勝手口へ廻《まは》つた。
・三四郎が馬尻《ばけつ》の水を取《と》り換《かへ》に台所に行つたあとで、
・「何ですか」と馬尻《ばけつ》を提《さ》げた三四郎が、
・三四郎は馬尻《ばけつ》を提《さ》げた儘二三段上《のぼ》つた。
・馬尻《ばけつ》を暗《くら》い縁側へ置いて戸を明ける。
・もう少しで美禰子の手に自分の手が触れる所で、馬尻《ばけつ》に蹴爪《けつま》づいた。
・濡れ雑巾を馬尻《ばけつ》の中へぼちやんと擲《たゝ》き込んで、

つまり、『三四郎』の「馬尻」の用例が三つのデータベースにおいては片仮名表記のバケツになっているのである。このような現象が生じた原因としては、それぞれのデータベースが基にした底本の編集方針の違いによるものと考えられる。たとえば新潮文庫では一番最後に付されている「文字づかいについて」において、

六　極端な宛て字と思われるもの及び代名詞、副詞、接続詞等のうち、仮名にしても原文を損なうおそれが少ないと思われるものを仮名に改める。

とあり、それぞれの作品における該当する語の一部が列記されている。『それから』では「馬尻↓バケツ」も例として挙がっている。他に「八釜しい」「矢張り」などもその該当例となっている。なお、『三四郎』には「馬尻↓バケツ」が例として示されていないが、先に見たように「馬尻」は使用されていない。新潮文庫では『門』だけが「馬尻」を認めているように、同じ出版社の文庫であっても統一した基準はないようである。

これらのデータベースを利用して漱石のことばを調査する場合、「馬尻」の例で見たように、特に漢字表記を扱う場合には注意が必要である。*3 漢字表記は、原稿、初出、初版、全集などによって異なっていることが多い。印刷

という活字を組み直す過程において表記が変えられていくのである。自筆原稿以外では漱石の実際の表記を知ることはなかなか困難である。自筆原稿を参考にすることによってある程度の傾向を知ることはできるが、自筆原稿においても書き直しや誤字などがあり、そこからはっきりとした用例数を示すことは容易なことではない。したがって表記についてはデータベースをそのまま利用することは困難であり、またその結果を信用するには慎重でなければならない。

しかし語や語法などにおいては、先に述べたように用例数の確認や所在を確認するのに便利である。これらのデータベースは使用する目的によっては大いに活用できるであろう。なお本書でも、用例検索にあたって『作家用語索引　夏目漱石』と『CD-ROM版新潮文庫　明治の文豪』を活用している。

『作家用語索引　夏目漱石』所収作品

第一巻　倫敦塔・薤路行　第二巻　坊っちゃん　第三巻　草枕　第四巻　三四郎
第五巻　それから　第六巻　門　第七巻　彼岸過迄　第八巻　行人　第九巻　こころ
第十・十一巻　吾輩は猫である　第十二巻　虞美人草　第十三・十四巻　明暗

『CD-ROM版新潮文庫　明治の文豪』所収作品

硝子戸の中　草枕　虞美人草　行人　坑夫　こころ　三四郎　それから　二百十日　野分
彼岸過迄　文鳥　夢十夜　永日小品　思い出す事など　ケーベル先生　変な音　手紙
坊っちゃん　道草　明暗　門　倫敦塔　カーライル博物館　幻影の盾　琴のそら音　一夜
薤路行　趣味の遺伝　吾輩は猫である

第二章

漱石の生涯と近代日本語

緒言……ことばと時代・地域・階層

「なに大丈夫だよ。なんぼ名前が軽便だつて、さう軽便に壊《こは》れられた日《ひ》にや乗《の》るものが災難だあね」

是が相手の答であつた。相手といふのは羅紗の道行を着《き》た六十恰好の爺《ぢい》さんであつた。頭《あたま》には唐物屋《とうぶつや》を探《さが》しても見当りさうもない変な鍔なしの帽子を被つてゐた。烟草入だの、唐桟《ざん》の小片《こぎれ》だの、古代更紗《さらさ》だの、そんなものを器用にきちんと並《なら》べ立て、見世を張る袋物屋へでも行つて、わざ〳〵注文しなければ、到底頭《あたま》へ載《の》せる事《こと》の出来さうもない其帽子の主人は、彼の言葉遣《づか》ひで東京生れの証拠を充分に挙げてゐた。津田は服装に似合はない思ひの外闊達な此爺《ぢい》さんの元気に驚ろくと同時に、何方《どつち》かといふと、ベランメーに接近した彼の口《くち》の利《き》き方《かた》にも意外を呼んだ。

（『明暗』百六十八）

ことばは社会的な約束によって成立している。その約束のもとで、ことばはコミュニケーションの道具として使用される。発話者（書き手）は、自分の頭の中にある社会的な規範に基づいて言語行動を行っている。しかし、その人のことばには、その人の生きている時代、その人の育った地域や生活していた地域、また現在住んでいる土地、その人の職業や階層など、様々な社会的な要因が関わっていると考えられる。身近なところでは、アクセントや文末詞の違いによって地域差があることが実感されよう。また女子高校生や若者が使用する、いわゆる若者ことばがマスコミで取りあげられたり、テレビなどで耳にするところである。漫画の世界に見られる、お嬢様ことばや博士語などの役割語なども階層的なイメージを表しているといえよう。

明治時代はそれまでの士農工商といった身分社会から四民平等というテーゼによって階層社会の崩壊を目指した。それによって、それまでの武家ことばや町人ことばといった、階層という位相によることばの差が縮められていくことになる。また、各藩単位から日本という一つの国家体制という意識が次第に築かれて、政府の諸機関の東京一極集中により、東京語をもとにした標準語（全国共通語）の必要性が生じてきた。ただし東京の中でもことばの違いが大きかったようである。いわゆる山の手ことばと下町ことばといわれる地域的な差や、上層のことばと下層のことばという階層的な差が大きく、その両者が複雑に絡んでいたようである。それに加え、東京語を参考としながらも東京語とは異なる、全国的な規模の標準語確立への動きが東京語自体に影響を与えており、東京語を記述することはなかなか困難な時代であった。

漱石の作品は作品の発表された時代とほぼ同時代を舞台としている。そして、作品の中心となる人物の多くが帝国大学と関わりのある、いわゆる知識階層に属する人々である。その人々が山の手に住んでいる上層階級の人々であったり、またその上層階級の人々と絡みながら動いているのである。したがって漱石の作品を分析していけば、その当時の山の手に住む上層階級の人々（男性も女性も）のことばを明らかにしていくことが可能となろう。

第一節　漱石の生涯

（前略）二日の夜明に又御産があつて大混雑。又女が生れた。僕は是で子供が七人二男五女の父となつたのは情ない。鬢の所に白髪が大分生えた。又小説をかき出した。三月一日から東京大阪両方へ出る。題は門といふので、森田と小宮が好加減につけてくれたが、一向門らしくなくつて困つてゐる。小宮も森田も中々有名になつた。虚子が去年の末腸チフスをやつて漸く快復したがまだ衰弱してゐる。其他異常なし　草々

（明治四十三年三月四日　在ベルリンの寺田寅彦宛書簡）

この書簡は明治四十三年のものである。満年齢でいえば漱石四十三歳の時のものである。漱石は、慶応三（一八六七）年二月九日（陰暦一月五日）に江戸牛込馬場下横町（現・東京都新宿区喜久井町一番地）に生まれている。翌慶応四（一八六八）年は明治元年と元号を改める。漱石はたった一年しか江戸時代を経験していないが、生まれとしては一応江戸時代である。漱石の年齢は満年齢で見ていくと、明治の年号と等しくなる。つまり、漱石は明治と歩みをともにしており、明治時代とともに生きてきたのである。そして、大正五（一九一八）年十二月九日に、牛込区早稲田南町で四十九歳で亡くなる。漱石の人生の大半は明治時代であった。「人生わずか五十年」といわれるが、漱石はまさしく五十年という短い人生であった。

ことばは居住した土地の影響を受ける。方言研究の世界では、言語形成期が調査において重要な要因となっている。それに基づいてネイティブかどうかの判断が行われ、調査対象としての扱いが異なってくる。言語形成期とは、四、五歳から十四、五歳くらいまでの時期である。その期間、転居することなくある土地で過ごすと、アクセントや語法などその土地の言語的特徴が身について一生抜けないといわれている。

漱石の居住地を地名(現在の地名を括弧内に示す)並びに地図に示すと次のようになる(学燈社の『夏目漱石必携』の中島国彦氏の「漱石関係地図」を参考にした)。

漱石の生活の拠点は大部分の期間が東京である。そして漱石の言語形成期は東京であるが、いわゆる山の手と下町を行き来していることになる。ここで特記しておきたいのは、明治二十八年四月から明治三十五年十二月までの約八年間東京を離れていることである。この時期は、後に述べるが、東京語の形成において重要な時期であった。漱石のことばに江戸語が見られたり、近代語の特徴が他の作家と比較して遅く出現するのは、その時期に東京を離れていたことが大きな要因の一つと考えられる。

●—中島国彦氏作成の地図をもとに作成し直した杉浦芳夫氏『文学のなかの地理空間　東京とその近傍』(1992年　古今書院) 所収の図

慶応三年〈生誕地〉　牛込馬場下横町（新宿区喜久井町1）………………（地図の番号❶）
明治元年十一月　内藤新宿北裏町16（新宿区新宿2丁目23）……………❷
明治二年四月頃　浅草三間町（台東区雷門2丁目）…………………………❸
明治四年六月頃　内藤新宿北町「伊豆橋」（新宿区新宿2丁目）…………❹
明治六年三月～七年四月頃　浅草諏訪町4（台東区駒形2丁目）…………❺
以後は実家（牛込馬場下横町）に戻ったり、養父のもと（浅草寿町10）や養母のもと（小石川区白山前町15）に身を寄せたりする。
明治十六年頃　小石川区白山御殿町（文京区白山3丁目1-23）の新福寺に下宿…………❻
明治十八年頃　神田猿楽町（千代田区猿楽町）の末富屋に下宿……………❼
明治十九年九月　本所区松坂町2-20（墨田区両国2、3丁目）江東義塾の寄宿舎…………❽
明治二十年九月頃　牛込馬場下横町（新宿区喜久井町1）…………………❶
明治二十七年秋頃　小石川区指ヶ谷町（文京区白山1丁目）菅虎雄宅に下宿…………❾
明治二十七年十月　小石川区表町73（文京区小石川3丁目5-4）宝蔵院に下宿…………❿
明治二十八年四月　松山
明治二十九年四月　熊本
明治三十三年九月　イギリス（明治三十六年一月帰国）
明治三十六年一月　牛込区矢来町3中ノ丸（新宿区矢来町3）中根家…………⓫
明治三十六年三月　文京区駒込千駄木町57（文京区向丘2丁目20-7）…………⓬
明治三十九年十二月　本郷区西片町10、ろノ7号（文京区西片1丁目12、13）…………⓭
明治四十年九月　牛込区早稲田南町7（新宿区早稲田南町7）…………⓮

第二節　漱石の作品

欠び御出来のよし小生只今向鉢巻大頭痛にて大傑作製造中に候。二十日迄に出来上る積りなれど只今八十枚の所にて。予定の半分にも行つて居らぬ故どうなる事やら当人にも分りかね候。出来ねば末一二回分は二十日以後と御あきらめ下さい。

小生立退きを命ぜられ是亦大頭痛中に候」

今度の小説は本郷座式で超ハムレツト的の傑作になる筈の所御催促にて段々下落致候残念千万に候

（明治三十九年十二月十六日　高浜虚子宛書簡）

漱石の作品の発表の場は、初期は主に高浜虚子が編集していた雑誌『ホトトギス』であり、明治四十年四月に朝日新聞に入社してからは新聞紙上ということになる。ただし、新聞の場合毎日の連載という体裁であるために断片的な提示でしかない。そこで一つの完成体として、多くの人々のためにそれぞれの作品は単独あるいは数編纏められて単行本として刊行されている。単行本化並びにその版権について、漱石は朝日新聞入社にあたって打診を行っている（明治四十年三月四日付　坂元雷鳥宛書簡）。

ここでは漱石の作品を、単行本の初版によってまとめ、そこに収載された作品の初出もともに示しておく。

『吾輩ハ猫デアル』……………………明治三十八年十月六日発行　大倉書店・服部書店
初出　第一章　『ホトトギス』八巻四号　明治三十八年一月一日
第二章　『ホトトギス』八巻五号　明治三十八年二月十日
第三章　『ホトトギス』八巻七号　明治三十八年四月一日
第四章　『ホトトギス』八巻九号　明治三十八年六月一日
第五章　『ホトトギス』八巻十号　明治三十八年七月一日
『漾虚集』……………………明治三十九年五月十七日発行　大倉書店・服部書店
初出『倫敦塔』『帝国文学』十一巻第一　明治三十八年一月十日
『カーライル博物館』『学燈』第九年一号　明治三十八年一月十五日
『幻影の盾』『ホトトギス』八巻七号　明治三十八年四月一日
『琴のそら音』『七人』七号　明治三十八年五月一日
『一夜』『中央公論』第二十年九号　明治三十八年九月一日
『薤路行』『中央公論』第二十年十一号　明治三十八年十一月一日
『趣味の遺伝』『帝国文学』十二巻第一　明治三十九年一月十日
『吾輩ハ猫デアル　中編』……………………明治三十九年十一月四日発行　大倉書店・服部書店
初出　第六章　『ホトトギス』九巻一号　明治三十八年十月十日
第七章・第八章　『ホトトギス』九巻四号　明治三十九年一月一日
第九章　『ホトトギス』九巻六号　明治三十九年三月一日
『吾輩ハ猫デアル　下編』……………………明治四十年五月十九日発行　大倉書店・服部書店

初出　第十章　『ホトトギス』九巻七号　明治三十九年四月一日
第十一章　『ホトトギス』九巻十一号　明治三十九年八月一日
『鶉籠』……………………………………明治四十年一月一日発行　春陽堂
初出『坊っちゃん』　『ホトトギス』九巻七号　明治三十九年四月一日
『二百十日』　『中央公論』第二十一年第十号　明治三十九年十月一日
『草枕』　『新小説』第十一年九巻　明治三十九年九月一日
『文学論』……………………………………明治四十年五月七日発行　大倉書店
（東京帝国大学文科大学で漱石が明治三十六年九月から三十八年六月まで「英文学概説」の名称で講じたものをもとにしている。聴講した学生中川芳太郎が講義の草稿を整理し、漱石が加筆したもの）
『虞美人草』……………………………明治四十一年一月一日発行　春陽堂
初出『東京朝日新聞』『大阪朝日新聞』　明治四十年六月二十三日～十月二十九日（一二七回）
『草合』……………………………………明治四十一年九月十五日発行　春陽堂
初出『坑夫』　『大阪朝日新聞』　明治四十一年一月一日～四月六日（九六回）
『東京朝日新聞』　明治四十一年一月一日～四月六日（九一回）
『野分』　『ホトトギス』十巻四号　明治四十年一月一日
『文学評論』……………………………明治四十二年三月十六日発行　春陽堂
（明治三十八年九月から四十年三月まで講じた「十八世紀英文学」をもとにしている。下書きは森田草平が行ったようである）
『三四郎』……………………………明治四十二年五月十三日発行　春陽堂
初出『東京朝日新聞』『大阪朝日新聞』　明治四十一年九月一日～十二月二十九日（一一七回）

『それから』……………………………………………………明治四十三年一月一日発行　春陽堂
初出『東京朝日新聞』『大阪朝日新聞』　明治四十二年六月二十七日〜十月十四日（一一〇回）
『漱石近什四篇』……………………………明治四十三年五月十五日発行　春陽堂
初出『文鳥』　『大阪朝日新聞』　明治四十一年六月十三日〜六月二十一日（九回）
『夢十夜』　『東京朝日新聞』　明治四十一年七月二十五日〜八月五日（一〇回）
『大阪朝日新聞』　明治四十一年七月二十六日〜八月五日（一〇回）
『永日小品』（小品群）　明治四十二年一月一日〜三月十二日『東京朝日新聞』や『大阪朝日新聞』に時々掲載
『満韓ところ〴〵』　『東京朝日新聞』　明治四十二年十月二十一日〜十二月三十日（五一回）
『大阪朝日新聞』　明治四十二年十月二十二日〜十二月二十九日（五一回）
『門』……………………………………………明治四十四年一月一日発行　春陽堂
初出『東京朝日新聞』『大阪朝日新聞』　明治四十三年三月一日〜六月十二日（一〇四回）
『切抜帖』……………………………………明治四十四年八月　春陽堂
初出『思ひ出す事など』　『東京朝日新聞』　明治四十三年十月二十九日〜明治四十四年二月二十日（三二回）
『大阪朝日新聞』　明治四十三年十月二十九日〜明治四十四年三月五日（三二回）
『文芸とヒロイック』など十一篇　『東京朝日新聞』　明治四十三年七月十九日〜明治四十四年六月六日

『子規の画』　『東京朝日新聞』　明治四十四年七月四日
『大阪朝日新聞』　明治四十四年七月八日
『彼岸過迄』……………………………………大正元年九月十五日発行　春陽堂
初出『東京朝日新聞』『大阪朝日新聞』　明治四十五年一月二日〜四月二十九日（一一八回）
『社会と自分』…………………………………大正二年二月五日発行　実業之日本社
初出「道楽と職業」　『朝日講演集』　明治四十四年十一月十日　朝日新聞合資会社
「現代日本の開化」　『朝日講演集』　明治四十四年十一月十日　朝日新聞合資会社
「中味と形式」　『朝日講演集』　明治四十四年十一月十日　朝日新聞合資会社
「文芸と道徳」　『朝日講演集』　明治四十四年十一月十日　朝日新聞合資会社
「創作家の態度」　『ホトトギス』第十一回第七号　明治四十一年四月一日
「文芸の哲学的基礎」　『東京朝日新聞』　明治四十年五月四日〜六月四日（二七回）
『大阪朝日新聞』　明治四十年五月九日〜六月四日（二七回）
『行人』……………………………………………大正三年一月七日発行　大倉書店
初出『東京朝日新聞』　大正元年十二月六日〜大正二年十一月十五日（一六七回）
大正二年四月八日〜九月十七日　中断　他に休載日あり。
『大阪朝日新聞』　大正元年十二月六日〜大正二年十一月十七日（一六七回）
大正二年四月八日〜九月十七日　中断　他に休載日あり。
『こゝろ』…………………………………………大正三年九月二十七日発行　岩波書店
初出『東京朝日新聞』『大阪朝日新聞』　大正三年四月二十日〜八月十一日（一一〇回）

『硝子戸の中』……大正四年三月二十八日発行　岩波書店
初出『東京朝日新聞』『大阪朝日新聞』　大正四年一月十三日～二月二十三日（三九回）
『道草』……大正四年十月十日発行　岩波書店
初出『東京朝日新聞』『大阪朝日新聞』　大正四年六月三日～九月十四日（一〇二回）
『明暗』……大正六年一月二十六日発行　岩波書店
初出（未完中断）『東京朝日新聞』　大正五年五月二十六日～十二月十四日（一八八回）
『大阪朝日新聞』（夕刊での掲載）　大正五年五月二十五日～十二月二十六日（一八八回）

漱石の小説はまず二つのグループに分けられる。一つは朝日新聞入社前の初期のもの、もう一つは朝日新聞入社後のもの、いわゆる職業作家になってからのものである。朝日新聞入社後の作品は、さらに二つのグループに分けられる。明治四十四年の修善寺の大患を境にして、いわゆる前期三部作といわれる『門』までと、後期三部作といわれる『彼岸過迄』以降とに分けられる。主題ばかりだけでなく、これから見ていくように使用することばにも違いが認められる。

特に初期においては作品は朗読されることを意図しており、音声化できる作品、すなわち声に出して読める作品となっている。言い換えれば、その場で聞いただけでも理解できるような、リズミカルであり直線的な作品を目指していたことになろう。漱石の弟子の森田草平が「本来先生《ほんらいせんせい》といふ人《ひと》は、人《ひと》も知《し》る文章《ぶんしやう》の調子《てうし》に重《おも》きを置《お》いた人《ひと》で、眼《め》で見《み》て書《か》くよりは耳《みゝ》で聴《き》いて文章《ぶんしやう》を作《つく》つた人《ひと》である。」（「本書の成立」『文章道と漱石先生』大正八年　春陽堂）と述べているところである。これは漱石も関係していた高浜虚子の「山会」において、作品の朗読を行うという姿勢からも窺われよう。このような作品のスタイルは虚子、さらに遡れば正岡子規の考えに辿り着くところであろう。

俳句の世界では音読が重要である。しかし、漱石は次第にその考えに疑問を持ち始めるようになる。明治三十八年十一月二十四日の虚子宛書簡には、「一体文章は朗読するより黙読するものですね。僕は人のよむのを聞いて居ては到底是非の判断が下しにくい。」と述べるようになる。

朝日新聞に入社し、新聞小説というジャンルに挑戦することになり、前期の作品では読者のために人々の関心のある風俗や社会事件を取り入れている。また連載というスタイルから、次の展開を期待させるような体裁をとり、様々な伏線が張りめぐらされていく。後期の作品では、それに加え、短編を組み合わせて一つの物語を形成するような構成法を採用したり、手紙文を利用したり、様々な新たな試みを企てている。またことばの面でも、前期の作品には見られなかったその当時の表現法を徐々に取り入れており、ことばの面でも同時代的になってきているといえよう。

第三節　近代日本語の形成

私は奥さんの理解力に感心した。奥さんの態度《ど》が旧式の日本の女らしくない所も私の注意に一種の刺戟を与へた。それで奥さんは其頃流行《はや》り始めた所謂新らしい言葉などは殆ど使はなかつた。（『こゝろ』十八）

ことばの変化はことば自体が自然に変わるのではない。あくまでも、社会が変化したことによって、それに合わせてことばも変化するのである。江戸時代から明治時代という、封建社会から近代的な社会になり、社会制度の改革や西洋の学問の流入により新しい語が必要となった。また、外国語の学習による翻訳語法も日本語として定着した。東京に政府を設立したことによって、東京が文化の中心となる。東京、すなわち江戸は江戸時代後半から既に日本の文化の中心であったが、江戸のことばを規範を考えていたのは参勤交代などで江戸にやってくる地方の武士階級の人々であった。しかし明治時代になると、国民の関心が東京に向くようになる。国の中枢部がすべて東京に集まり、最高学府などの高等教育は東京でしか受けられず、立身出世のために多くの人々が東京を目指し、また東京に住むことに憧れた。それに伴い東京は様々な人々の寄せ集めの場所となってくる。その結果東京は江戸語をもとにそれを変化させながら新しいことばを生み出した。多くの人々は東京出身でないことによってことばに対して自信がなかった。新しいことばに対し反省することもなく受容していったのである。つまり、新しいことばを使うことが自分が東京人、あるいは現代人になれた証しとでも思っていたのであろう。
日本語の歴史は、日本の文化の中心地における言語の歴史と言い換えることができる。したがって近代日本語とは東京の言語（東京語）の歴史となる。近代日本語史の時代区分としては、安藤正次氏、中村通夫氏、松村明氏、飛田良文氏の説がある。安藤氏は、『国語史序説』（昭和十一年／一九三六　刀江書院）において、日清戦争頃（明治二十七、八年）を境界として、前期と後期とに分けている。一度鳴りを潜めた国字問題、すなわち漢字節減・漢字廃止・仮名・ローマ字・新国字などの説が後期に再び盛んに唱道されるようになり、三十三年頃にその極盛を極めたという。

中村氏は「明治初年の東京語」（初出『日本語』一―七　一九四一年、後に『東京語の性格』所収　一九四八年　川田書房）において、明治初年は東京語の芽生えの時代であり、一面混沌の時代であり、そして言文一致の多く試みられた明治二十年代にようやく統一の機運に向かい、口語文典の続出した明治三十年代に至ってほぼ骨格を明らかにしたとしている。安藤氏も中村氏も国語問題の観点による時代区分である。

松村氏は、「東京語の成立と発展」（初出『解釈と鑑賞』十九巻十号　一九五四年十月、後に『江戸語東京語の研究』所収　一九五七年　東京堂出版）において、次の五期に区分している。漱石に関わるのは第一期から第三期の途中までである。

第一期　明治前期〔形成期〕………明治の初年から明治十年代終りまで
第二期　明治後期〔確立期〕………明治二十年代初めから明治の末年まで
第三期　大正期〔完成期〕…………大正の初年から大正十二年九月の大震災まで
第四期　昭和前期〔第一転換期〕…大正十二年の関東大震災から昭和二十年八月の終戦まで
第五期　昭和後期〔第二転換期〕…終戦後から今日まで

松村氏は第二期の特徴を言文一致においている。言文一致の確立とともに、雑然としていた東京語も次第に統一の機運に向かい始め、口語文典の続出した明治三十年代頃に至って東京語も独自の性格を示すようになり、明治後期には東京語も一応確立したとする。第三期は、言文一致の完成とともに口語文の一般化も進み、義務教育における標準語運動教育も進展し、いわゆる山の手ことばにもとづいた共通語も次第に全国的に普及し、東京語の共通語化が一応出来上がる時期としている。

飛田良文氏は、「東京語の時代区分」（『東京語成立史の研究』　一九九二年　東京堂出版）において、学校教育における読み書き（リテラシー）の観点や標準語の成立との関わりで時代区分を行っている。

成立期　国定読本の出来るまで……明治元年から三十七年三月まで

定着期　標準語の成立…………明治三十七年四月から昭和二十四年三月まで

展開期　共通語の時代…………昭和二十四年四月から

このように何に視点をおくかによって、その区分けの時期が異なってくる。これらを参考にすれば、漱石は近代日本語の形成期・成立期に言語形成期を過ごしたことになる。まだ標準語の確立していない、江戸語の影響を残している時代に成長したのである。そして、漱石の松山・熊本・ロンドン居住の時期（明治二十八年四月〜三十五年十二月）は、中村氏の言う東京語が骨格を明らかにする直前に当たり、また松村氏の確立期にあたる。その約八年間漱石は東京を離れていたことになる。

第四節　山の手ことばと下町ことば

「失礼ですが旦那は、矢っ張り東京ですか」

「東京と見えるかい」

「見えるかいつて、一目《ひとめ》見りやあ、――第一《だいち》言葉でわかりまさあ」

「東京は何所《どこ》だか知れるかい」

「さうさね。東京は馬鹿に広いからね。――何でも下町《したまち》ぢやねえやうだ。山の手だね。山の手は麴町かね。え？　それぢや、小石川？　でなければ牛込か四っ谷でせう」

「まあそんな見当だらう。よく知つてるな」

「かう見えて、私《わつち》も江戸っ子だからね」

「道理《どうれ》で生粋《いなせ》だと思つたよ」


（『草枕』五）

江戸語は下町の町人を中心としたことばである。下町ことばは江戸の粋を示しており、その下町っ子から見て武士の住む山の手ことばは野暮であった。幕末から明治のはじめにかけて、崩壊した武家社会の人々や戦火を避けた町人たちは江戸・東京を離れていった。しかし明治政府が確立するにつれ、薩摩や長州をはじめとする各地の旧士

明治11年（1878）11区		昭和7年（1932）35区	
1 麹町	11 本郷	16 品川	26 豊島
○2 神田	○12 下谷	17 目黒	27 滝野川
○3 日本橋	○13 浅草	18 荏原	28 荒川
○4 京橋	○14 本所	19 大森	29 王子
5 芝	○15 深川	20 蒲田	30 板橋
6 麻布		21 世田谷	31 足立
7 赤坂	○印は下町	22 渋谷	32 向島
8 四谷		23 淀橋	33 城東
9 牛込		24 中野	34 葛飾
10 小石川		25 杉並	35 江戸川

●──杉本つとむ『東京語の歴史』（中公新書）による。

族やその子弟が空家になっていた武家屋敷に住み始め、勤め人社会を形成するようになる。また、下町の裕福な町人たちも移り住んだり、近郊からの人口流入にともなって、山の手には様々なことばによる新しいことば、いわゆるクレオールが形成されていくことになる。

明治初期の東京の行政区画を見ると、明治十一（一八七八）年に郡区制による十五区が制定されている。この十五区をいわゆる山の手と下町とに分けると、

山の手……麹町　芝　麻布　赤坂　四谷　牛込　小石川　本郷（8区）

（大体、高輪・白金・麻布・赤坂・本郷・湯島あたりから西側の、台地一帯に広がる屋敷町）

下町……神田　日本橋　京橋　下谷　浅草　本所　深川（7区）

（新橋・銀座・京橋・日本橋・神田・上野・下谷から東側の商業地）

となる。ただし、『草枕』（五）に見られるように、山の手でも、麹町→小石川→牛込・四谷といったランクがあったことがわかる。その一方で、東京を離れれば山の手であっても下町であっても同じ江戸っ子という同郷意識が生じている。

田中章夫氏の「東京語の時代区分」（『国語と国文学』六十五巻十一号　一九八八年十一月）によると、新時代につながるような新しい東京語は明治二十年代から三十年代にかけて生じてきたという。その場合、ある表現が下町から広まったか、山の手から広まったか、問題となることがある。下町説を唱える人々には山の手という一種のイメージが付きまとっている場合が多い。つまり、山の手というと下町よりも裕福な人々が住んでいたというイメージを持っている。一方、山の手説を唱える人々は山の手に下層社会が存在していたことを認識している。実際、山の手には上層階級の住む地域もあれば、下層階級の人々の居住する地域もあり、両者が混在していたのである。『それから』において平岡が居住したのは山の手の小石川であるが、その小石川には東京への移住者のために、「門と玄

関の間が一間しかない。勝手口も其通りである。さうして裏にも、横にも同じ様な窮屈な家が建てられて」おり、そしてそのような家が「今日《こんにち》の東京市に、ことに場末《ばすゑ》の東京市には、至る所に此種《このしゆ》の家《いへ》が散在してゐ」（六）たのである。

また『門』に見られるように、山の手の高台には上層階級が住み、その谷底低地には高台の崖を見ながら暮らす宗助やお住のような庶民が住んでいた。さらに低地の水はけの悪い地域にはスラム街が形成されていたように、山の手といっても様々な階層の人々が居住していたのである。なお前田愛氏は「山の手の奥」（『都市空間の文学』一九八二年　筑摩書房）において宗助夫婦の家を早稲田界隈と想定している。そして杉浦芳夫氏が『文学のなかの東京』（一九九二年　古今書院）で指摘しているように、その山の手の台地の狭間には本郷のスラム街のような所が存在していた。また紀田順一郎氏が『東京の下層社会』（一九九〇年　新潮社）で述べているように、明治時代のスラム街は山の手に限らず下町にも、すなわち東京の至るところに存在していたのである。下谷万年町、四谷鮫ヶ橋、芝新網町を三大スラムとして、他に下谷区山伏町、浅草松葉町、本所吉岡町、深川蛤町一～二丁目、本郷元町一～二丁目、小石川区音羽一～七丁目、京橋岡崎町、神田三河町三丁目、麴町一丁目、赤坂裏一～七丁目、牛込白銀町、麻布日ヶ窪、日本橋亀島町などが有名であった。

地方からの移住者は、『それから』の平岡のように小石川区に住むことが多く、そのため小石川区は人口増加が著しかった。明治十六年から明治末年までの約三十年間に四倍に増加している。牛込区がそれに次いでいた。このように山の手は多くの地方出身者を受け入れていた。そして、山の手の住む労働者達はそこから下町である本所や深川に出来た工場地帯に勤めに出掛けていた。江戸時代における、武士の山の手、町人の下町といわれるような閉鎖的な地域社会ではなく、明治時代になってからは人々は山の手や下町を行き来していたのである。

新しいことばは下の層から上の層へ広がっていくことが多い。ことばの変化は最初はことばの乱れとして認識されることが一般的である。規範的意識の強い上層の知識層よりも、話しことば中心の下の層から発生し新しいことばとして享受されていく。東京の新しいことばの広がりを考えた場合、このような点からすると、下町からの広がりとか、山の手からの広がりとは異なる範疇による分類が必要になるかもしれない。

ちなみに漱石の生涯において東京で居住したところを山の手と下町に分けて見ていくと、

山の手……牛込馬場下（誕生、9歳～17歳、20歳～28歳）　内藤新宿北裏町（1歳～2歳、4歳～6歳）　小石川の新福寺（17歳）　文京区駒込千駄木（36歳～39歳）　本郷区西片町（39歳～40歳）　牛込区早稲田南町（40歳～49歳）

下町……浅草三間町（2歳～4歳）　台東区駒形二（6歳～9歳）　神田猿楽町（18歳～19歳）　本所（19歳～20歳）

となる。これによれば生涯の長い期間を山の手で過ごしたことになるが、言語形成期の前期の段階（6歳～9歳）に下町に住んでいたことになる。また山の手といっても、漱石が言語形成期の時期に住んでいた地域は甲州街道につながる地域であり、『坊っちゃん』に見られるような清の理想とした官吏の住む麴町や麻布ではない。漱石の生活の場は、山の手でも上層階級の住む地域ではなく周辺部にあたり、また下町にも住んでいた。したがって、山の手ことばにも下町ことばにも通じていたであろう。漱石には江戸っ子小説『坊っちゃん』を書く資格は十分にあり、漱石のこのような生活環境が小説において江戸語（東京方言）にこだわらせたのかもしれない。

第五節　漱石の活躍時期

余は少年の頃よく、西郷隆盛と楠正成とどつちが偉《え》らからうの、ワシントンとナポレオンとどつちが優れてゐるだらうのと云ふ質問を発して、年寄を困らせた事がある。今考へて見ると優劣なんか到底分りやしない。文芸界に於ても其通りである。余は「太陽」の投票結果によると中村不折君より上に居る。其中村不折君は幸田延子さんより上に居る。さうして三人共皆専門違である。此三人が寄つて御互の価値は斯う極つたさうですが、果してさうでせうかと相談したつて纏まる訳のものぢやない。幸ひに余は点数が多いから、是が公平だと主張するかも知れないが、中村君がどうして默つてゐるものか。つまる所は、余の名誉は、幾分か中村君の名誉を削つて来て、さうして自分の上に食付けた傾きがあるから、——しかも何等の理由もないのに削つて来たんだから、中村君は承知しない訳である。幸田さんも同じ事だらうと思ふ。

（「太陽雑誌募集名家投票に就て」『東京朝日新聞』明治四十二年五月五日）

漱石の作家としての活動は、『吾輩は猫である』（明治三十八年／一九〇五）からである。小池清治氏は『日本語はいかにつくられたか？』（一九八九年　筑摩書房）において、夏目漱石と二葉亭四迷とを比較して、「二葉亭四迷の悲劇」に対して「漱石の幸運」としている。二葉亭四迷は、漱石よりも三歳だけ年長であるが、四迷の第一作は明治二十（一八八七）年の『新編浮雲　第一篇』であり、漱石の『吾輩は猫である』より十八年も早い。四迷のこの作品は言文一致運動の先駆けとして文学史上有名である。しかし四迷は言文一致体模索のために作家としては挫折し、一時筆を折ることになったのである。漱石が作家活動を始めた明治三十八年当時、山本正秀氏の『近代文体発生の史的研究』（一九六五年　岩波書店）によれば、小説の言文一致体採用は七十八パーセントに達し、言文一致体はほぼ完成していたのである。ちなみに三十九年には九十一パーセント、四十年には九十八パーセント、そして四十一年には全作品が言文一致体となっている。

漱石は言文一致体を利用することによって、「吾輩は猫である。名前はまだない。」というような書き出しが出来たのである。そして、『坊っちゃん』のような一人称小説を執筆している。その一方、言文一致体がほぼ完成している時代であるにも関わらず、漱石は『幻影の盾』や『薤路行』、『虞美人草』といったような文語文で作品を書いている。漱石の頃には文体のみならず語に関しても、幕末明治初期に氾濫していた漢語や翻訳語の必要なものだけが定着し淘汰が行われていた。漱石はそれらの語をうまくを活用できたのである。

漱石の活動は、『吾輩は猫である』から絶筆になった『明暗』（大正五年／一九一六）までの三十八歳から四十九歳までの僅か十二年間に過ぎない。長期間にわたって執筆活動を行った作家と比較すれば作品の総数は少ないであろう。しかし十二年間という期間を考えれば多作ともいえるかもしれない。そして、それらの作品が現代においても名作として扱われている。朝日新聞に入社し『虞美人草』をはじめとして百回を超す連載小説を執筆することになり、新聞の購読者に名前や作品名を知らしめることになった。また、連載された作品はその分量の御蔭でただちに単行本として刊行された。これも「漱石の幸運」といえるであろう。

漱石が職業作家として『虞美人草』を発表したのは明治四十年である。その年に小説を発表した作家について『日本文学年表』（桜楓社）で見ていくと、漱石より年長者は二葉亭四迷だけである。明治一桁の前半（四年まで）に生れた作家には、木下尚江（二年）、国木田独歩（四年）、田山花袋（四年）、徳田秋声（四年）がいる。一桁後半では、島崎藤村（五年）、泉鏡花（六年）、高浜虚子（七年）、小栗風葉（八年）、近松秋江（九年）、三島霜川（九年）がいる。彼らはその当時文芸界においてベテランとして既に確固とした地位を確立していた。さらに十年代の、真山青果（十一年）、寺田寅彦（十一年）、正宗白鳥（十二年）、小川未明（十五年）、鈴木三重吉（十五年）、坂本四方太（十六年）、白柳秀湖（十七年）、中村星湖（十七年）がおり、寅彦や三重吉といった自分の弟子達も作家として活躍しているのである。漱石は作家としての経歴は短いが、同時期の作家の中では最年長の部類に属しているといえよう。

第三章

違和感（ノイズ）

緒言……ことばの変化と違和感

それから下女が膳を持つて来た。部屋は熱かつたが、飯《めし》は下宿のよりも大分旨かつた。給仕をしながら下女がどちらから御出になりましたと聞くから東京から来たと答へた。すると東京はよい所で御座いませうと云つたから当り前だと云つてやつた。膳を下げた下女が台所へ行つた時分、大きな笑ひ声が聞えた。くだらないから、すぐ寐たが、中々寐られない。熱い許りではない。騒々しい。下宿の五倍位矢釜しい。

(『坊っちゃん』二)

あるテキストに使用されていることばに違和感（ノイズ）を覚えるのは、そのことばやそのことばの用法が読者自身にとって馴染みがないからである。多くの場合、そのテキストが書かれた時代と読者の生きている時代との間にことばの変化が生じていることが原因と考えられる。ある場合には、そのテキスト自体が誤っている場合もある。書き手自身が間違っている場合もあれば、それが書写されたり、活字化された際に生じた誤りも当然含まれている。

違和感は文字化されたテキストだけではない。現代の話しことばにおいても見られる現象である。学生と話していたり、同僚の若い人たちと話していても相手のことばに違和感を覚えることがしばしばある。相手側においても違和感が生じている場合も当然あるだろう。同じ現代という時代を共有しているにもかかわらず、同義的な複数の表現形式が併存し、発話者によって用いるものが異なっていることになる。すなわち同じ共時態においても年齢によってことばが異なっているのであり、それはことばが絶えず動き続けている証拠なのである。

ことばの変化、たとえば日本語におけることばの変化を探るためには、現代の我々とは異なるもの、すなわちテクストに使用されていることばに違和感を抱いたもの（ノイズとして感じたもの）をまずピックアップすることから始めればよい。語形なり、語の意味なり、表記なり、表現なり、なんでも構わない。それらが現代へ至るのにどのような過程を経ているのか、またどのような原因によって変化が生じたのかなどを考えることによって、ことばの変化を探る道が開けてくるであろう。

第一節　現代人から見た違和感

山下浩《やましたひろし》氏が『本文の生態学　漱石・鷗外・芥川』（日本エディタースクール出版、一九九三）で指摘しているように、『坊っちゃん』には誤字・当て字が多い。そのいくつかを次に示してみる。

① 小供　（一）　＊『三四郎』にも「小供」とある。

② 是はずつと後の事であるが金を三円許り借してくれた事さへある。何も借せと云つた訳ではない。（一）

③ 慥かな人があるなら借してもいいから周旋してくれと頼んだ事がある。今でも借すかどうか分からんが、……（七）

④ 落ち振れる＝落魄れる（一）

⑤ 商買＝商売（一）

⑥ 熱くつて居られやしない。（二）

⑦ 部屋は熱つかつたが、飯は下宿のよりも大分旨かつた。（二）

⑧ 下宿の五倍位八釜しい。（二）　どうも八釜しくて騒々しくつて堪らない。（九）

⑨ 例々と蕎麦の名前をかいて張り付けたねだん付け丈は全く新しい。（三）

⑩ 漢学の先生に、なぜあんなまづいものを例々と懸けて置くんですと尋ねた所、先生があれは海屋と云つて有名な書家のかいた者だと教へてくれた。（九）

⑪ 図迂図迂しくできるものだ。　（四）
⑫ 頓と尻餅を突いて、仰向けになつた。　（四）
⑬ 椽側　（四）　椽鼻　（七）　＊『門』にもある。
⑭ 癇違をして居やがる。　（四）
⑮ 糸丈でげすと顋を撫でて黒《くろ》人じみた事を云つた。　（五）
⑯ 六尋位ぢや鯛は六づかしいなと、赤シヤツは糸を海へなげ込んだ。　（五）
⑰ 清は皺苦茶だらけの婆さんだが、どんな所へ連れて出たつて恥づかしい心持ちはしない。　（五）
⑱ 矢鱈に使つちやいけない。　（七）
⑲ おれと山嵐がこんなに注意の焼点になつてるなかに、　（十一）

（小池清治『現代日本語探究法』第十三章　二〇〇一年　朝倉書店）

1　同時代人の違和感と重なるもの

これらは小池清治氏が誤字や当て字と認定したものである。すなわち現代から見た違和感と言い換えてもよいであろう。小池氏は、④については「落魄れる」を、また⑤については「商売」をイコール記号（＝）で結んでいるように、これらの表記を④と⑤のそれぞれの正式な表記であると考えているのであろう。①から⑲をたとえば現代の小型の国語辞書、ここでは『岩波国語辞典　第六版』（第四刷　二〇〇五年）で確認すると、①「子供」、②③「貸す」、④「落ちぶれる」、⑤「商売」、⑥⑦「暑い」、⑧「喧しい」、⑨⑩「麗々」、⑪「図々しい」、⑫「とんと」、⑬

「縁側」、⑭「勘違い」、⑮「玄人」、⑯「難しい」、⑰「皺くちゃ」、⑱「やたら」⑲「焦点」となっている。

この中には初出の『ホトトギス』に掲載した際や、単行本『鶉籠』に収載した際に、表記が変えられているものもある。つまり、それらは現代の人ばかりではなく、漱石と同時代の人にとっても違和感を覚えたものといえよう。①「小供」、②③「借す」、⑤「商買」、⑨⑩「例々」は表記が変えられている。[*1] 初出の『ホトトギス』では②③の「借す」や⑨⑩の「例々」はすべて「貸す」と「麗々」に改められている。①の「小供」や⑤の「商買」についてでは改められている箇所もあればそのままの箇所もある。初版の『鶉籠』ではさらに①の「小供」はすべて「子供」に改められている。なお⑤の「商買」については『ホトトギス』より「商売」の用例が増えるがまだ揺れが見られる。

この中で⑨⑩の「例々」については誤字と考えてよいであろう。原稿に一度だけでなく二度も出現しているので偶然生じた誤りとはいえない。『三四郎』（七）にも「例々しく」とある。ただし、『それから』（三）や『明暗』（二十二）には「麗々と」と記されている。表記は個人においても幅が認められるが、漱石の原稿には誤字が多く見られる。原稿における誤字の多くは、文選工などによって訂正され、表面化していないだけである。不運にも、文選工や植字工、また校正の手など、すなわち多くの様々なフィルターをくぐり抜けて表面化してしまうことがある。そのような誤字に対して、研究者は好意的な姿勢、つまり漱石の意図的な当て字として処理している場合が見受けられる。漱石生存中においても、漱石の名が高まれば高まる程そのような考えが生じてきて、フィルターをくぐりやすくなり、誤字が表面化してくることが多くなっていると考えられる。それらは、全集における校異によって確認できよう。「例々」と「麗々」とは同音によるものであるが、漱石の原稿を見ていくとこのような同音による漢字表記を訂正している場合がある。漱石は、頭に浮かんだことばをとりあえず漢字の音や訓を利用して表わしているようである。このことは「盆槍」「判切」といった和語の当て字にも見られる現象である。

2　現代人の違和感

このような活字化の過程で訂正されたものがある一方で、④⑥⑦⑧⑪⑫⑬⑭⑮⑯⑰⑱⑲は初出・初版ともに変更されていない。ということは、当時の人々にとっては違和感が生じなかったといえよう。この中で、⑥⑦「熱い」⑮「黒人」⑱「矢鱈」はたとえば明治四十年刊の『辞林』の見出し漢字表記に採用されている。漱石の用いたこれらの表記はその当時においては一般的な表記であったといえよう。同時代の作家の小説にも漱石と同じ用字法を見ることができる。それらに対し違和感を覚えるということは、漱石の時代から現代へ至る途中で変化が生じていることになる。

◉「熱い」

・恰度《ちやうど》八月《ぐわつ》の中頃《なかごろ》の馬鹿《ばか》に熱《あつ》い日《ひ》の晩《ばん》で仏《ござ》います
（国木田独歩「女難」六　明治三十六年）

・夏《なつ》なんぞは熱《あつ》くて寐《ね》られないと、紙鳶糸《たこいと》に杉《すぎ》の葉《は》を附《つ》けて、そいつを持《も》つて塀《へい》の上《うへ》へ乗《の》つて涼《すゞ》んでゐる。
（森鷗外『青年』十六　大正二年）

◉「黒人」

・何者《なにもの》だらうと考《かんが》へて見《み》たが、分《わか》らない。或《あるひ》は黒人上《くろうとあが》りかとも思《おも》つてみたが、下町育《したまちそだ》ちは山《やま》の手《て》の人《ひと》とは違《ちが》ふ。
（二葉亭四迷『平凡』五十二　明治四十年）

・黒人《くろうと》らしい女連《をんなづれ》も黙《だま》つてしまふ。
（森鷗外『青年』十二　大正二年）

◉「矢鱈」

・さるを今の作者の無智文盲とて、古人の出放題に誤られ、痔疾の療治をするやうに矢鱈無性に勧懲々々といふ

は何事ぞと、　　（二葉亭四迷『小説総論』明治十九年）

・足の無き仙人とは「文学界」の連中であらうなど言散らして、矢鱈に仙人呼ばりせられんは余り嬉しき事にあらず。　　（北村透谷『人生の意義』明治二十六年）

明治時代の辞書における「あつい」の漢字表記は「熱」だけである。「暑」が見出し表記として登場するのは昭和十年代になってからのようであるが、『坊っちやん』の中にも、

尤も驚ろいたのは此暑いのにフランネルの襯衣《しゃっ》を着て居る。（二）

のような例がある。漱石でも後期の作品になると、「熱い」と「暑い」とが使い分けられているようであるが、まだ『坊っちやん』執筆の頃は「熱い」と「暑い」との同訓異字に対して厳密な書き分けは行われていない。つまり「熱い」の意味領域は「暑い」の意味領域をも包摂していたのである。

漱石に『素人と黒人』（大正三年）という評論があるように、「くろうと」の漢字表記としては「黒人」は普通の表記であった。「黒人《こくじん》」という語も当時既に使用されていた。たとえば次のような例が見られる。

・主人《しゅじん》は老《お》いても、黒人種《こくじんしゅ》のやうな視力《しりょく》を持《も》つてゐて　　（森鷗外『妄想』明治四十四年）

しかしこの時代においてはまだ「黒人《くろうと》」と「黒人《こくじん》」との同表記による混乱はさほど問題にはなっていなかったようであり、「玄人」への交替はもう少し後のようである。

副詞の漢字表記には当て字表記が多く、「矢」は他に「矢張」の例もあり、当て字にとっては重宝な字であったのであろう。その背景には、名詞の「矢庭」が「矢庭に」のように副詞化されたことにより語源意識が薄れ、「矢庭」が当て字のように考えられ、その同類と見なされたのかもしれない。

また⑬「椽側」⑲「焼点」は明治三十一年刊の『ことばの泉』では見出し表記となっている。ちなみに『辞林』では「縁側」「焦点」になっている。つまり、漱石の活躍した時代において表記の揺れが生じていることになる。

◉「椽側」

・もう二十年若《ねんわか》くば唯《たゞ》は置《をけ》ぬ品物《しなもの》めと腰《こし》は曲《まが》つても色《いろ》に忍《しの》び足《あし》、そろ〳〵と伺《うかゞ》ひより椽側《ゑんがは》に片手《かたて》つきてそつと横《よこ》顔《がほ》を拝《おが》めば驚《おどろい》たり　（幸田露伴『風流仏』八下　明治二十二年）

・書斎《しよさい》かと思《おも》つて書斎《しよさい》へ行《ゆ》かうとすると、椽側《えんがは》の尽頭《はづれ》の雪江《ゆきえ》さんの部屋《へや》で、雪江《ゆきえ》さんの声《こゑ》で、「誰《だれ》？」といふ。
（二葉亭四迷『平凡』三十六　明治四十年）

◉「焼点」

・更に之を云へば、余（「文学界」といふ団体を離れて）と愛山君との議論の焼点は、文学は必らずしも写実的の意義を以て人生に相渉らざる可からざるか、或は又た理想といふものを人生に適用することを許すものなりやの如何にあり。　（北村透谷『人生の意義』　明治二十六年）

・さらぬだに祖先《そせん》より代々《よゝ》教導《けうだう》を以て任《にん》とし来《きた》れる吾《わ》が家《いへ》の名《な》は、忽《たちま》ち近郷《きんがう》にまで伝《つた》へられ、入学《にふがく》の者日《ものひ》に増《ま》して、間《ま》もなく一家《いつか》は尊敬《そんけい》の焼点《せうてん》になりぬ。　（福田英子『妾の半生涯』一―三　明治三十七年）

「椽側」は、大槻文彦の『言海』一巻（明治二十二年）では「縁側」とある。しかし、それに続く明治二十六年の山田美妙の『日本大辞書』や、『ことばの泉』では「椽側」となっている。『日本大辞書』では「えん　縁＝椽」とあり、異表記関係としている。そこでは「椽」に音としてエンを認めているが、漢字音としては「椽」にはテンの音しかなくまた意味自体も垂木のことであるから、誤字として次第に意識されるようになったのであろう。漱石自身においても『それから』の原稿では「縁側」と書いている。

一方の「焼点」はfocusの訳語である。訳語としては最初は漱石も用いている「焼点」が使用されていた。しかし、「焦点」が学術用語として定着したことより、訳語表記の変化が生じていたのである。漱石の小説では『明暗』だけに「焦点」が使用されているが、他の作品では「焼点」となっている。ただし『文学論』（明治四十年）では

「焦点」となっている。これは講義の草稿を整理した中川芳太郎によるものと思われる。

3　漢字表記の要請

辞書に登載されていない語や見出し表記が仮名になっているものについて見ていこう。④「落ち振れる」は現代でも「落ちぶれる」と「ふれる」の箇所を仮名で表記しているように、この「ふれる」に対してこれと決まった漢字表記はない。明治時代の辞書では、「零落」（『言海』『ことばの泉』）、「落魄」（『日本大辞書』『辞林』）といった熟字表記を当てていた。小池氏もこのような熟字表記を期待しているのである。文選工としては熟字表記化といった大きな変更を行うことはできないし、「ふれる」に対応する適切な表記は当時もなかった。そのことによって、原稿のままにしたと思われる。

⑭「癇違」に対して小池氏は「勘違」を期待しているのであろう。『日本国語大辞典　第二版』によると、「かんちがい」という語は樋口一葉の明治二十八年「にごりえ」（「考違《かんちが》へ」）や「十三夜」（「勘違《かんちが》ひ」）とあるところが古い。それ以降、泉鏡花の『高野聖』（明治三十三年）や徳冨蘆花「黒潮」（明治二十五年）、島崎藤村の『破戒』（明治三十九年）に「勘違」が見られる。漱石においては表記が揺れていたようであり、「癇違」は『吾輩は猫である』（二例）『明暗』（一例）に見られる。「痏違」は『吾輩は猫である』（一例）『坊っちゃん』（二例）『野分』（一例）『それから』（一例）『彼岸過迄』（一例）『こゝろ』（一例）『明暗』（三例）に使用されている。そして「勘違」は『行人』（二例）だけにある。一作品においても複数の表記が用いられているように表記に揺れがあり、「癇違」は漱石にとって「かんちがい」の漢字表記の中の一表記にしかすぎない。

⑧「八釜しい」や⑯「六づかしい」のような形容詞を表記するのに漢数字を利用するのは、「むつかしい」が中世

や近世の多くの古辞書に「六借」と登載されているように有名なところである。真名本や候文における世話字の流れを継承したものといえよう。「八釜しい」も漱石以前に既にその使用例が見られる。

・一種《いつしゆ》のコレラ病《びやう》にかゝつたとは、些《ちつ》と六《むづ》かしい洒落《しやれ》ではあるが、
（坪内逍遙『当世書生気質』十七回　明治十九年）

・それに親父が八釜敷い、論語とか孟子とか云ふものでなくつては読ませなかつた。
（泉鏡花『いろ扱ひ』（談話）明治三十四年）

明治時代になって漢字平仮名交じり文という表記システムが定着した。その表記システムのもとでは、自立語を努めて漢字で書こうとする。このようなシステムにおいて特定の漢字表記が定まっていないことの多い形容詞は、特に総振り仮名や振り仮名が多用されている場合には、読みやすさと漢字表記の使用という点で漢数字が利用されたのである。明治時代以降の辞書は単なる用語集ではなく規範性が求められた。したがってこのような当て字を認めていないが、文章を書く上では依然として好まれていた。このことはこれから扱っていくものにも当てはまることである。

⑪「図迂図迂しい」も当て字である。現代でも「図々しい」と辞書の見出し表記に見られるが、これとても当て字である。むしろ「図迂図迂しい」の方が表音的である。漱石は「洒々《しやあしやあ》」を「洒唖洒唖」（『草枕』五）とすることもある。⑫「頓と」⑰「（皺）苦茶」は擬音語・擬態語やそれらから派生したものである。⑰「頓と」は副詞である「とんと（頓と）」の表記を擬態語として利用したものであろうし、また⑰「（皺）苦茶」は「滅茶苦茶」の「苦茶」の表記を利用したものである。いずれも同音の他の語の表記を利用したものである。副詞の「頓と」と「滅茶苦茶」はそれぞれこの表記で『辞林』に登載されている。しかし現代ではこれらは仮名で表記する。それは、第二次世界大戦後の国語政策に起因している。現代でも漢字平仮名交じり文という表記システムの変更はないが、国語施策として一番最初に実施された「当用漢字表」は当て字を認めなかった。副詞もまた仮名で書くように指示され

た。すなわち先に挙げた「矢鱈」などは仮名で表記しなければならない。それは副詞の多くが擬音語・擬態語から発生しており、その関係で副詞の漢字表記の多くが当て字であったからである。

現代の我々が違和感を抱くものは、漱石自身による誤字などに起因しているものもあるが、その多くはその当時の表記と現代での表記との違い、並びに表記システムの運用の違いによるものなのである。

第二節　同時代人による違和感

1　草稿段階での違和感

（前略）虚子は学問のない男である長い系統の立つた議論も出来ぬ男である。然し文章に関しては一隻眼を有して居る。ある方面に癖〔僻〕して居るかも知れんが彼の云ふ所は理窟も何もつけずして直ちに其根底に突き入る断案を下すに於て到底大学の博士や学士の及ぶ所ではない。か丶る人の云ふ事は傾聴すべき価値がある。か丶る人にくさ丶れたら其くさ丶れた理由を知るのは作家にとつて寧ろ愉快である。

（明治三十八年六月二十七日　野村伝四宛書簡）

拝啓二三日前君に手紙を出すと同時に虚子に手紙を出して名作が出来たと知らせてやつたら大将今日来て千鳥を朗読した。そこで虚子大人の意見なるものを御参考の為めに一寸申し上げる

○全篇を通じて会話が振つて居らん。藤さんのホ、、、が多過ぎる藤さんが田舎言葉で瀬川さんが田舎言葉で掛合をしたらもつと活動するかも知れん（漱石曰く虚子の云ふ所一理あり。然し主人公が田舎言葉でやつつけたら下女や何かの田舎言葉が引き立つまい。但し全篇を通じて若い男女の会話はあまり上出来にあらずと思ふ）

○虚子曰く章坊の写真や電話は嶄新ならずもつと活動が欲しい（漱石曰く章坊の写真も電話も写生的に面白く出来

て居る）

（中略）

以上は虚子の評なり。君は固より僕に示す丈の積りだらうが僕以外の人の説も参考に聞く方が将来の作の上に利益があると思ふから一寸報知する。虚子と云ふ男は文章に熱心だからこんな事を云ふので僕が名作を得たと前触が大き過ぎた為め却つて欠点を挙げる様になつたので、いゝ点は認めて居るのである。

（明治三十九年四月十四日　鈴木三重吉宛書簡）

草稿段階の違和感とは作者の師や親友などにおいて生じたものである。それはコメントや添削という形で現れてくる。たとえば、岩波書店から刊行されている泉鏡花の『自筆稿本義血侠血』（一九八六年）の再稿冒頭二丁余りに、鏡花の師である尾崎紅葉の朱筆および墨筆の加筆が見られる。松村友視氏による解説書によると、鏡花の初期の作品への紅葉の添削は明治二十七年九月～十月の執筆と推定される「旅僧」「取舵」に至る十一点に跡をとどめており、またその紅葉の添削の要点は次のようなものに関するという。

1　句読点の加筆
2　誤字・仮名遣い・用字の訂正変更
3　生硬な表現や不自然な設定の削除改変
4　会話の加筆挿入および改変
5　作者の個人的な閲歴や感情を直接反映させた部分の削除
6　概念的・抽象的な部分の削除

つまり漢字表記などの用字や仮名遣い、また表現や描写など様々な点に手が加えられている。

漱石の場合、親友の高浜虚子を文章の先達として仰いでおり、『吾輩は猫である』や『坊っちゃん』における添削は有名なところである。『吾輩は猫である』の第一章にあたる部分について、荒正人著小田切秀雄監修『増補改訂漱石研究年表』（一九八四年　集英社）では次のように記されている。

> （明治三十七年）十一月末から十二月初旬の間（日未詳）、高浜虚子、「山会」に提出することを約束した原稿を受け取りに来る。家にあがり、朗読して貰う。聞きながら笑い興じる。気のついた欠点を云って欲しいというと、数か所を指摘するので改める。原稿用紙二枚分を除いた箇所もある。高浜虚子、「山会」の時刻に大分遅れて出席する。

その第三章も虚子が漱石の自宅に来て朗読している。

> 虚子が猫をよむ僕がきく二人でげら／＼笑つて御蔭で腹がへつた。（明治三十八年三月十日　野村伝四宛書簡）

『坊っちゃん』は松山らしきところを舞台としているため、方言の扱いに困り虚子に修正を依頼している。

> 松山だか何だか分らない言葉が多いので閉口、どうぞ一読の上御修正を願いたいものですが御ひまはないでせうか（明治三十九年三月二十三日　高浜虚子宛書簡）

『坊っちゃん』の自筆原稿は、先に述べたように一九七〇年に番町書房から複製が、二〇〇七年に集英社から写真版が刊行されており、虚子の添削の跡を見ることができる。ただし、漱石の推敲なのか虚子の加除訂正なのか判断に苦しむ箇所もある。虚子筆の箇所を推定している文献として次のものがある。

・新垣宏一「『坊っちゃん』の松山ことば修正の問題――漱石と虚子による」（四国女子大学『研究紀要』第二十三集　一九七八年）

・渡部江里子「『坊っちゃん』原稿における虚子の手入れについて」（山下浩「新『漱石全集』（岩波書店）の本文を点検

する」『言語文化論集』三十九　後に、「漱石の自筆原稿『坊っちゃん』における虚子の手入れ箇所の推定、ならびに考察」『漱石雑誌小説復刻全集　第三巻　坊っちゃん』二〇〇一年所収）

・佐藤栄作「『坊っちゃん』自筆原稿に見られる虚子の手入れの認定」（『愛媛大学教育学部紀要　II人文・社会科学』三十三巻二号　二〇〇一年）

・「『坊っちゃん』加除訂正一覧」（『漱石全集』第二巻　三刷　二〇〇二年　岩波書店）

佐藤栄作氏の「『坊っちゃん』原稿の「なもし」」（『国文学』二〇〇一年一月　学燈社）によれば、虚子の手の筆跡に一致・酷似するものが八十九箇所あり、その八十箇所程度においては新垣氏・渡部氏と一致するという。

『坊っちゃん』の校正について漱石は虚子への手紙において次のように述べている。

校正は御骨が折れましたらう多謝々々其上傑作なら申し分はない位の多謝に候。中央公論抔は秀英舎へつめ切りで校正して居ます。君はそんなに勉強はしないのでせう。雑誌を五十二銭にうる位の決心があるなら編緝者も五十二銭がたの意気込がないと世間に済みませんよ。いや是は失敬。

（明治三十九年四月一日　高浜虚子宛書簡）

次の「2　初出段階の違和感」で見るように、『坊っちゃん』には文選工による変体仮名の誤読や、原稿の用字、送り仮名の変更が多く認められる。このような状況からは虚子が丁寧に校正を行ったとはとても思えない。このような不満による手紙であったと思われるが、漱石は虚子に対して全幅の信頼を置いていたようである。

拝啓猫の大尾をかきました。京都から帰つたら、すぐ来て読んで下さい。明日は所労休みだから明日だと都合がいゝ。

（明治三十九年七月十七日　高浜虚子宛書簡）

2 初出段階での違和感

拝啓虞美人草の校正に付ては今迄色々校正者の注意により小生の間違も直して頂いた事もあつて大に感謝の念に堪へん訳でありますが、時々原稿をわざ〳〵御易《かへ》になつた為め読者から小生方へ尻が飛び込む事があります。横川《よかは》を横《よこ》川と改められたの抔は一例であります。そんな事は、此方《こつち》の間違と差引て此方が得をしてゐる位だからいゝですがね。今日は少々困りますから一寸申上ます。

（十）の三

「もう明けて四ツ、になります」

といふ処がありますが、あれは少々困る。三十四、二十四、四十四抔を略して東京では四《シ》になつたとか、四《シ》だとか云ひますが四《よ》つになつたとは申しません。四《よ》つになつては藤尾が赤ん坊の様になつて仕舞ます。私は判然「四《シ》になります」と書いた積です。しかも二ケ所共四《よ》つに改めてある。困りましたね。

校正に云ふて下さい。叮嚀なる校正で甚だ感謝をするが、時々はこんな事もある。然しこの位な間違はどうせ免かれぬ事でせう。だから仕方がない。向後もあるでせう。然しかう云ふのがあつたと云ふ丈を校正者に話して下さい

八月八日　金之助

（明治四十年八月八日　東京朝日新聞社会部長　渋川玄耳宛書簡）

印刷文化の社会では、原稿に書いたものが印刷されて人々の目に触れるまでに多くのフィルターを経ている。原稿が、編集者の手を経て、文選工によって活字が選ばれ、その活字を植字工が組み、仮刷りされたものを校正者が目を通すことになる。これは活字の社会ばかりでない。江戸時代の板本の世界においても、自筆のものをそのまま板木に彫らないかぎり改変は避けられない。

漱石の書簡からわかることは漱石の誤字などが校正者などによって訂正されていることである。そしてその数が多いこと。逆に、校正者などによって間違いが生じていること。つまり、漱石の原稿と初出との異同はこのような理由によって生じているのである。

山下浩氏の『本文の生態学』（一九九三年　日本エディタースクール出版部）は、『坊っちゃん』の原稿に押してある文選工の印によって各文選工の誤りの癖を見ている。誤りばかりでなく、編集者、文選工、校正者による漱石のことばへの違和感もあろう。書簡に見られるような「横川」に対し振り仮名の「よかは」を「よこかは」にしたのは印刷関係者の知識不足によるものであるが、彼等にとっては「横川」と「よかは」とが結び付きがたかったのである。丁寧に文章を読んでいたら理解できたかもしれないが、連載ものにおいては校正を丁寧に行うだけの時間的な余裕がなく単に字面を追うことになろう。

違和感を抱く理由としてはいろいろあろう。たとえば漱石の表記や表現を誤りと感じたことによるものが考えられる。誤りと判断しているものの中には、まったくの誤りの場合や、使用されているものが一般的でないため、つまり古い表現であったり、マイナーな表現であったりする場合などがある。古い表現やマイナーな表現に対しては、同時代の人間であっても誤りと判断しているかもしれない。同時代人の違和感は、原稿と初出や単行本（初版）との異同によって知ることができる。

第一章第一節（12頁）に示した『坊っちゃん』の原稿の部分における初出『ホトトギス』や単行本『鶉籠』との異同としては、

此通りだ　（初・単）此の通だ　　脊戸　（初・単）背戸

の2箇所が見られる。「この通りだ」の「通り」の送り仮名が省略され、また「脊戸」の「脊」が「背」の活字になっている。前者の例は送り仮名の見落としによるか、文選工が不必要と考え省略したものであろう。また後者の「脊」を「背」にしたのは、「背戸」の場合「背」の方が一般的であったために訂正したものと考えられる。

第一節「現代人から見た違和感」で見たように、漱石の使用した「小供」や「借す」「商買」「例々」の表記が初出や初版において変更されていた。しかし、「小供」「借す」「商買」については同時代の小説に使用されており、決して誤字ではない。

◉「商買」

・御意《ぎよい》に入《い》りましたら蔭膳《かげぜん》を信濃《しなの》へ向《む》けて人知《ひとし》らぬ寒《さむ》さを知《し》られし都《みやこ》の御方《おかた》へ御土産《おみやげ》にと心憎《こゝろにく》き愛嬌言葉《あいきようことば》商買《しやうばい》の艶《つや》とてなまめかしく売物《うりもの》に香《か》を添《そ》ゆる口《くち》のきゝぶりに利発《りはつ》あらはれ

（幸田露伴『風流仏』一　明治二十二年）

・されば著述などあるものであつたらそれは必ず商買茶人俗茶人の素人おどしと見て差支ない

（伊藤左千夫『茶の湯の手帳』三　明治三十九年）

・それから九州へ帰りまして商買をしましたのですが、私の八つの時にお父様《とつあん》は死にましたのです。

（与謝野晶子『女が来て』大正三年）

◉「小供」

・垣の外に集まりし小供の鼠花火、音絶えて、南の家の小供は自分の家に帰つた。

（正岡子規『夏の夜の音』明治三十二年）

・まさか此小《このちつ》ぽけな島《しま》、馬島《うましま》といふ島《しま》、人口《じんこう》百二十三の一人《ひとり》となつて、二十人《にん》あるなしの小供《こども》を対手《あいて》に、やはり例《れい》の教員《けうゐん》、然《しか》し今度《こんど》は私塾《しじゆく》なり、アイウエオを教《をし》へて居《ゐ》るといふ事《こと》はご存知《ぞんじ》あるまい。

（国木田独歩『酒中日記』五月三日　明治三十五年）

・七《なゝ》つ八《や》つの頃《ころ》まで、よく他《ほか》の小供《こども》に調戯《からか》はれたり、石《いし》を投《な》げられたりした、其恐怖《そのおそれ》の情《ぢやう》はふたゝび起《おこ》つて来《き》た。

（島崎藤村『破戒』一―四　明治三十九年）

◉「借す」

・この高潔偉大なる事業に力を借すことなければ、彼等果して我を何とか言はむ。

（北村透谷『一種の攘夷思想』明治二十五年）

・余と相識る頃より余が借したる書を読みならひて漸く趣味をも知り言語の訛りをも正し

（森鷗外『舞姫』明治二十三年）

・『委員会《いゐんくわい》から帳簿《ちやうぼ》を借《か》して呉《く》れろと言《い》つて来《き》ましたから開《あ》けて渡《わた》しました。』とぢろり自分《ぶん》の顔《かほ》を見《み》た。

（国木田独歩『酒中日記』五月十七日　明治三十五年）

他の作家にも同じ表記が見られるにもかかわらず初出の段階でこれらの表記が変えられていることは、多くの印刷物に携わっていた文選工にとっては一般的な表記ではなかったのであろう。先に述べたように、これらは昔の表記であったりマイナーな表記であったと思われる。

単行本化における違和感

ふりがなは大体にてよろしく候へども漢字に小生好加減にふつたものに間違多きかと存候　尤も小生のわざ〳〵かう読ませやうといふ気でふつたものもあります　昨夜怖がる抔はどちらでも小生は一向頓着なく候雑もザフでもザウでも構ひ不申候　然鈴はレイに候　すゞは神社などにあるもの　鈴は山伏抔のもつものに候　あの場合わざと「レイ」とかなを振り居候

ばらせん（銭）御ぜん如仰に候　暖たかくなるべし　東京にてはあつたかくと申候

矢張りは小生わざとやつぱりとふるたる処多し　やはり御直しありても大抵の処は差支なかるべきか。然しある処はやつぱりに願ひ度心地致候

甚だ我儘な申分ながら自分の言葉の間違は正して貰ひたし。自分の言葉は他に弄くられたくない心持致し候

（明治四十五年七月二十八日　林原耕三宛書簡）

校正に付ては今朝申上候通りなれど御参考迄に大体の御注意を致候

一　大体新聞切抜を信用する事（是はルビ付のあるのみならず。小生自身眼を通して特殊の場合には特殊のカナを付けた積故也）

二　誰の眼にも間違と見ゆるは構ハズ御訂正の事

三　愈決しがたき時は御照会の事

右迄

ゆふべ、ゆうべ抔ニテ心配御無用。同じ発音ガデレバ夫デ結構也

（明治四十五年七月二十八日　林原耕三宛書簡）

初出の段階では原稿を読んで編集者や文選工が違和感を覚え、その違和感に基づいて訂正したものが初出としてテクスト化される。漱石の場合、朝日新聞に入社してからは新聞に連載されたもの（初出）を切り抜いた切抜帖を作成していた。そして、作者として改めてそれに手を加えていたようである。たとえば『三四郎』（九）の「西洋軒の会」における野々宮の発言の修訂は有名である。すなわち、初出に対する違和感や誤りの訂正である。その誤りには新聞社や印刷所による誤りに加え、作者自らの誤りも含まれていた。初出の訂正に際し、漱石は切抜帖を頼りにしており、原稿を見ていない。原稿を見ようと思っても、それは不可能だったかもしれない。その当時原稿は出版社や新聞社で廃棄処分することになっていたようであり、作者自身も原稿が手元に戻ってくることは考えていなかったであろうし、その原稿を後世まで残そうという意志もなかった。たまたま漱石の場合は、漱石の自筆原稿を欲しがる人々がいたことにより、幸いなことに原稿が現在まで残っているに過ぎないのである。

つまり、単行本化の段階では多くの場合初出本文を基にして編集されていくことになる。したがって本文としては初出の本文が重視されていく。たとえば、『虞美人草』の単行本における十九の一部（百二十六回の末尾）の欠落は漱石の切抜帖に起因しているのである。作者自身や作者に関わる人々、また編集者が手を加えなければ初出の本文がそのまま後世まで伝わっていくことになる。

漱石の作品の場合、単行本化にあたり校正を漱石自身が行っている場合、出版社が行っている場合、弟子達が担当している場合がある。

『漾虚集』（明治三十八年五月）の校正について、内田魯庵に次のような書簡を送っている。

其替り本文にも誤字誤植沢山有之大に恐縮致居候。校正はしても活版屋が直してくれないのも大分有之厄介千万に候。猫の時に大兄に注意されたから今度はと思つたが矢張駄目に候　（明治三十九年五月二十九日　魯庵宛書簡）

『坊っちゃん』を所収している『鶉籠』（明治四十年一月）では、前節（本章第一節（1））で見たように、初出の『ホトトギス』において表記に揺れが生じていた「小供」「子供」がすべて「子供」に統一されている。漱石の用字法から言えばこれは漱石自身が行ったものとはいえない。単行本には、初出の過程を経ずに刊行されたものもある。『文学論』（明治四十年五月）や『文学評論』（明治四十二年三月）は漱石の講義録であり、その講義を聴講した学生が下書きを行い、それを活字化したものである。『文学論』は中川芳太郎が下書きし、さらに校正も行っている。

文学論の校正が舞ひ込んで来た是は君の所へ行くのを間違つて僕の所へ来たのだらう。

（明治三十九年十二月十九日　中川芳太郎宛書簡）

しかし、その校正は出来が良くなかったようである。献本にあたり、誤植などの詫びを述べている。

文学論が出来たから約束により一部送る。校正者の不埒な為め誤字誤植雲の如く雨の如く癇癪が起つて仕様がない。出来れば印刷した千部を庭へ積んで火をつけて焚いて仕舞いたい。

（明治四十年五月三十日　菅虎雄宛書簡）

御約束の文学論差上候。小包にて御落手被下度候。是は正誤表に候。古今独歩の誤植多き書物として珍本として後世に残る事受合なれば御秘蔵被下度候

（明治四十年五月三十一日　久内清孝宛書簡）

『文学評論』は森田草平が下書きをしたようであるが、森田が『煤煙』の連載中であったためか、あるいは『文学論』の失敗に懲りたのか、漱石は自分で校正を行ったようである（明治四十二年二月三日　春陽堂　本多直次郎宛書簡）。しかしやはり誤植や誤りは避けられなかった。

とくに御推奨の辞を辱ふし加之《しかのみならず》御叮嚀に誤植の表迄も御示しにあづかり感佩此事に候。万事行届かぬ事多く自分にも不満足の箇所多く有之候へども若し御気付の所も有之候へば御示教にあづかり度と存候

（明治四十二年四月三日　大谷繞石宛書簡）

ある時期から校正を小遣い稼ぎに弟子達に任せている。『三四郎』の校正は小宮豊隆の都合により西村誠三郎へ変更されている。校正は小宮豊隆、林原耕三、内田百閒が担当することが多かったようである。小宮豊隆、林原耕三、内田百閒からの校正における問い合わせの書簡が残されていることから、三人の違和感を知ることができる。小宮は明治十七年生まれ福岡県の出身。林原は明治二十年生まれ福井県出身。内田は明治二十二年生まれ岡山県の出身である。彼らと漱石とは二十歳程度の年齢差があった。この年齢差や出身地の関係で、漱石の使用する江戸語（東京方言）が理解でないために、漱石に尋ねている。

○眼《め》を白黒《しろくろ》する（濁らず）　東京語
○心が清々《せい〳〵》する　東京語
○青軸《あをじゆく》　梅の一種　東京語か

（明治四十四年三月二十八日　小宮豊隆宛書簡）

縮刷版『吾輩は猫である』の校正を小宮が担当したが、初版の『吾輩は猫である』には極僅かしかルビが施されていないために、縮刷版刊行にあたりぱらルビにしなければならず、問い合わせたものと思われる。林原は『彼岸過迄』や『社会と自分』など多くの本の校正を担当している。次の書簡は『行人』の校正にあたった内田百閒への返事である。

拝復㈠気不精（キブツセイ）㈡拾（ヒロフ）㈢見付ける（此所はミツケル）㈣伸して（ノシテ）㈤無意味（無気味デハアルマジ）東京デハ無気味ト云ハズ㈥話しかけらるのが㈦そんな。小生は其んなと書かず。尤も前に仮名ばかりつゞいて読みにくい時は別なり㈧直、御直、間に合ハネバ一定シナクテヨシ。一定出来レバドツチデモヨ

シ(九)片方（カタハウ）(十)彼女ドツチニ読ンデモヨシ(11)何分コ、ハナニブン(12)善過ぎる？　好過ぎる？(13)横ヅケデヨロシ

（大正二年十二月三日　内田栄造宛書簡）

4　違和感の集大成（「漱石文法稿本」）

第九章　先生特殊の語法、用字の数例

日が限《かぎ》る　「日が陰《かげ》る」の意。前後の関係上、意味の紛らはしからざるものは其儘に保存し、不明なるもののみ「陰《かげ》る」と漢字を改む。

横縦十文字

陥欠

単簡

袴羽織で

自然天然

（中略）

でつこはす
でこはす　（「でつくはす」「でくはす」と改めず）（東京人の会話）

一撮み（香を）　彼岸過迄の中にあり。香に限らず凡て指頭にてつまむ分量にかくいふ。東京語にて「つま

み」といふは寧ろ特殊の場合に限らる。

（中略）

東京地方の方言に於て助動詞「べし」が下二段、上二段、上一段、加行変格の動詞並びに使役及受身の助動詞と連なるには後者の終止形（文法的）に於てせずしてその連用形に連なるを通用とす。

受けるべき（口語）または受くべき（文語）→受けべき

られるべき（口語）またはらるべき（文語）→られべき

〇漾虚集、草枕などの文体（文語的の口語）に規定を充て難きものあり。

（「漱石文法稿本」）

漱石の没後、早々に企画された『漱石全集』の編集にあたって「漱石文法稿本」が利用された。その稿本の末尾に「大正六年秋、森田米松、林原耕三、内田栄蔵」と記されているが、林原の「初刊本漱石全集の校正について」（『漱石全集』月報　一九六六年八月、後に『漱石山房の人々』所収　一九七一年　講談社）によると、実際には林原一人の手になるものであるという。林原は先に述べたように『彼岸過迄』などの校正にあたっており、その時の経験から蓄積していた資料を整理して作成したものである。林原は編集のメンバーから外されたが、この「漱石文法稿本」の提出を森田草平から求められ編集の参考にされた。

最初に「此文法は、先生の意識しなかった先生の文法。我等の備忘、記憶の整理、約束の覚書。」と記されている。十四章構成になっており、文法とあるように、第一章「動詞の語尾」、第二章「形容詞の語尾」など第七章までは品詞ごとに漱石の使用した語を例に説明されている。第八章は「一般仮名遣ひの注意」、第九章は「先生特殊の語法、用字の数例」、その他に「促音の書き方」「外国語の仮名遣ひ其他」「反覆符の用法」「漢字」「組み方の規定」を含んでいる。なおこの第九章では、「馬尻、盆槍してゐる、三馬、印気、左右ですか（左様ですか）、苦沙弥をする（噴嚏）」といった、他の人には見られないような当て字（用字）についても挙げられているが、特に用字については第十三章「漢字」において漱石の使用する複数表記に対しどの表記を採用するかを述べている。つまり、「漱石文法稿本」は『漱石全集』を編纂する上で、漱石の用語の統一性を求めようとしたものである。しかし、ある面においては校正を担当した林原の漱石の語や表記に対する違和感の集大成ともいふべきものである。「漱石文法稿本」は林原耕三の『漱石山房回顧・その他』（一九七四年　桜楓社）に所収されており、全体像を知ることができる。

森田草平は『漱石全集』において用語の統一をはかろうとした。そのため、先に述べたように林原の作成していた「漱石文法稿本」の提出を求めた。森田が漱石のどのような点において違和感を抱いていたのかについては、大正八年に刊行した『文章道と漱石先生』（春陽堂）の「本書の成立」において述べられている。この文章は、後に『夏目漱石』（昭和十七年　甲鳥書林）に所収されるにあたり「漱石文法」という見出しに改題されているように、『漱石全集』の際に使用した「漱石文法」、すなわち林原の作成した「漱石文法稿本」に基づいている。この文章によって、「漱石文法稿本」を参看した森田の漱石のことばに対する違和感を知ることができよう。そこでは大きく次の三つに分類されている。

（一）送り仮名の不統一
（二）漢字における正字・俗字並びに当て字
（三）江戸つ子の訛り《スランダ》

（一）の送り仮名について、森田は「本書の成立」において次のように述べている。

一般《ぱん》に初期《しよき》の作《さく》は振《ふ》り仮名《がな》の附《つ》かぬ雑誌《ざつし》に書《か》かれたから、読者《どくしや》の訓《よ》み違《ちが》ひを恐《おそ》れて、出来《でき》るだけ送《おく》り仮名《がな》を沢《ふん》山《だん》に出《だ》されたのが多《おほ》く、後期《こうき》の作《さく》は皆新聞《みなしんぶん》で発表《はつぺう》されたから、ルゼ《ママ》附《つ》き活字《くわつじ》の都合上《つがふじやう》成《な》るたけ送《おく》り仮名《がな》を振《ふ》り仮名《がな》へ繰《く》り込《こ》んだものが多《おほ》い。が、これは大体《だいたい》の傾向《けいかう》がさう成《な》つて居《ゐ》ると云《い》ふ迄《まで》で、先生自身《せんせいじしん》は無方針《むはうしん》の出《で》鱈目《たらめ》である。余《あま》りそんな事《こと》には頓着《とんぢやく》して居《ゐ》られなかつたと云《い》つても可《い》い。

(二) の正字・俗字については、出来るだけ字典をたよりに正字を使用するようにすれば校正の方針だけは立つとするが、漱石の当て字に対しては手を焼いている。

たゞ一つ困《こま》るのは先生自身《せんせいじしん》が、あれだけ漢学《かんがく》の素養《そやう》の深《ふか》い人《ひと》であつたにも係《かゝは》らず、当字《あてじ》を平気《へいき》で滅多矢鱈《めつたやたら》に使《つか》つて居《ゐ》られることである。若《も》しそれが単《たん》なる先生《せんせい》の間違《まちが》ひであるなら、幾許《いくら》先生《せんせい》の間違《まちが》ひだつて校正者《かうせいしや》の権威《けんゐ》として間違《まちが》ひを寛仮《くわんか》する訳《わけ》には行《ゆ》かない。どし〳〵正《たゞ》しい文字《もじ》に訂正《ていせい》して然《しか》るべきである。が、其中《そのなか》にはどうも単《たん》なる間違《まちが》ひとは云《い》へない、先生自身《せんせいじしん》それと知《し》りながら、わざとそんな当字《あてじ》を使《つか》はれたらしく思《おも(ママ)》れるのがある。わざとではなくても、少《すく》なくとも先生自身《せんせいじしん》の文字《もじ》の無頓着《むとんぢやく》から来《き》て居《ゐ》るとしか思《おも》はれないのが随分《ずゐぶん》ある。本来先生《ほんらいせんせい》といふ人《ひと》は、人《ひと》も知《し》る文章《ぶんしやう》の調子《てうし》に重《おも》きを置《お》いた人《ひと》で、眼《め》で見《み》て書《か》くよりは耳《みゝ》で聴《き》いて文章《ぶんしやう》を作《つく》つた人《ひと》である。従《したが》つてさう云《い》つたやうな無頓着《むとんぢやく》さ加減《かげん》は可也《かなり》あり得《う》べきことだと云《い》はなければ成《な》らない。かう成《な》ると、単《たん》なる当字《あてじ》も先生《せんせい》の作風《さくふう》の一端《たん》を示《しめ》すものとして、是非《ぜひ》とも保存《ほぞん》しなければ成《な》らないことに成《な》る。では、保存《ほぞん》するとして、何《ど》の程度《ていど》まで保存《ほぞん》したら可《い》いか、かう成《な》ると又難《またむづ》かしく成《な》る。

そして例を挙げて説明しているが、一つ妥協すると続々妥協を強要されるのが出て来るとして、表記の扱いについての判断に窮している。

(三) の江戸語に関して、「此訛《このなま》りを看過《かんくわ》すると、全体《ぜんたい》の文章其者《ぶんしやうそのもの》が可成間《かなりま》の抜《ぬ》けたものに成り得《う》る」としているように、ことばとしては違和感があるが、作品においてはそれが重要な働きを持っていることを認識している。漱石自身、漢字に江戸語（東京方言）の振り仮名を施しているように、作品中の江戸語に関して気にかけていたようである。森田は、小説における江戸語に関して、硯友社の江戸語と漱石の江戸語との違いについても言及している。

江戸《えど》つ子肌《こはだ》の文章《ぶんしやう》と云《い》つた処《ところ》で、生粋《きつすゐ》な東京語《とうきやうご》の言文《げんぶん》一致《ち》なら必《かなら》ずしも『坊《ぼつ》ちやん』に始《はじ》まつたとは云《い》はれない。尾崎紅葉《おざきこうえふ》を始《はじ》めとして、硯友社《けんいうしや》の諸先輩《しよせんぱい》は皆《みな》それを使《つか》つて居《い》る。が、彼等《かれら》の江戸語《えどつこ》は生粋《きつすゐ》の江戸語《えどつこ》には相違《さうゐ》ないが、何処《どこ》か硯友社風《けんいうしやふう》に様式化《ステライズ》されたる江戸語《えどつこ》である。文章《ぶんしやう》のために矯《た》め歪《ゆが》められたる江戸語《えどつこ》である。これに反《はん》して、『坊《ぼつ》ちやん』の江戸語《えどつこ》は生地《きぢ》の儘《まゝ》の江戸語《えどつこ》である。江戸《えど》で生《うま》れて、江戸《えど》で育《そだ》つた生粋《きつすゐ》の江戸《えど》つ子《こ》が——私《わたくし》どもは今《いま》でもたまには左様《さう》いふ爺《ぢい》さん婆《ばあ》さんに出会《であ》ふことがある——普通差向《ふつうさしむか》ひで話《はな》して居《ゐ》るやうな調子《てうし》である。従《したが》つて何方《どちら》かと云《い》へば、硯友社《けんいうしや》の言文《げんぶん》一致《ち》よりは落語《らくご》のそれに近《ちか》い。単純《たんじゆん》ではあるが、同時《どうじ》に又洗練《またせんれん》されたものである。深遠《しんゑん》な哲理《てつり》を語《かた》るには不都合《ふつがふ》かも知《し》れないが、坊《ぼう》ちやんのやうな単純《たんじゆん》な思想《しさう》や気持《きもち》を伝《つた》へるには、ぴたりと当《あ》て嵌《は》まつた文体《ぶんたい》である。

（『坊ちやん』と『草枕』）

そして森田はそれぞれの問題点について次のような方針を取ろうと試みた。

（一）について、全集のような纏まったものでは何処かに統一を見出すべきである。

（二）について、全集のためには何かの法則を求めて漱石の用字例というものも定めるべきである。

（三）について、江戸語を全集において積極的に活かす。

このような理由によって、『漱石全集』の校正に携わった森田と内田百閒は「漱石文法」を作成する必要があったとしている。全集を編纂するにあたって送り仮名や用字の統一は共通認識となっていたのである。内田も、『漱石全集』の校正の思い出を記した『十三号室』（昭和十年）において、初版や縮刷版など十冊ほどの校正に携わった経験から特に送り仮名について困っていたことを記している。

「漱石文法稿本」においては、（一）の送り仮名については、第一章の「動詞の語尾」から第七章の「接尾語」の各品詞ごとに説明がなされている。たとえば、動詞においては自動詞と他動詞との関係や派生関係から送り仮名の基準を定めている。また形容詞においても、本来の形容詞の語尾を示し、また動詞からの転成の場合の処置について動詞の語尾を出すのを原則としている。

（二）の漢字については第十三章に扱われており、一「本字、古文字はとらず」、二「怪奇珍奇もしくは意義不明に陥らざる限り正字による」、三「本来同一字にして意義を区別する必要上邦語に俗語を採用し慣れたるものは之を用ゐる」という、三原則を立てている。また、漱石の作品中に出現する複数の表記に関して、それぞれについて取捨の判断を示している。たとえば、（取）子供（捨）小供、（取）商売（捨）商買、（取）細君（捨）妻君、（取）丁寧（捨）叮寧・叮嚀・鄭寧、（取）記念（捨）紀念、（取）記憶（捨）記臆のように定めている。なお当て字の「盆槍」「馬尻」「辛防」は認めている。

（三）の江戸語に関しては、先に見たように第九章「先生特殊の語法、用字の数例」において示されている。この章に掲出されているものの多くが、明治初期における語形の揺れや江戸語（東京方言）などによるものである。年齢差や出身地の違いによって違和感が生じたのであろう。「横縦」か「縦横」か、「陥欠」か「欠陥」か、「単簡」か「簡単」かは漱石自身においても揺れていた。

「横縦」六例………〈吾輩一例〉〈草枕二例〉〈虞美一例〉〈行人二例〉
「縦横」九例………〈吾輩一例〉〈虞美三例〉〈彼岸二例〉〈行人二例〉〈明暗一例〉
「陥欠」四例………〈坊っ一例〉〈草枕一例〉〈三四郎二例〉
「欠陥」二例………〈三四郎一例〉〈彼岸一例〉
「単簡」二十一例…〈吾輩五例〉〈坊っ二例〉〈三四郎二例〉〈それ二例〉〈門一例〉〈彼岸一例〉〈行人四例〉〈こゝ三例〉〈明暗一例〉

「簡単」七十七例……（〈吾輩一例〉〈坊っ一例〉〈草枕二例〉〈虞美七例〉〈三四郎一例〉〈それ八例〉〈門三例〉〈彼岸六例〉〈行人十三例〉〈こゝ十八例〉〈明暗十七例〉）

森田は、「横縦」や「袴羽織」「自然天然」について、

私《わたくし》どもから見《み》れば、先生特有《せんせいとくいう》の語法《ごはふ》と云《い》ひたいやうな、先生《せんせい》の癖《くせ》がある。例《たと》へば、私《わたくし》どもなら縦横《たてよこ》十文字《もんじ》と云《い》ふところを、先生《せんせい》は必《かなら》ず「横縦《よこたて》十文字《もんじ》」と云《い》はれる。経緯《けいゐ》と書《か》けば、普通《ふつう》なら「たてよこ」と仮名《かな》を振《ふ》るべきだが、先生《せんせい》は一人《ひとり》「よこたて」と振《ふ》つて居《を》られる。私《わたくし》どもなら羽織袴《はおりはかま》と云《い》ふところを、先生《せんせい》は「袴羽織《はかまはおり》」と云《い》はれる。天然自然《てんねんしぜん》と云《い》ふところを、「自然天然《じねんてんねん》」と云《い》はれる。尤《もつと》も、これは先生《せんせい》ばかりでない。江戸《えど》つ子《こ》は一般《ぱん》に左様《さう》云《い》ふものだといふ説《せつ》があるが、私《わたくし》の知《し》つて居《ゐ》る限《かぎ》りに於《おい》ては矢張《やは》り左様《さう》は云《い》はない。何《ど》うも先生《せんせい》一人《ひとり》の癖《くせ》のやうに思《おも》はれる。（「本書の成立」）

と述べているが、「羽織袴」は二葉亭四迷『旅日記東海道線』（明治四十一年）や芥川龍之介『疑惑』『路上』（ともに大正八年）といった作品にも見られる。また「天然自然」も福沢諭吉『家庭習慣の教へを論ず』（明治九年）や幸田露伴の『運命は切り開くもの』（大正十四年）といった文章にも見られ、決して漱石の誤りではなく漱石の時代における語形の揺れと思われるが、森田には違和感があったのであろう。

「袴羽織」……二例（〈行人二例〉）　「羽織袴」三例（〈坊っ二例〉〈行人一例〉）

「自然天然」……二例（〈道草一例〉〈明暗一例〉）　「天然自然」九例（〈三四郎一例〉〈明暗八例〉）

・出院《しゆつゐん》のとき袴羽織《はかまはおり》でわざ〳〵見舞《みまひ》に来《き》た話《はなし》をして（『行人』「友達」二十二）

・其次《そのつぎ》へ親類《しんるゐ》がつゞくといふ順《じゆん》を、袴羽織《はかまはおり》の男《をとこ》が出《で》て来《き》て教《をし》へて呉《く》れたが（『行人』「帰つてから」三十五）

・なんぼ自分の送別会だつて、越中褌の裸踊迄羽織袴で我慢して見て居る必要はあるまいと思つたから、（『坊っちゃん』九）

・羽織袴《はおりはかま》で少《すこ》し極《きま》り過《す》ぎた服装《なり》はしてゐたが、顔付《かほつき》は存外《ぞんぐわい》穏《おだや》かであつた。（『行人』「塵労」七）

・さうして自然天然《しぜんてんねん》話頭をまた島田の身《み》の上《うへ》に戻《もど》して来《き》た。（『道草』十三）

・といふよりも、遠近の差《さ》等が自然天然《しぜんてんねん》属性として二つのものに元《もと》から具《そな》はつてゐるらしく見えた。（『明暗』百七十七）

・所が其富士山は天然自然《てんねんしぜん》に昔《むかし》からあつたものなんだから仕方がない。（『三四郎』一）

・すると天然《ねん》自然《ぜん》割かれた面《めん》の両側《がは》が癒着《ゆちやく》して来《き》ますから、（『明暗』一）

「漱石文法稿本」では「日が限る」を例として挙げているが、『三四郎』に一例、『門』に一例見られる。

・広い畠《はたけ》の上《うへ》には日が限《かぎ》つて、見てゐると、寒い程淋しい。（『三四郎』五）

・一寸見付《みつ》からないうちに、日が限《かぎ》つて来《き》たので、又電車へ乗つて、宅《うち》の方へ向《むか》つた。（『門』二）

森田はこの「漱石文法稿本」に基づいて林原に尋ねながら作業を行ったが、

文法其物《ぶんぱふそのもの》がもと〳〵一時《じ》の間《ま》に合《あは》せに作《つく》つたものではあるし、それに校正《かうせい》をして居《ゐ》る間《あひだ》には、後《あと》から〳〵新《あたら》しい事実《じじつ》を発見《はつけん》して、標準《へうじゆん》もぐらつけば、私《わたくし》どもの意見《いけん》も変《かは》つて行《ゆ》く。其結果《そのけつか》、最初《さいしよ》の期待《きたい》に反《はん》して、極《きは》めて統《とう》一の欠《か》いた、あの通《とほ》りの全集《ぜんしふ》を拵《こしら》へ上《あ》げたのは汗顔《かんがん》の至《いた》りである。（「本書の成立」）

と述べているように、全体の統一は困難であった。

『漱石全集』の昭和十年版いわゆる決定版では、小宮豊隆は著者である漱石の個性を活かした本文を作ることを試みた。すなわち原稿の現存しているものはその原稿に基づき、所在が不明な場合は初出の雑誌や新聞によるという、原典重視主義で全集を編纂しようとした。平成になって刊行された岩波書店の『漱石全集』も基本的にはこれと同じ方針で行われているといえよう。ただ決定版の段階と異なる点は、決定版の当時は複写技術がまだ発展しておらず、また原稿の所有者も現在のように学術機関ではなく個人であったりしたことにより、原稿重視といっても自ずと限界があったのである。

これまで見てきたように、初出、初版、全集などにおいて漱石以外の人々が関与していた。そのような点からいえば、漱石の原稿に基づくのが最良の方法のように見える。ただし本文校訂を考えた場合、切抜帖への書き入れや校正者からの問い合わせを考えると、原典すなわち原稿重視主義ではたしてよいのか問題になるところである。

原稿、初出、初版、縮刷版、全集などそれぞれの編集の段階で生じた違和感が、一つの作品に対して異なった様々なテキストを生成することになる。

第四章

漱石と江戸語（東京方言）

代助ばかりではない。従来からゐる婆さんも門野《かどの》の御陰で此頃は大変助かる様になつた。その原因で婆さんと門野《かどの》とは頗る仲《なか》が好《い》い。主人の留守などには、よく二人《ふたり》で話をする。

「先生は一体何《いつたいなに》を為《す》る気なんだらうね。小母《おば》さん」

「あの位《くらゐ》になつて入らつしやれば、何《なん》でも出来《でき》ますよ。心配するがものはない」

「心配はせんがね。何《なに》か為《し》たら好《よ》ささうなもんだと思ふんだが」

「まあ奥様でも御貰ひになつてから、緩つくり、御役でも御探《おさが》しなさる御積りなんでせうよ」

「いゝ積《つも》りだなあ。僕も、あんな風に一日本《いちにちほん》を読んだり、音楽を聞きに行つたりして暮《くら》して居たいな」

「御前《おまへ》さんが？」

「本《ほん》は読まんでも好《い》いがね。あゝ云ふ具合に遊んで居たいね」

「夫《それ》はみんな、前世《ぜんせ》からの約束だから仕方がない」

「左様《そん》なものかな」

まづ斯う云ふ調子である。（後略）

（『それから』一）

先の「漱石文法稿本」には漱石の東京語が指摘されていたし、単行本化の校正にあたっての林原から漱石に対する質問は東京語に関するものが多い。林原が「東京語」と述べているように、東京語は標準語とは異にするものである。漱石の作品にはたしかに東京語といおうか、東京方言といおうか、というべきであろうか、むしろ江戸語（東京方言）の使用が多い。漱石の場合、会話文にかぎらず地の文にも江戸語（東京方言）を活用している。会話文であれば、東京を舞台とすることの多い漱石の作品に東京のことばが使用されることはやむをえないであろう。それも年齢や地位によって明確に使い分けているようである。作品に多くの人物を登場させれば、その人物にふさわしい口調を用いて書き分ける必要がある。これは小説家にとっては当然なことであり、むしろそれが腕の見せどころなのである。

ある特定の地域を舞台にした場合、もしその土地のことばに精通していれば、その方言を用いて書いていく。長塚節の『土』（明治四十三年）は茨城県結城地方を舞台にしており、その方言による会話がいきいきと描かれている。その適切さによってその当時の方言資料として活用されている。また漱石の『坊っちやん』には松山方言が用いられている。先に見たように、高浜虚子による添削が行われている。漱石の時代の小説の多くは東京を舞台にしているが、そこには漱石の使用しているような江戸語（東京方言）はほとんど見られない。多くの作家が東京出身者でないように、またその読者もたとえ東京に住んでいても地方出身者であることが多い。そのような社会においては、小説の作品に登場する人物は必ずしも東京出身者である必要もなく、当時の東京の実態からいえば無理して江戸語（東京方言）を話させる必要もないのである。

江戸出身の漱石の場合、地の文にも彼の使用語である江戸語（東京方言）を用いている。まさしく言文一致といえよう。

彼は時々《とき〴〵》寐《ね》ながら、左の乳《ちゝ》の下《した》に手を置いて、もし、此処《こゝ》を鉄槌《かなづち》で一つ撲《どや》されたらと思ふ事がある。

（『それから』一）

「先生、大変な事が始まりましたな」と仰山な声で話しかけた。（ぎょうさん）　（一）

平岡は、仕方がない、当分辛抱するさと打遣る様に云つたが、（うっちゃる）　（二）

三千代はこごんで帯の間から小さな時計を出した。　（四）

この四語形ともに、漱石の活躍していた頃の辞書である『辞林』（明治四十年版）では俚言方言のマークが施されている。したがって、当時これらの語形を使用する人々が大勢いた筈である。しかし漱石以外の作家の小説に出現することはあまりない。もし先の『それから』に見られた俗語に対する標準語を挙げるなら、辞書において意味記述として示されている「打つ・なぐる」「甚だ大きい」「すておく」「かがむ」が該当することになるだろう。

漱石はどのような考えで会話文に限らず地の文でも江戸語（東京方言）を使用したのであろうか。漱石は「文章の混乱時代」（『文章世界』一巻六号　明治三十九年）において、通俗文隆盛について次のように述べている。

それでは今日の文章の傾向は？　いふ迄もなく通俗になりつゝあるといふことである。雅文も無いではないが、それは極めて少数の人が作るのみで、一般の文章家は通俗文、即ち日常の言語に接近した文体の方に奔《はし》つて居るやうだ。斯の如き傾向は何に原因して現はれたかと考へて見るに、日常の言語を使へば思ふ存分の事が言へて便利であるといふ事に気が付いたからである。料理屋の勘定書とか電信の文とかいふ正確簡明を貴ぶ実用的の文は勿論のこと、文学的の文章も社会が文学者や文学的頭脳を持つた人のみの集合ではなく、寧ろ生活を必要とする人間が集つて居る社会である以上——仮《よ》し又文学的頭脳を持つた人にせよ、一日の中で文学を思《おも》ひ浮べるのは僅《ほん》の些少《ちよつと》の間で、残余《あと》は経済の遣繰《やりくり》を心配するとか、要務の手紙を書くとか人を訪問するとかいつたやうな具合で、何《ど》の方面からみても実用向きの事が大部分を占めて居る以上、おのづから実用的の文章が一世の勢力を占めるのは自然の勢であらう。

この「文章の混乱時代」によれば、書く立場からすれば「思ふ存分の事が言へて便利」だということになり、読む立場から言えば読みやすくわかりやすいということになろう。漱石の初期の創作の過程においては、「山会」という文章会の仲間による朗読会が影響を与えていよう。リズミカルで聞きやすい作品が求められたのである。

漱石の江戸語（東京方言）使用を考える上で、漱石が標準語をどのように考えていたかが問題になってこよう。漱石の著作には標準語という用語は見られないようである。標準語については、明治二十年代後半頃からどのようにすべきかという論議が高まってくる。明治二十八年一月に、上田万年が『帝国文学』一号に「標準語に就きて」を発表した。

願はくは予をして新たに発達すべき日本語の標準語につき一言せしめたまへ、予は此点に就ては、現今の東京語が他日其名誉を享有すべき資格を供ふる者なりと確信す。たゞし東京語といへば、或る一部の人は直に東京の「ベランメー」言葉の様に思ふべけれども、決してさにあらず。予の東京語とは、教育ある東京人の話すことばと云ふ義なり。

そして、上田を中心とした国語調査委員会が明治三十五年三月に設置され、標準語策定の活動が開始された。この年の八月に、岡野久胤は『言語学雑誌』三巻二号に、「標準語に就て」を発表し、「言文一致の採るべき標準語は孰なりやと言へば此東京の各社会一般に通用する言語、即ち中流社会の男子の言語を採るのである。それで、尚ほ言語一致文は中流社会の言語に修飾を加へて用ひると云ふのである。」と述べている。

これは上田の考えを受け継ぎ、東京語の中の範囲を限定したのである。もし標準語がこのようなものなら、漱石は標準語の資格を充分満たしているといえよう。ただし、標準語について盛んに議論が行われていた時代に漱石は東京にはいなかった。このような議論が交わされていたことを漱石は知っていたかわからないが、先に述べたように漱石の使用することばには他の小説家に使用されていない語、すなわち東京方言が見られる。そしてそれらは辞書においては俚言や方言、俗語の扱いをされていた。当時の東京は多くの地方出身者で溢れており、文学の世界でも同様であった。地方出身者の方がむしろ標準語の動きに対して敏感であったと思われる。東京出身者の場合自分たちのことばが標準語であるという意識を持っていることによって、標準語に対して無理解であることが多い。それは漱石にも当てはまることかもしれない。また、第七章「話しことばの移り変わり」で詳しく見ていくが、漱石は新しいことばの動きに追いついていない。岡野の言うように標準語＝東京の中流社会の男性の言語であるとすれば、漱石の使用語とは異なる新しい東京のことばが急速に動いていたことになろう。漱石が東京出身者であること、並びに漱石がことばの動きの激しかった時期に東京を離れていたことが、新しいことばを描写するのに手を焼いた原因になっていると考えられる。また漱石の交際範囲が高学歴層であったことも影響を与えているかもしれない。

　なお漱石は明治四十四年に関西に講演旅行に出掛け、関西のことばをじっくり聞いた。そのことによって東京のことばを客観的に見る機会が出来たのであろう。『彼岸過迄』において、東京のことばについて須永の口を借りて次のように述べている。

「僕は此辺《このへん》の人《ひと》の言葉を聞《き》くと微《かす》かな酔《よひ》に身《み》を任《まか》せた様な気分になります。ある人《ひと》はべたついて厭《いや》だと云ひますが、僕は丸で反対です。厭《いや》なのは東京の言葉です。無暗に角度《かくど》の多《おほ》い金平糖《こんぺいとう》のやうな調子を得意になつて出《だ》します。さうして聴手《きゝて》の心《こゝろ》を粗暴にして威張ります。僕は昨日《きのふ》京都から大阪へ来《き》ました。
（「松本の話」十）

第一節　まぼしい

おれは皿の様な眼を野だの頭の上へまともに浴びせ掛けてやつた。野だはまぼしさうに引き繰り返つて、や、こいつは降参だと首を縮めて、頭を掻いた。（『坊っちゃん』五）

三四郎のしやがんでゐる低《ひく》い陰《かげ》から見ると岡の上は大変明《あか》るい。女の一人《ひとり》はまぼしいと見えて団扇を額《ひたい》の所に翳《かざ》してゐる。（『三四郎』二）

代助は目映《まぼ》しさうに、熱《あつ》い鏡《かゞみ》の様な遠い空《そら》を眺《なが》めた。（『それから』十六）

眉を寄せて、ぎら〳〵する日を少時《しばらく》見詰《みつ》めてゐたが、眩《まぼ》しくなつたので（『門』一）

1　江戸語である「まぼしい」

現代語で「まぶしい」というところを漱石は「まぼしい」と表現している。『日本言語地図』（国立国語研究所編）図30・31によると、東京にはマボシイの分布は見られず、マブシイが分布している。この言語地図では、マボシイは東京の周辺に分布している語形となっている。言語地理学でいう周圏分布（ABA分布）になっていることから、かつては東京（江戸）でも使用されていた語形と思われる。江戸時代中期の安永四（一七七五）年に刊行された『物類称呼』には「羞明《まばゆし》といふ事を（略）江戸にて、まぼしいと云」と記述されていることや、雑俳や人情本にも次のような例が見られることから、「まぼしい」が江戸語であることが確認できる。

腰掛けて河原まぼしき涼み哉　（『雲鼓評万句合集』一七四六年頃）

あんどうをいだす。増「仇さん、おめへはまぼしかろう」　（『春色辰巳園』後八回　一八三三〜三五年）

明治時代の辞書を見ても、「まぼしい」は『言海』四巻（明治二十四年）や『日本大辞書』（明治二十六年）、『ことばの泉』（明治三十一年）に登載されている。これらの辞書では、『物類称呼』と同じく「まぼゆし」を標準語として、「まぼし」を「まばゆしの転」としている。『言海』や『ことばの泉』では東京での言い方であると説明を施している。なお「まぶし」に対しては「まぼし」の転とし、この語も『言海』では東京の語とし、『ことばの泉』では東国の方言としている。

2　漱石の使い分け

漱石の作品を見ていくと、明治時代の辞書に登載されている「まぼしい」「まぶしい」「まばゆい」の三語形が使用されている。

・こいつは変だとまぶしいのを我慢して昵と光るものを見詰めてやつた。　（『吾輩は猫である』九）

・ランプの灯《ひ》がまぶしい様《やう》に眼《め》に這入《はい》つて来《き》たんだから、驚《おどろ》いた。　（『坑夫』三十二）

・思はざる辺に此不思議な大発見をなした時の主人の眼は眩ゆい中に充分の驚きを示して、烈しい光線で瞳孔の開くのも構はず一心不乱に見詰め居る。　（『吾輩は猫である』四）

・エレーンは衣の領を右手につるして、暫らくは眩ゆきものと眺めたるが　（『薤路行』三）

表❶

	まぼしい	まぶしい	まばゆい
吾輩は猫である	1	1	1
幻影の盾			1
薤路行			3
趣味の遺伝	1		
坊っちゃん	2		
野分	2		2
虞美人草		1	3
坑夫		1	
三四郎	2		
永日小品	1		1
それから	2		
門	1		
彼岸過迄			1
行人		1	1

作品ごとに見ていくと、表❶のようになっている。

いずれの例も地の文で用いられている。漱石が江戸語である「まぼしい」を、何らかの効果を求めるための特殊な表現としてではなく、ごく当り前の語として使用していることがわかる。漱石が「まぼしい」を「まばゆい」と「まぶしい」と共用していることからすると、漱石においては三語間において意味の違いがあったと考えられる。先に見た『言海』や『ことばの泉』では地域的な情報が記されているだけであり、意味の違いについての言及はなかった。しかし、ヘボンの『和英語林集成』では「まぶしい」と「まばゆい」との違いを次のような光の強度によって説明している（慶応三年の初版・明治五年の再版・明治十九年の三版いずれも同じ記述である）。なお『和英語林集成』には「まぼしい」は見出し語として登載されていない。

（まぶしい）Dazzled, overpowered by the light.

（まばゆい）Dazzled, overpowered by strong a light.

漱石の作品におけるそれぞれの語の光源あるいはまぶしく感じられる対象を見てみよう。

「まぼしい」…・人（吾輩は猫である・野分・永日小品）・日光を浴びた雲（趣味の遺伝）

・視線（坊っちゃん）　・日の丸（坊っちゃん）　・日光（三四郎・門）　・空（それから）
・店の明かり（それから）
「まぶしい」……・泥棒が手にしている光るもの（吾輩は猫である）　・木の若葉（虞美人草）　・ランプの灯（坑人）
・焔〈女性の蒼白い頬の形容〉（行人）
「まばゆい」……・眼（吾輩は猫である・虞美人草）　・光（薤路行）　・日光（薤路行・行人）　・衣（幻影の盾・薤路行）
・銀燭（野分）　・宝石（野分）　・人（虞美人草）　・障子（虞美人草）　・ギャラリー（永日小品）
・蒼空（彼岸過迄）

これによると、漱石においては「まぼしい」と「まばゆい」とは重なる領域が多いようである。「まばゆい」は『幻影の盾』や『薤路行』といった文語文体での使用が顕著である。文語調の『虞美人草』においても現在形での記述の場面に用いられている。これらのことから「まばゆい」は雅語的な語といえよう。また「まばゆげ」や「まばゆさ」といった派生形での使用も見られ、新しい語形である「まぼしい」や「まぶしい」においてまだ未完成な部分の表現を補っているようである。さらに「大発見をなした時の主人の眼」、「銀燭」、「綺麗に輝く蒼空」といった光源・対象についての使用から、「まぼしい」と比較するとプラスイメージをも含んでいるように思われる。「まぶしい」は当時まだ新語形であったので、使用される場面も限定されていたようであり、また光源も小さなものである。「まばゆい」と比較すれば、「まぶしい」は『和英語林集成』にあった説明通り光の弱さが指摘されよう。

このように、漱石は小説において、彼の使用語である江戸語の「まぼしい」と雅語としての「まばゆい」、そして新しく使用されるようになった「まぶしい」とを意味の違いや文体によって使い分けていたようである。その中で「まぼしい」が漱石にとっては中立的な一番使いやすい語であったと思われる。

3　他の作家の使用例

「まぼしい」を使用する作家や、他の作家の「まぶしい」関係の使用語形を見てみよう。『CD-ROM版新潮文庫　明治の文豪』と『CD-ROM版新潮文庫　大正の文豪』を用いて調査をしたところ、表❷のようになった。

なお表は生年順に並べてある。

表❷

作家名	出身地	まぼしい	まぶしい	まばゆい
森鷗外	島根		1	2
二葉亭四迷	東京	1		1
伊藤左千夫	千葉		1	
夏目漱石	東京	12	4	12
国木田独歩	千葉			2
島崎藤村	長野		13	2
岩野泡鳴	兵庫	1	1	
上田敏	東京			1
里見弴	神奈川		2	
芥川龍之介	東京			5
梶井基次郎	大阪		1	

表❷からわかるように、一語形しか使用しない作家、二語形を併用する作家など様々である。このCD-ROMには一作家について漱石のようには多くの作品が収録されていないので、自ずとそれぞれの作家の使用例は少なくなる。「まぼしい」を中心に見ていくと、漱石とおなじく「まぼしい」を使う作家としては二葉亭四迷と岩野泡鳴がいる。二葉亭は尾張藩士の子であるが、江戸で生まれて一時名古屋（一八六八年十一月～七二年十月）[*1]や松江（七五年五月～七八年三月）などへ転居しており、方言研究でいう言語形成期を東京以外でも過ごしており、完全な東京ネイティブとはいえないが、江戸語の「まぼしい」の使用が見られる。一方岩野は兵庫県の出身である。二葉亭の場合言語形成期に江戸・東京に居住していたことがあるので「まぼしい」の使

用は納得できるが、兵庫県出身の岩野の使用は意外である。しかし『日本言語地図』によると、「まぼしい」は関東地方の他に但馬地方や丹波地方にも分布があり、「まぼしい」が関東地方以外でも使用されているのである。そして、岩野の出身地である淡路島にも確かに「まぼしい」の分布が認められる。ただし、関西地方の「まぼしい」は関東の「まぼしい」とは出自を異にしているようである。[*2] CD-ROM版に収録されている東京出身の作家としては他に芥川龍之介がいるが「まぼしい」の使用は認められない。「まぼしい」が古いことばであったことに加え、芥川の場合いずれも古典を題材にした作品に出現しているので、「まばゆい」が用いられたものと考えられる。

二葉亭においては「まぼしい」と「まばゆい」とを次のように使用している。

・唯 閾《けはなし》の所からねむり眼をまぼしさうに細めておそろしく意味有りさうに自分を眺めた。
（『めぐりあひ』第一　明治二十一年）

・地上に散り布いた、細かな、落ち葉は俄かに日に映じてまばゆきまでに金色《こんじき》に放ち　（『あひゞき』明治二十一年）

二例しかないので明確なことは言い難いが、「まぼしい」を人間に用いている点では漱石と同じである。また後者は文語的な文章でありプラス的な表現であるので、「まばゆい」の使用も頷かれる。次に岩野の例を見ると、

・呑牛はランプがまぼしい様に目をぱちくりさせながら　（『断橋』十二　明治四十四年）

・義雄《よしを》はまた本問題《ほんもんだい》に帰《かへ》つて、今度《こんど》は畳《たゝみ》の上《うへ》から目《め》をまぶしさうに女《をんな》の方《はう》に向《む》けた。　（『発展』五　明治四十五年）

岩野の場合も二例しかないのではっきりとはわからないが、ランプの光に対して「まぼしい」を用い、女性（人間）に対して「まぶしい」を用いていることからすると、これは漱石とは全く逆の使い方である。先に見たように、岩野の出身は兵庫県であり、漱石と同じ「まぼしい」という語形を用いているが、関東の「まぼしい」とは用法が異なっている。

4 「まぶしい」の成立

共通語の「まぶしい」の成立については既に真田信治氏と増井典夫氏の論がある。[*3] 真田氏は、関西の「まぶい」が母胎となって、ある時期に江戸へ移植されたとする。それに対し、増井氏は江戸には「まぶしい」の前に「まぶい」の語の使用がなく、「まぼしい」の後に「まぶしい」が出現することから、「まぶしい」は「まぼしい」と美しい意の「まぶい」との関係によって生じた語形であるとする。『日本語言語地図』を見ると、「まぶしい」は東京を中心として広がっており、現在共通語として位置づけられている。「まぶしい」の最古の用例は、『日本国語大辞典第二版』によると中世の辞書（「宣賢卿字書」一五五〇年頃）の例であるが、『日本言語地図』を見る限りでは現在の「まぶしい」とつながるものと言えるか疑問である。現在の「まぶしい」の分布状況並びに江戸語の「まぼしい」との関係からは、江戸語の「まぼしい」に上方からの「まぶい」が流入した結果混交形（blending, contamination）として「まぶしい」が形成されたのではなかろうか。標準語の成立に上方語が関与していることは、標準語形の一致度の調査による標準語と関西との一致度の高さからも窺われる。[*4] 「まぶい」は江戸語では女性を形容する語であった。そのため、「まぶい」のままでは入り込めない状況であり、「まぼしい」が使用されていたことにより「まぶしい」という形で定着したと考えられる。

第二節　おのぼれ

自分に逢つて手渡しにしたいと云ふのは——三四郎は此処《こゝ》迄己惚《おのぼれ》て見たが
さういふと、己惚《おのぼれ》になるやうですが、私は今《いま》先生と人間《にんげん》として出来る丈幸福にしてゐるんだと信じてゐます
わ。
己惚《おのぼれ》かは知りませんが、私の頭《あたま》は三井岩崎に比《くら》べる程富んでゐないにしても
その困難が今の彼に朧気ながら見《み》えて来《き》た時、彼は彼の己惚《おのぼれ》に訊《き》いて見た。

（『三四郎』八）

（『こゝろ』十七）

（『硝子の中』十五）

（『明暗』五）

1　「おのぼれ」と「うぬぼれ」

現在我々は「うぬぼれ」を使用している。「うぬぼれ」の初出は、『日本国語大辞典　第二版』によると、洒落本の『遊子方言』（一七七〇年）であり、『指面草』（一七八六年）や『傾城買二筋道』（一七九八年）といった十八世紀後期の他の作品の用例もそこに掲出されている。それらから判断すると、「うぬぼれ」は遊廓で発生した語のように思われる。一方、漱石の使用する「おのぼれ」は「うぬぼれ」より少し遅れて『春色梅児誉美』（一八三二〜三三年）の例が見られる。「うぬぼれ」の方が先に出現し、現在も使用されていることからすれば、「おのぼれ」は一時的に出

現した語形であったといえよう。「うぬぼれ」自体江戸で出来た語であるが、さらにその後に「おのぼれ」が江戸で出来たのである。その原因としては、「うぬ」が江戸時代になってからの新しい語であり遊廓で使用された語であったことによって、同義であり古くからの「おの」の方がより適切であるという意識が生じて、「おのぼれ」が生成されたと思われる。

「おのぼれ」についての明治時代の辞書の扱いは様々である。代表的な辞書における見出し語としての掲出の有無並びに漢字表記を示すと、表のようになる。

	うぬぼれ	おのぼれ	注記
『和英語林集成』三版（明治十九年）	○「自信」	×	
『言海』一巻（明治二十二年）	×	○「己惚」	
『日本大辞書』（明治二十六年）	○「自惚れ」	○「己惚」	うぬぼれに「方言俚言」の印 おのぼれに「文専用」の印
『ことばの泉』（明治三十一年）	○「自惚」	○「己惚」	おのぼれは俗語
『辞林』（明治四十四年）	○「自惚」	○「己惚」	おのぼれに「俚言」の印

明治二十年代の辞書は江戸語の「おのぼれ」に馴染みがあったと思われ、『言海』では「おのぼれ」だけの掲出であり、『日本大辞書』では「うぬぼれ」を方言・俚言としている。しかし、明治三十年代以降は標準語の意識が高まったのであろう。「おのぼれ」の方が俗語や俚言として扱われるようになる。「己惚《おのぼれ》」については先に見た「漱石文法稿本」にも「先生特殊の語法、用字の数例」の例として取り挙げられており、林原にとって違和感のあった語である。

2　漱石の「おのぼれ」と「うぬぼれ」

『漱石全集』を読んでいくと、「おのぼれ」ばかりでなく「うぬぼれ」も使用されている。ただし、それらの振り仮名については問題があり、山下浩「新『漱石全集』の本文を点検する」（『言語文化論集』三十九　一九九四年）の注として掲出されている、馬場美佳「新『漱石全集』（岩波書店）の「編集ルビ」への疑問」において、疑問点の一つとしてこの「己惚」も対象となっている。

漱石における「自惚」と「己惚」の用例を確認してみよう。ここではまず各作品ごとに、振り仮名が付されている場合には、原稿・初出・初版それぞれに付されている振り仮名を示す。なお原稿が確認されていない箇所については不明とする。また原稿や初出・初版に振り仮名が施されていない場合には—とし、その箇所を岩波の平成版の『漱石全集』が補読している場合には（　）に入れて示す。

◉『吾輩は猫である』…自惚　一例　己惚　三例

・人間はかう自惚れて居るから困る。（二）

原稿　不明　初出　—　初版　—　岩波（うぬぼ）

・鏡は己惚の醸造器である如く、同時に自慢の消毒器である。（九）

原稿　不明　初出　—　初版　—　岩波（うぬぼれ）

・生じ白いと鏡を見るたんびに己惚が出ていけない。（十一）

原稿　—　初出　—　初版　—　岩波（おのぼれ）

・だつて一国中が悉く黒ければ、黒い方で己惚れはしませんか。（十一）

原稿　―　初出　―　初版　―　岩波（うぬぼ）

◉『坊っちゃん』……自惚　一例

・自惚の所為《せゐ》か、おれの顔より余っ程手ひどく遣られてゐる。（十一）

原稿　―　初出　―　初版　―　岩波（うぬぼれ）

◉『野分』……己惚　二例

・此見やすき道理も弁ぜずして、かの金持ち共は己惚れて……（十一）

原稿　―　初出　―　初版　うぬぼ　岩波（うぬぼ）

・訳のわからぬ彼等が己惚は到底済度すべからざる事とするも（十一）

原稿　―　初出　―　初版　うぬぼれ　岩波（なし…前例に近いためか）

◉『坑夫』……己惚　一例

・年《とし》の若《わか》い割《わり》に、自分《じぶん》が此《こ》の声《こゑ》を艶子《つやこ》さんとも澄江《すみえ》さんとも解釈《かいしゃく》しなかつたのは、己惚の強《つよ》い割《わり》には感心《かんしん》である。（七十八）

原稿　不明　初出　うぬぼれ　初版　うぬぼれ　岩波　うぬぼれ（初出による）

◉『三四郎』……己惚　四例

・のつぺらぼうに卒業し去る公等日本の大学生と同じ事と思ふは、天下の己惚なり。（三）

原稿　―　初出　うぬぼれ　初版　うぬぼれ　岩波（うぬぼれ）

・自分に逢つて手渡しにしたいと云ふのは――三四郎は此処《こゝ》迄己惚て見たが（八）

原稿　おのぼれ　初出　おのぼれ　初版　おのぼれ

・自分の己惚を罰する為《ため》とは全く考へ得なかつたに違ひない。（八）

原稿　おのぼれ　　初出　おのぼれ　　初版　おのぼれ

・――三四郎は美禰子の為《ため》に己惚しめられたんだと信じてゐる。(八)

原稿　おのぼれ　　初出　おのぼれ　　初版　おのぼれ

◉『切抜帖より』……自惚　一例　　己惚　三例

・百尺竿頭に上《のぼ》り詰めたと自任する人間の自惚は又急に脱落しなければならない。(「思ひ出す事など」七上)

原稿　―　　初出　うぬぼれ　　初版　うぬぼれ　　岩波（うぬぼれ）

・それ所《どころ》ではない、彼にして我ほどの鑑賞力があつたなら必ず我に一致するだらうにと云ふ己惚がある。(「鑑賞の統一と独立」)

原稿　不明　　初出　うぬぼれ　　初版　うぬぼれ　　岩波　うぬぼれ（初出による）

・吾等の研究と発明と精神事業が畏敬を以て西洋に迎へらる丶や否やは、どう己惚れても大いなる疑問である。(「マードック先生の日本歴史」下)

原稿　―　　初出　うぬぼ　　初版　うぬぼ　　岩波（うぬぼ）

・現代の文士が述作の上に於《お》いて要求する所のものは、国家を代表する文芸委員諸君の注意や批判や評価だと思ふのは、政府の己惚れである。(「文芸委員は何をするか」中)

原稿　不明　　初出　うぬぼ　　初版　うぬぼ　　岩波　うぬぼ（初出による）

◉『彼岸過迄』……己惚　二例

・嫉妬心《しん》だけあつて競争心を有《も》たない僕にも相応の己惚は陰気な暗《くら》い胸《むね》の何処《どこ》かで時々ちら〳〵陽炎《かげろ》つたのである。(「須永の話」二十五)

原稿　―　　初出　うぬぼれ　　初版　うぬぼれ　　岩波（うぬぼれ）

・さうして千代子に対する己惚を、飽迄積極的に利用し切《き》らせない為《ため》に　（「須永の話」二十五）

原稿　―　初出　うぬぼれ　初版　うぬぼれ　岩波（なし…前例に近いためか）

◉『行人』……………己惚　一例

・しかも死《し》んだ女《をんな》に惚《ほ》れられたと思《おも》つて、己惚てゐる己《おれ》の方《はう》が、まあ安全《あんぜん》だらう。（「帰つてから」二十三）

原稿　不明　初出　おのぼれ　初版　おのぼれ　岩波　おのぼれ（初出による）

◉『こゝろ』……………己惚　一例

・さういふと、己惚になるやうですが（十七）

原稿　おのぼれ　初出　うぬぼれ　初版　うぬぼれ

◉『硝子戸の中』………己惚　一例

・己惚れかは知りませんが、私の頭《あたま》は三井岩崎に比《くら》べる程富んでゐないにしても（十五）

原稿　おのぼ　初出　おのぼ　初版　うぬぼ

◉『道草』……………己惚　二例

・「己《おれ》の頭《あたま》は悪《わる》くない」といふ自信も己惚も忽ち消えてしまつた。（五十一）

原稿　―　初出　うぬぼれ　初版　うぬぼれ　岩波（うぬぼれ）

・「己《おれ》だつて、専門の其方《そのはう》ばかり遣《や》りや」彼《かれ》の心には斯《こ》んな己惚もあつた。（五十七）

原稿　おのぼれ　初出　おのぼれ　初版　うぬぼれ

◉『明暗』……………己惚　七例

・その困難が今の彼に朧気ながら見《み》えて来《き》た時、彼は彼の己惚に訊《き》いて見た。（五）

原稿　おのぼれ　初出　おのぼれ　初版　おのぼれ

・自分の若い時《とき》の己惚は、もう忘れてゐるんだからね。（六十二）

原稿　おのぼれ　初出　おのぼれ　初版　おのぼれ

・さうしてそれが貴方《あなた》の己惚に生《うま》れ変《かは》つて変な所へ出《で》て来《く》るんです（百四十一）

原稿　おのぼれ　初出　おのぼれ　初版　おのぼれ

・夫人は容赦なく一歩《ぽ》進《すゝ》んで其己惚を説明《せつめい》した。（百四十一）

原稿　おのぼれ　初出　おのぼれ　初版　おのぼれ

・あの方《かた》は少し己惚れ過《す》ぎてる所《ところ》があるのよ。（百四十二）

原稿　―　初出　うぬぼ　初版　おのぼ　岩波（うぬぼ）

・不思議にも彼の自信、卑下《ひげ》して用ひる彼自身の言葉《ことば》でいふと彼の己惚、は胸《むね》の中《うち》にあるやうな気がした。

（百七十七）

原稿　おのぼれ　初出　おのぼれ　初版　おのぼれ

・彼は叱《しか》りながら己惚の頭《あたま》を撫《な》でた。（百七十七）

原稿　おのぼれ　初出　おのぼれ　初版　おのぼれ

「自惚」と漢字表記されているのは、『吾輩は猫である』『坊っちやん』『切抜帖より』（「思ひ出す事など」）といった明治時代の作品に限られていて、それも三例だけである。一方の「己惚」は最初の作品である『吾輩は猫である』から遺著になった『明暗』まで常時使用されており、その数も多い。

まず、「自惚」から確認していくと、原稿が確認されている『坊っちやん』と「思ひ出す事など」ではともに振り仮名が施されていない。『吾輩は猫である』は振り仮名が少ない作品であるので、この作品の「自惚」にも振り仮名は付されていなかったと思われる。初出において総振り仮名の体裁で刊行された「思ひ出す事など」では「自惚」に対して「うぬぼれ」と付している。初版においても振り仮名の施されていない『吾輩は猫である』と『坊っちゃん』について、岩波は「うぬぼれ」と補読している。つまり、岩波では「自惚」を「うぬぼれ」の漢字表記と見なしているのである。

次に「己惚」について見ていくと、漱石は作品によって振り仮名を施さない場合もあれば、努めて施そうとしている場合も見受けられる。その状況によって分類すると、①振り仮名のない作品、②すべてに振り仮名のある作品、③振り仮名があったりなかったりする作品　の三つに分けられる。

①に属するのは、『吾輩は猫である』、『野分』、『彼岸過迄』である。『野分』と『彼岸過迄』にはそれぞれ二例使用されており、それらには振り仮名は見られない。『吾輩は猫である』は一箇所に関しては原稿が見られないが、他の箇所から推察すると、この作品においては「己惚」に対して振り仮名は施されていなかったと思われる。振り仮名がない場合、初版及び岩波はどのような方針を採っているのであろうか。『吾輩は猫である』の場合、初版にも振り仮名はない。岩波は三例中二例については「うぬぼれ」と補読し、もう一例に対しては「おのぼれ」としている。しかし、この「おのぼれ」の箇所は「うぬぼれ」と補読した箇所と同じ第十一章に出現し、会話が連続している場面での使用である。前の発話では「おのぼれ」となっており、それを受けた発話では「うぬぼれ」としている。つまり、主人の発話では「おのぼれ」が、東風の発話では「うぬぼれ」が用いられているのである。両者にことばの違いのある、つまり主人は「おのぼれ」を、東風は「うぬぼれ」を使用するような人物と考えているのであろうか。先に挙げた馬場氏が指摘しているように疑問に思える箇所である。『野分』では初版で、また『彼岸過迄』では初出・初版で「うぬぼれ」となっている。岩波も同様に「うぬぼれ」としている。

②に属するといっても、作品に使用されているのは一例であり、その例に対して振り仮名が施されているに過ぎ

ない。これには『こゝろ』と『硝子戸の中』が該当する。それぞれ原稿に「おのぼれ」と記されている。しかし『こゝろ』では初出から、『硝子戸の中』では初版から「うぬぼれ」に変更されている。これは原稿に振り仮名のない『野分』と『彼岸過迄』において初出あるいは初版で「うぬぼれ」とされたのと同様であり、その時代の人々にとっては「うぬぼれ」の方が一般的であったからであろう。「おのぼれ」は「漱石文法稿本」を作成した林原のみならず、その時代においても特殊だったのである。『彼岸過迄』の初版の校正は林原が担当している。彼は後になって漱石の場合「己惚」は「おのぼれ」と読むべきであったことに気づき、「漱石文法稿本」に取り入れたのかもしれない。

③に属するのは『三四郎』と『明暗』である。『三四郎』では四例中三例に振り仮名があり、その振り仮名は「おのぼれ」である。『明暗』においては七例中六例にあり、それらも「おのぼれ」とある。『三四郎』において振り仮名のない箇所は、「己惚」の最初の用例であり、初出・初版では「うぬぼれ」と振り仮名が施されている。岩波も「うぬぼれ」と補読している。この箇所は三四郎が図書館で読んでいた本に書き込まれていた文章に存するものである。会話とは異なり本来ならば音声化する必要もない箇所である。そのような理由で漱石は振り仮名を施さなかったのであろう。『明暗』における一例についても『三四郎』の場合と同じく、初出では振り仮名がないことからか「うぬぼれ」としている。ただし初版では他の箇所と同じく「おのぼれ」に直している。このような状況であるが、岩波は初出と同じく「うぬぼれ」と補読している。この例は、百四十一回の「さうしてそれが己惚に生れ変つて変な所へ出て来るんです」の箇所と同じく吉川夫人の会話の中に出現するものである。この点からもその箇所と同じく「おのぼれ」であるべきである。岩波では振り仮名が施されていないことに意味があると解釈しているように思われる。

なお、原稿の現存の有無が確認できていない作品として、『坑夫』（明治四十一年）と『行人』（大正二年）がある。

『坑夫』の場合、初出初版ともに「うぬぼれ」とあることや、この作品以前のものには漱石はあまり振り仮名を施さなかったことからすると、この『坑夫』にも振り仮名は存しなかったと思われる。一方、『行人』では初出初版ともに「おのぼれ」とあることや、『行人』の前の作品の『彼岸過迄』において振り仮名を施さなかったために初出や初版において「うぬぼれ」とされた経緯があり、また次の『こゝろ』など大正時代の作品においては「己惚」に対して稀に忘れることはあるが、「うぬぼれ」と読まれないように振り仮名を施そうと努めていることからすると、この『行人』にも振り仮名が施してあったと考えられる。

これまで見てきたように、漱石の振り仮名としては「おのぼれ」しかなかった。「自惚」には一例も振り仮名が施されていなかった。すなわち「己惚」は「おのぼれ」の漢字表記であったといえよう。明治時代の辞書では、「おのぼれ」に対しては漱石と同様に「己惚」が表記として掲出されており、「うぬぼれ」には「自惚」が上がっていた。漱石においても同様に、「自惚」は標準語の「うぬぼれ」を表す漢字表記であったのであろうか。もしそうであれば、「自惚」が明治時代の作品に限られ、それも三例と数が少ないのは甚だ疑問である。「自惚」が「うぬぼれ」の漢字表記であったとすれば、漱石にとっては「うぬぼれ」は使用語ではなかったのであろう。最初は標準語を用いたが、すぐに自分の使用語である「おのぼれ」に統一したのかもしれない。あるいは、「己惚」と併用されている『吾輩は猫である』において「自惚」と意味の違いが認められないことや、『坊っちゃん』において「おれ」という語と共起していることから、「自惚」は「うぬぼれ」の漢字表記ではなく「己惚」と同様に「おのぼれ」の漢字表記であるという可能性がある。もしそうなら、漱石にとっては「己惚」の方が一般的な表記であったことになる。語の音に近い漢字表記を好む漱石にとっては、[*1]「己惚」の方が「おのぼれ」に合う表記としてより適したものであった。

3 漱石以外の作家における「己惚」と「自惚」

漱石以外の作家の用例についても見ていこう。用例の検索をCD-ROM版によっているため、作者に偏りがあり、その数も少ないのではっきりとはいえないが、①「己惚」と「自惚」とを併用する作家、②「己惚」だけを使用する作家、③「自惚」だけを使用する作家の三つの場合に分けてみる。

①に属するのは二葉亭四迷と森鷗外である。併用といっても、二葉亭四迷の場合、『新編浮雲』(明治二十年)に「己惚」が一例見られるだけである。「自惚」は、『新編浮雲』に三例、『平凡』に一例、『其面影』に一例ある。つまり、二葉亭にとっては「自惚」の方が一般的であったようである。森鷗外の場合は、「己惚」は『雁』に一例、「自惚」は『百物語』に一例ある。②には芥川龍之介と島崎藤村が入る。芥川には「己惚」が五例見られる。『戯作三昧』に二例、『侏儒の言葉』に一例、『文芸的な、余りに文芸的な』に一例、『袈裟と盛遠』に一例。島崎藤村の作品はCD-ROM版に多く収載されているが、『森の雫』に一例見られるだけである。③の「自惚」だけを使用する作家には、里見弴、有島武郎、倉田百三、長与善郎、幸田露伴がいる。里見の『多情仏心』には十三例、他の作家は一例ずつである。有島の『生まれ出る悩み』、倉田の『出家とその弟子』、長与の『青銅の基督』、幸田の『太公望』にそれぞれ一例ずつ使用されている。

このように、「己惚」と「自惚」の両表記が見られるが、CD-ROM版によると振り仮名はいずれの場合も「うぬぼれ」だけであり、「おのぼれ」は見られない。辞書のような漢字表記による区別はなされていなかったようである。「おのぼれ」は、江戸語(東京方言)ではあるが、近代の小説においてはまさしく漱石の特殊な語なのである。

第三節　つらまへる

よし主人が小供をつらまへて愚図々々理窟を捏ね廻したつて　（『吾輩は猫である』八）

此書生は代助を捕《つら》まへては、先生先生と敬語を使ふ。　（『それから』一）

今度《こんど》はちやんと肝心《かんじん》の当人を捕《つら》まへてゐたので　（『こゝろ』六十）

小林はこゝだといふ時期を捕《つら》まへた。　（『明暗』百二十）

1　「つらまへる」の発生

「つらまへる」*1の発生を考えると、その成立過程はかなり複雑である。古代から使用されていた「とらへる」と、中世から使用されるようになった「つかまへる」とが衝突して（トラエル×ツカマエル）、中世後期に混交形の「とらまへる」が出来た。さらに近世になって、この「とらまへる」と「つかまへる」とが衝突して（トラマエル×ツカマエル）、近世後期にこの「つらまへる」が出現したのである。『日本国語大辞典　第二版』によると、「つらまへる」は十八世紀後半の作品に次のように使用されている。

・かっぱ、火を貫にきたりといへば、（略）つらまへんといって、若い者、手組て居る所へ

・今をさかりのたいこもちをつらめへて（略）二百だの三百だのと（咄本『春袋』河太郎の火　一七七七年）

（洒落本『曽我糠袋』一七八八年）

そして明治時代の辞書にも見出し語として掲出されている。辞書で「つらまへる」（見出しは「つらまふ」）の意味記述はそれぞれ次のようにあり、意味記述のところに同義語が示されている。

『言海』四巻（明治二十四年）………捕フ。ツカマヘル。
『日本大辞書』（明治二十六年）……ツカマヘル
『ことばの泉』（明治三十一年）……とらふ。つかまふ。捕拿する。俗に、つらまへる。
『辞林』（明治四十年）……………とらふ。

なお『日本大辞書』（明治二十六年）では「つらまへる」を見出し語にし、「方言、俚語」の記号が付されている。このように明治時代の辞書において、「つらまへる」は「つかまへる」や「とらへる」と同義語として扱われている。

この「つらまへる」を江戸語（東京方言）として扱うのは問題かもしれない。『日本方言大辞典』（小学館）によると、この語形は茨城県から大分県に至る広い地域で使用されている。

2　漱石の「つらまへる」

漱石の捕捉語彙としては、この「つらまへる」の他に、「とらへる」が見られるが、「つかまへる」は使用していないようである。漱石の初出や単行本の振り仮名には「つかまへる」や「つかまる」が見られるが、その箇所を原稿で確認すると、振り仮名が施されている場合その箇所は「つらまへる」や「つらまる」となっている。これは漱石の語と当時の標準語として意識されている語との違いによるものである。

標準語	漱石
つかまへる	つらまへる
つかまる	つらまる

原稿においては「つらまへる」と振り仮名が施されているにも関わらず、初出や初版で「つかまへる」となっているものを示すと、それぞれ次の箇所である。（所在は平成版の『漱石全集』のページを示す。）なお、初出で「つかまへる」となっているものが初版で「つらまへる」と原稿通りに改められたものはなかった。

◉〈初出で変更されているもの〉

『門』576頁、『三四郎』314頁、『思ひ出す事など』428頁、『彼岸過迄』136頁、『道草』304頁。（原稿には振り仮名がないが、『虞美人草』では他に60頁に「つかまへる」が二例見られる。）

◉〈初版で変更されているもの〉

『虞美人草』305頁、『彼岸過迄』238頁、『こゝろ』167、265頁。原稿の所在は不明であるが、初出と初版との異同があるものとして、『坑夫』64、69、219頁（『大阪朝日新聞』との校異による）、『永日小品』140頁（『大阪朝日新聞』との校異）、『行人』59頁（初出の『東京朝日新聞』との校異）。

ところで、『それから』では初版94頁に「とらまへる」が見られる（初出も「とらまへる」）が、原稿（漱石全集78頁）では「つらまへる」となっている。

このように原稿で「つらまへる」とあったものが初出で「つかまへる」と変更されている例が多く存する。また原稿や初出で「つらまへる」とあったものが初版の際に「つかまへる」となっている場合も多くある。これらは初出の文選工や初版の校正者の考えによるものと思われるが、先に述べたように当時の人々にとっては「つらまへる」よりも「つかまへる」の方が一般的な語形であったことによる。

『虞美人草』の際に述べたように、初出で「つかまへる」となっているが、原稿に振り仮名がないために疑問に思われるものは『虞美人草』の例と『夢十夜』の例である。

・引《ひ》き返《かへ》す前《まへ》に、捕《つか》まへた人《ひと》が勝《か》ちである。捕《つか》まへ損《そこ》なへば生涯《しやうがい》甲野《かふの》さんを知《し》る事《こと》は出来《でき》ぬ。（『虞美人草』三）

・然《しか》し捕《つか》まへるものがないから、次第《しだい》々々《〱》に水《みづ》に近附《ちかづ》いて来《く》る。（『夢十夜』第七夜）

漱石の作品には、彼自身が付した「つかまへる」という振り仮名は見られない。それにもかかわらず「つかまへる」が出現するのは、初出や初版の段階において漱石の意図が適切には読みとられなかったといえよう。『虞美人草』では漱石の使用語とは思われない「つかまへる」が三例出現している。その内一例には「つら」と振り仮名が施されていた。このような状況であったからであろうか。『三四郎』以降においては漱石は「捕」と「捉」に必ず振り仮名を施すようにしている。しかし先に見たように「つらまへる」が相変わらず「つかまへる」に変更されており、漱石の意図は新聞の文選工や、初版の編集者には通じなかったようである。

3 「つらまへる」と「とらへる」

漱石の使用語においては、

つらまへる………つらまへられる・つらまる

とらへる…………とらへられる・とらはれる

の関係が見られる。ただし、「つらまる」にはつかまえられるの意味以外に、しっかりと取り付くの意味がある。

仮名表記の例としては「つらまへる」と「つらまる」があるが、漢字表記としては「捕」「捉」「攫」「囚」四種類が使われている。どの漢字がどの語で使用されているかを示すと次のようになっている。[*2]

「捕」………つらまへる・つらまる・つらまへられる・とらへる・とらはれる・とらへられる

「捉」………つらまへる・つらまる・つらまへられる・とらへる・とらへられる

「攫」………つらまへる

「囚」………とらへる・とらはれる・とらへられる

「つらまる」における仮名表記の場合はしっかりと取り付く意での使用が多い。また「とらはれる」における「囚」は思考などが拘束される場合での使用が多いという傾向は認められるが、必ずしも厳然とした使い分けがなされているわけではない。漱石は、「捕」と「捉」との使い分けなどといった、漢字による語の識別を考えていなかったようである。僅かな例外はあるが、漱石は次に示すように送り仮名によってそれぞれの語の弁別が可能となるような表記法を実行している。[*3] なお、「捕」は「とる」、「攫」は「つかむ」の漢字表記としても使用されている。

・そこで廊下で熊本出の同級生を捕《つら》まへて（『三四郎』三）

・停車場では掏摸が捕《つら》まつてゐる。（『虞美人草』二）

・こつちも向の筆法を用ゐて捕まへられないで、手の付け様のない返報をしなくてはならない。（『坊っちやん』十）

・三四郎はこの瞬間を捕《とら》へた。（『三四郎』十）

・さういふ趣《おもむき》に一瞬間も捕《とら》はれた記憶を有《も》たない。（『思ひ出す事など』二十）

・自分《じぶん》にも何《なに》が主要《しゆえう》の問題《もんだい》だか捕《とら》へられなかつた。（『行人』「兄」三十七）

・父《ちち》はそれらを縁側《えんがは》へ並《なら》べて誰《だれ》を捉《つら》まへても説明《せつめい》を怠《おこた》らなかつた。（『行人』「帰つてから」四）

・まだ自分《じぶん》の室《へや》に這入《はい》らない先《さき》から母《はゝ》に捉《つら》まつた。（『行人』「帰つてから」十一）

・小供の自分喧嘩をして、餓鬼大将の為に頸筋を捉まへられて（『吾輩は猫である』四）

・自分《じぶん》はチヨコレートを頬張《ほゝば》りながら、暗《あん》に其瞬間《そのしゆんかん》を捉《とら》へる注意《ちうい》を怠《おこた》らなかつた。（『行人』「塵労」二十）

・恐《おそ》ろしい夢《ゆめ》に捉《とら》へられたやうな気持《きもち》を抱《いだ》いた。（『行人』「帰つてから」三十八）

・つまり私は一般を心得《こころえ》た上《うへ》で、例外の場合《ばあひ》をしつかり攫《つら》まへた積《つもり》で得意だつたのです。（『こゝろ』九十八）

・暗《くら》いものを凝《ぢつ》と見詰《みつ》めて、その中《なか》から貴方《あなた》の参考になるものを御攫《つか》みなさい。（『こゝろ』五十六）

・毎日の習慣に反して貪ぼり得た此自由が、何時もよりは却つて彼女を囚《とら》へた。（『明暗』五十九）

・我々は西洋の文芸に囚はれんが為に、これを研究するのではない。（『三四郎』六）

・父《ちゝ》は習慣に囚へられて、未《いま》だに此教育に執着してゐる。（『それから』九）

このような漱石の送り仮名の施し方によって、振り仮名のない例についてもおおよその語の認定が可能となる。漱石の送り仮名について森田は無頓着で出鱈目と述べていたが、この場合は一定の規則を用いていたようである。ところで、漱石は「つらまへる」と「とらへる」とをどのように使い分けていたのであろうか。それぞれの対象を示すと次のようになる。*4

◉〈つらまへる〉…えらい人・勘太郎・鼻たれ小僧・おれ見た様な無鉄砲なもの・おれ・先生・魚・誰・博物・赤シヤツ（以上『坊っちやん』）、薔薇・浅井（以上『虞美人草』）、此の男・若い男・往来の男・段木（以上『坑夫』）、船の男（『夢十夜』）、同級生・来る人・知らないもの・教授・与次郎（以上『三四郎』）、妻・羽根（以上『永日小品』）、代助・婆さん・細君・兄・最後の電車・誠太郎・下女（以上『それから』）、本体・問題の実質・宜道

（人名）（以上『門』）、小宮君（『思ひ出す事など』）俥引・田口・坊さん・二三度と重ねる機会・僕（以上『彼岸過迄』）、看護婦・他《ひと》の袂・岡田夫婦・誰・お貞さん・案内者（以上『行人』）、事実・私・或生きたもの・肝心の当人・高い極端・打ち明ける機会・彼の何処・例外の場合（以上『こゝろ』）、比田（人物）・明瞭な或物・娘婿・外部へ出た所丈（以上『道草』）、彼の袂・己の頭の中にある事実・こころといふ時機・女達（以上『明暗』）

◉〈とらへる〉……森羅・之（心持ち）（以上『草枕』）、何物か・情けの波・この美しい画・会心の機（以上『虞美人草』）、この瞬間（『三四郎』）、此大問題・言葉の尾（以上『それから』）、自分の家族・愛情の結果（以上『門』）、興（『思ひ出す事など』）、主要な問題・自分・其瞬間・其絶対が相対に変る刹那（以上『行人』）、誰彼・機会（以上『こゝろ』）、機会・立ち上がる　前の一瞬間・（この自由が）彼女・眼前の機会（以上『明暗』）

両者を比較すると、「つらまへる」の対象としては人間の場合が多い。また人間以外の場合でも、多少抽象的なものもあるが大部分が具体的なものである。それに対し、「とらへる」は抽象的なものが多い。また、「瞬間」とか「機会」という語が目立つように、よいタイミングを逃さないという意味での使用も多く、瞬時性に重点が置かれているようである。漱石は、江戸語（東京方言）の「つらまへる」と、「とらへる」とを自分の語彙体系に基づいて使い分けていた。そして、先に見たように漢字表記ではなく送り仮名によって表現し分けていたのである。

なお、柴田武編『ことばの意味2』（一九七九年　平凡社）によると、共通語のツカマエルとトラエルの意義特徴を次のように示している（担当は柴田武氏）。

ツカマエル…〈目標の対象物を直接手で押さえて、対象物がそこから離れていかないようにする〉

トラエル……〈目標の対象物を探し求めて、直接手で押さえることなく主体の勢力範囲内に収め、対象物がそこから離れていかないようにする〉

付　森田草平から見た漱石の東京語

現今東京語《げんこんとうきやうご》は全国《ぜんこく》の標準語《へうじゆんご》に成《な》つて居《ゐ》る相《さう》だが、又東京語位《またとうきやうごくらゐ》訛《なまり》の多《おほ》い方言《はうげん》は滅多《めつた》にあるまい。そして、漱《そう》石先生《せきせんせい》は此訛《このなまり》をそつくり其儘作中《そのまゝさくちゆう》に使《つか》つて居《を》られる。『坊《ぼつ》ちやん』の中《うち》でも、「燻《くす》ぶる」は「燻《くす》ぼる」と発音《はつおん》される。「まぶし相《さう》に」は「まぼし相《さう》に」、「さびしい」は「さみしい」又《また》は「さむしい」だ。「だうりで」は「どうれで」と発音《はつおん》されて、「どうれで変《へん》だと思《おも》つた」と云《い》ふやうに使《つか》はれて居《ゐ》る。然《しか》も先生《せんせい》は「どうれ」でが「道理《どうり》で」から転訛《てんくわ》したものとは気《き》が附《つ》かないで、全《まつた》く別《べつ》な言葉《ことば》だと信《しん》じて居《を》られたと云《い》ふから驚《おどろ》く。何《なん》だか嘘《うそ》のやうな話《はなし》ではあるが、随分高《ずゐぶんたか》い教養《けうやう》のある東北人《とうほくじん》でも、屹度《きつと》イとエとを間違《まちが》へて書《か》く所《ところ》なぞから考《かんが》へ合《あ》はせれば、言葉《ことば》の訛《なまり》に就《つ》いては、随分《ずゐぶん》さう云《い》ふこともあり得《う》るものだと思《おも》はざるを得《え》ない。なほ『虞美人草《ぐびじんさう》』の中《なか》では、「へぎ折《をり》」を「へげ折《をり》」、『坑夫《かうふ》』の中《なか》では、「お葬《とむら》ひ」を「おともらひ」と訛《なま》つて居《ゐ》られる。随分甘《ずゐぶんあま》つたれたやうな訛《なま》り方《かた》である。此分《このぶん》ぢや「お汁粉《しるこ》」のことを舌《した》つ足《た》らずの下町《したまち》の娘《むすめ》のやうに「おしろこ」と書《か》かれなかつたのが未《ま》だしも目附《めつ》けものかも知《し》れない。

（『坊ちやん』と『草枕』」『文章道と漱石先生』所収　大正八年　春陽堂）

第五章

語の移り変わり

緒言……社会の動きとことばの変化

此時期を経過して他の暗黒色に化ける迄毛布の命が続くかどうだかは、疑問である。今でも既に万遍なく擦り切れて、竪横の筋は明かに読まれる位だから、毛布と称するのはもはや僭上の沙汰であつて、毛の字は省いて単にツトとでも申すのが適当である。

（『吾輩は猫である』四）

漱石の作品を読んでいると、現代では使用しない語や、現代とは漢字表記の異なっている語、また今とは意味や用法の異なっている多くの語に出会う。つまり、漱石の時代から我々が生きている現代までの間に、消滅した語、語形変化を起こした語、意味変化を起こした語などが存在しているのである。外来語が普及し定着していく中で、ケットやシャボンは次第に使用されなくなり、現在ではブランケットやシャボン玉という形でしか用いなくなった。特に明治以降の漢語の意味の変化は顕著である。二字漢語はもともとは漢字一字一字が結合してできているため、最初はそれぞれの漢字の意味が明確であった。しかし熟語として使用され、またある特定の状況で多用されるようになると、次第に限定された意味に固定していくことになる。明治時代は社会が新しくなり、それに伴い外国から新しい概念や新しい事物が輸入された。そして新しい社会の進展に合わせて、漢語の意味も徐々に変化しつつあった。その変化の途上にある漱石の作品には、古い語や古い表記、まだ古い意味で使用されている漢語が多く見られ

るのである。

・兄《にい》さんは書物《しよもつ》を読《よ》んでも、理窟《りくつ》を考《かんが》へても、飯《めし》を食《く》つても、散歩《さんぽ》をしても、二六時中何《じちうなに》をしても、其処《そこ》に安住《あんぢう》する事《こと》が出来《でき》ないのださうです。（『行人』「塵労」三十一）

・「あの女《をんな》」は嘔気《はきけ》が止《や》まないので、上《うへ》から営養《えいやう》の取《と》り様《やう》がなくなつて、昨日《きのふ》とうとう滋養浣腸《じやうくわんちやう》を試《こゝろ》みた。（『行人』「友達」二十三）

・此姉《このあね》は喘息持であつた。年《ねん》が年中《ねんぢう》ぜえ〳〵云つてゐた。（『道草』四）

・無論郵便を持《も》つて来《く》る事《こと》もあるし、洗濯物を置《お》いて行く事《こと》もあるのですから、其位の交通は同じ宅《うち》にゐる二人《ふたり》の関係上、当然と見なければならないのでせうが、（『こゝろ』八十六）

・一頁《ページ》も眼《め》を通《とほ》さないで、日《ひ》を送ることがあると、習慣上何《なに》となく荒癈の感を催ふした。だから大抵な事故があつても、成るべく都合して、活字に親《したし》んだ。（『それから』十三）

・紀念のため是非貴方《あなた》に進上したいと思ひます。如何《いか》な雷獣とさうしてヅクもあの洋杖《ステツキ》も貴方《あなた》が取《と》つたつて、まさか故障は申し立てますまい。（『彼岸過迄』「風呂の後」十二）

・学んだものは、実地に応用して始めて趣味が出《で》るものだからな（『それから』三）

・思ひ切つて、さう打《う》つて出《で》れば、自分で自分の計画をぶち毀《こわ》すのと一般《いつぱん》だと感ずい《ママ》た彼女は（『明暗』百二十七）

第一節　近代日本語が必要とした新漢語

其頃は自覚とか新《あた》らしい生活とかいふ文字のまだない時分《ぶん》でした。*1

（『こゝろ』九十七）

1　日本語史における明治時代の漢語

明治時代、特に明治前期は他の時代に比べ漢語が一気に増加し流行・氾濫した時代であった。これまでにない大量の漢語が人々の前に出現したのである。これは、徳川幕府の幕藩体制から明治政府による近代国家へと社会制度が大きく変革したことが大きな原因と考えられる。政治や法律などの分野において、新しい社会生活に適した用語が必要となった。また西洋の文物の移入に伴う新しい概念を紹介するための訳語が求められ、漢語がその任を担ったのである。非常に多くの新漢語が出現したが、その大半は一時的な語であり、定着したのはその中の僅かなものであったであろう。定着といった場合でも、専門分野の学術用語でとどまっているものもあれば、広く日常生活で使用されるようになったものもある。漱石は作品を執筆するにあたり、どのような新漢語を使用できたのか見ていきたい。

第二章第五節「漱石の活躍時期」で見たように、小池清治氏は『日本語はいかにつくられたか？』（一九八九年筑摩書房）の「V　近代文体の創造　夏目漱石」において、「二葉亭四迷の悲劇」に対し「漱石の幸運」と述べている。明治十九年に刊行されたヘボンの『和英語林集成』三版は明治五年の再版と比較すると、見出し語で約一万五千語増加している。古語の採用もあるが大部分が漢語であった。二葉亭の頃それらはまだ新語に近く小説に使用するには抵抗感があった。それに対し漱石が執筆を始める頃には新しい漢語は日常語になっていた。

小説などの文章における新漢語など新しい語の扱いについては、たとえば谷崎潤一郎は『文章読本』（昭和九年）において次のように述べている。[*2]

寿命の短い新語が非常に多いのでありますから、新しがつて無闇にそんな言葉を使ふと、その人柄が軽率に見えるばかりであります。

しかし、新語の中には、進歩した現代社会の機構に応じ、当然の要求に従つて出来た言葉も沢山にありまして、それらのものは、古語のうちに同義語がないのでありますから、それを使ふより外に仕方がありません。

（三　適当な古語が見付からない時に、新語を使ふやうにすること）

また美文時代といわれた明治時代後期の代表的指南書である、五十嵐力の『文章講話』（明治三十八年）においても、学術用語などの使用について次のように記されている。

第六　科語　術語、又専門語ともいひ、特殊の学問上にのみ用いて広く一般に用いぬ語をいふ。但し特殊の学術に関した著述文章に科語を用いて差支ないことは勿論で、茲には唯普通の文章の中に之れを濫用してはならぬといふのである。（中略）科語濫用を戒むるは、科語を用いずして当の事物思想を表はし得る場合及び其の科語の一般に通ぜぬ場合についていふので、之れを用いずして其の事物思想を表はし得ぬ時或は其の語の一般に通ずる時に科語を用いても差支のないこと勿論である。

（第二第六章四十　科語）[*3]

両書ともに学術用語などの新漢語の濫用を戒めているが、その語でしか表現できない場合やその語が一般的に通用している場合には、一般的な文章においても新漢語の使用は許容されているのである。

ここでは資料として漱石の『門』（明治四十三年）を扱う。漱石の作品は、『虞美人草』以降朝日新聞に連載されており、当時の多くの人々を読者層として執筆されている。また現代においても愛読されているように、漱石の作品は内容とともにそこに使用されている語も一部は注釈を必要とするが現代でも通用している語も多いと思われる。『門』は漱石の作品の中でも他の作品に比べ一般的な生活が描写されており、その当時に定着している新漢語を見るのに適していると考えられる。

『門』において新漢語と思われる語約四二〇語を抜き出すことができた。[*4] それらの新漢語は、漱石が衒学的に使用したのはなく、『文章講話』に記されていたように、新しい語という意識もなく一般的な語として用いていたものが多いであろう。一つの作品を対象としただけで四〇〇あまりの新漢語が使用されているのであるから、題材が異なれば別の漢語が当然使用されている筈であり、その当時に非常に多くの新漢語が定着していたことになる。しかも明治初期から約四十年という短い期間に定着していることから、明治という時代は膨大な数の新語を必要としたのである。

『門』に使用されている新漢語を眺めると、たとえば次のような語は現代の言語生活においても欠かせない語であろう。

異常　印象　温度　解決　会社　会話　価値　家庭　期待　共通　距離　銀行　空間　区別
継続　結果　決心　健康　検査　現実　公園　効果　交換　午前　最近　材料　雑誌　事件
失敗　事務　弱点　習慣　趣味　絶対　全然　単純　注意　直接　程度　動機　特別　日常
番地　必要　表情　要求　洋服　予想

新漢語は明治という新しい時代の社会制度や生活習慣のために必要とされた。次のようなものがそれに相当しよう。

警察　刑事　徴兵　入営　時間　週間　土曜　日曜　課員　課長　局長　会社　勤務　銀婚式

教育制度も大きく変化し、『門』には特に学校に関連する多くの新漢語が見られる。

学費　学年　学期　休学　級友　教室　教場　月謝　在学　試験　制帽　退学　中学　同級

また開国に伴い西洋からの新しい産業が怒濤のように流入し、それらを表現するための新漢語が必要とされ、社会生活においてその物とともに定着した。

汽車　電気　電車　電燈　電報　電話　風船　煉瓦

明治時代になって西洋医学が一般化したことによって、『解体新書』（一七七四年）を嚆矢とするオランダ医学などで用いられていた身体内部の器官名や症状などの新漢語も日常化した。

気管　血管　骨髄　鼓膜　痙攣　卒倒　窒息　発作　神経（神経衰弱　神経痛）　手術室

聴診器　脱脂綿

漢語の流行は、以前から用いていた漢語を語基としてそれに接辞を結合させることによって、多くの新しい語を生成した。明治時代の代表的な接辞である「的」や「性」、否定の接辞、そして物や人を表す様々な接辞が結合した語が生み出されたのである。

器械的　根本的　生理的　政略的　人間的　比較的　盲目的　有機的　結核性

不規則　不本意　不面目　不愉快　無意識　無関係　無邪気　無頓着

滋養物　所有物　装飾物　副食物

運転手　看護婦　鑑賞家　事業家　成功者　責任者　西洋人　文明人　避暑客　門外漢　門閥家

他にも様々な一字漢語と結合して、以前にはなかった三字漢語が使用されるようになった。

運送業　寒暖計　呼吸器　紹介状　小規模　女学生　人生観　新生面　新天地　睡眠剤　待遇法
大部分　治療代　図書館　反射鏡　模様画　幼稚園　来年度

なお複合語には時代を描写するような語の使用が見られる。

移転会社　高等文官試験　石油発動機　日露戦争

2　近代日本語が必要とした新しい意味領域

明治という新しい時代になって、どのような意味領域のことばが不足していたのであろうか。言い換えれば、明治時代に定着した新漢語はどのような意味領域に多かったのであろうか。『門』における新漢語を国立国語研究所による『分類語彙表』（一九六四年）[*5]をもとに分類を試みる。作品に出現する語はその内容に左右されるが、内容に関わる特有な語は一部であり、大部分の語は一般的に使用される基本的な語であると考えられる。分類した結果を

1.1	抽象的関係	102
1.2	人間活動の主体	23
1.3	人間活動―精神および行為	157
1.4	生産物および道具	17
1.5	自然物および自然現象	37
3.1	抽象的関係	34
3.3	精神および行為	11
3.5	自然現象	4

示したのが次の表である。*6

体の類（名詞）では1・3の「人間活動―精神および行為」が非常に多い。また1・1の「抽象的関係」も他に比べ多くの新漢語が定着している。この結果は、対象としている語の母体は異なるが、宮島達夫氏が「現代語いの形成」（『国立国語研究所論集3　ことばの研究』一九六七年）において語種別に示している表の漢語の特性と一致する。1・4の「生産物および道具」に関する新しい語は、『門』においては外来語で示されることが多い。特に新しい物に対しては、外来語が振り仮名として意味を示す漢字の熟字とともに表記されている。1・4に関してはこの時期は外来語がその任に当たっていた。相の類（形容動詞・副詞）では3・1の「抽象的関係」が特徴的である。

まず多くの新漢語が定着した1・3の「精神および行為」について、その下位分類の項目を詳細に眺めてみると、次のようになる。

1.30	心	65
1.31	言動	21
1.32	創作・著述	1
1.33	文化・歴史・風俗	16
1.34	義務	15
1.35	交わり	7
1.36	支配・政治・革命	8
1.37	取得	14
1.38	仕事	10

【例】習慣　忍耐　侮蔑　予想　欲求　療法　理路　話題

【例】括弧　号外　広告　雑誌　目白　説明　沈黙　電話
悲劇

【例】因習　含嗽　休学　欠勤　入営　晩餐　避難　服装

【例】閲歴　義務　決行　権能　行為　行動　人格　特権
歓迎　苦闘　交渉　社交　親和　判断　列席
訓戒　刑事　請求　徴兵　侮辱　翻弄　要求　養成

【例】会計　学資　価値　供給　共有　月謝　消費　提供

【例】印刷　企業　実業　湿布　事務　手術　設備　牧畜

この1・3では、特に1・30の「心」に関係する領域が突出している。この領域をさらに再分類した項においては、

300	7	印象 快感 感覚 官能 困憊 情熱 神経質
301	2	困却 悲観
302	4	恐縮 敬意 痛恨 侮蔑
303	3	苦笑 微笑 表情
304	9	悔恨 期待 虚栄 自尊 失望 趣味 断念 忍耐 欲求
305	4	確証 記念 習慣 修行
306	20	（別掲）
307	7	学理 幾何 工科 哲学 法科 理路 話題
308	4	金策 原則 政略 療法
309	5	縦覧 正視 視線 展望 発見

1・306の「思考」関係の語が20語と多い。この項目に属する語は、多くがサ変動詞としても機能する。すなわち、心理的な動作性を表現する語である。

臆測　解決　究明　区別　決心　結論　検査　好奇心　誤解　試験　推測　対照　打算　注意
判定　評価　予期　予想　理解　連想

少し話がそれるが、1・3の他の分類項を分析していて興味深かったのは、1・313に所属する「解答　会話　抗弁　説明　提唱　答弁　弁解　弁護」といった「会議・論議」に関する領域に多くの新漢語が見られたことである。明治時代になって、国会開設に伴う政治運動や学校教育の影響によって、公けでの議論の場が増えたことによると考えられる。

次に、1・1の「抽象的関係」においては、以下の表のように、「作用・動き」に関する1・15の領域が目立つ。[*7]

1.10……3
1.11……16
1.12……5
1.13……11
1.14……1
1.15……25
1.16……15
1.17……11
1.18……2
1.19……13

【例】現実　現象　事件
関連　形式　結果　原因　工科　高等　絶対　対照　代表　代理　同級
根絶　成否　点在　不在　露出
異常　緩和　語調　困難　実質　弱点　惰性　秩序　特色　内容　慢性
能力
（別掲）

【例】急場　境遇　月末　現代　午前　最近　時間　週間　初期　都度　程度
外界　外部　局外　局部　空間　痕跡　地所　終点　頂点　内面　方向
姿勢　断片

【例】安価　温度　角度　学年　局部　距離　金額　速力　年長　内面　歩調

1.15に属する次の語も、先に扱った1.306の語と同様に、多くの語がサ変動詞としても機能する。動作性・作用性を表現するための重要な語である。

圧迫　外出　過程　緊縮　継続　血損　交換　収縮　集注　消耗　進行　接近　前進　増俸
打撃　通過　抵抗　展開　転地　頓挫　難関　反動　変色　癒合

体の類（名詞）における新漢語としては、思考や動作・作用を表す名詞並びにその意味を簡略かつ明確に表現できる動詞の機能を兼ね備えているものが必要とされた。漢語は名詞としても動詞としても活用できるので、それに適した新しい漢語を定着させたのである。

一方、相の類（形容動詞・副詞）において定着した新漢語は五〇語弱である。体の類とは異なり、「抽象的関係」の語の方が「精神および行為」の語よりもかなり多い。この点も、前掲の宮島（一九六七）に示されている漢語の特徴と一致する。「抽象的関係」においては「必然性」を表す（3.121）や「繁簡」を表す（3.130）、「特別・異様」を表す（3．131）に定着しているのが特徴的である。

3．121………応急　絶対　入用　必要　不必要

3．130………単簡　単純　単調　複雑

3．131………特別　特有　突飛

修飾的成分となる語として、近代社会は必要性、単純性そして特別性を表現する漢語を必要としていたことになろう。

以上の結果は夏目漱石の小説『門』に出現する新漢語を対象としたものである。扱う資料によって細項目においては多少の異同は生じるであろうが、先に述べた宮島氏の結果と一致していることから、全体的な傾向としてはおよそこのようなものだと考えられる。

3　近代と心理学用語

これまで見てきたように、明治時代には膨大な数の漢語が専門語としてばかりでなく一般的な語としても定着していた。これらの新漢語の多くが、既に『言海』（明治二十二～二十四年）に見出し語として掲出されている。新漢語の多くが短期間に急速に定着していることになる。すなわち、明治という時代がいかに新漢語を必要とし、またそれを活用していたかが窺われる。まさしく明治時代前期は語彙史における大きな転換期であった。

新漢語の特徴として、心特に思考に関する語が多く定着していた。幕末から明治前期に活躍した三遊亭円朝が『真景累ヶ淵』のまくらにおいて、

怪談ばなしと申すは近来大きに廃《すた》りまして、余り寄席で致す者もございません、と申すのは、幽霊と云ふもの

は無い、全く神経病だと云ふことになりましたから、怪談は開化先生方はお嫌ひなさる事でございます。

と述べている。また漱石も『琴のそら音』の最後の方で、幽霊と神経との関わりについて述べている。

「幽霊も由公に迄馬鹿にされる位だから幅は利かない訳さね」と余の揉み上げを米噛みのあたりからぞきりと切り落す。

「あんまり短か、あないか」

「近頃はみんな此位です。揉み上げの長いのはにやけて、可笑しいもんです。——なあに、みんな神経さ。自分の心に恐いと思ふから自然幽霊だつて増長して出度ならあね」と刃についた毛を人さし指と拇指で拭ひながら又源さんに話しかける。

「全く神経だ」と源さんが山桜の烟を口から吹き出しながら賛成する。

「神経って者は源さんどこにあるんだらう」と由公はランプのホヤを拭きながら真面目に質問する。

「神経か、神経は御めえ方々にあらあな」と源さんの答弁は少々漠然として居る。

このように、明治という近代社会は西洋から精神的（心理的）な概念を移入したことにより、日常生活においても心理学的な用語（哲学用語）が必要となっていたのである。

なお、哲学や心理学用語*8としての「自覚」の初出は『日本国語大辞典　第二版』によると、『哲学字彙』（明治十四年）であり、「Self-consciousness」の訳語として登載されている。小説では明治三十九年の『破戒』が古いところであるが、明治四十年の『辞林』には登載されている。単行本化において変更した「覚醒」の初出は田口卯吉の『日本開化小史』（明治十～十五年）であるが、辞書に登載されるようになるのは大正時代になってからであろうか。明治四十四年版の『辞林』にはまだ見出し語として登載されていない。『分類語彙表』では、「自覚」は1・3044、「覚醒」は1・3002に分類されている。

第二節　「現代」の定着と「近代」

「面白《おもしろ》いですか」
「面白《おもしろ》い様ですな。どうも」
「何《ど》んな所が」
「何《ど》んな所がつて。さう改《あら》たまつて聞《き》かれちや困りますが。何ぢやありませんか、一体に、斯う、現代的の不安が出《で》てゐる様ぢやありませんか」

（中略）

代助は近頃流行語の様に人が使ふ、現代的とか不安とか云ふ言葉を、あまり口《くち》にした事がない。それは、自分が現代的であるのは、云はずと知れてゐると考へたのと、もう一つは、現代的であるがために、必ずしも、不安になる必要がないと、自分丈で信じて居たからである。

（『それから』六）

1　「現代」とは

二十一世紀に生きている我々にとって、「近代」とは明治維新から終戦まで、「現代」とは終戦から現時点までと認識している。そのために、漱石が生きていた明治時代から大正時代前期、すなわち我々の感覚からいえば「近代」においても、その時代に「現代」が存在していたことをつい忘れがちである。「近代」と「現代」とが主として歴史学的な意味で使用されているために、それぞれの語が確固たる時代区分を持っているような錯覚に陥るのである。漱石の時代においては、現代の我々が考えているような「近代」は終わっていないし、「現代」はまだ存在していないのである。終戦後を「現代」とするのは戦後の日本史学における定義にしか過ぎない。時間軸は絶えず伸びているのであるから、終戦後以降を指す「現代」も将来には適さなくなり、修正を余儀なくされるであろう。

『それから』によると、「現代的」という語が流行語になっていたことがわかる。『それから』の時代設定は、『それから』が連載される直前まで掲載されていた森田草平の『煤煙』がこの小説に取り挙げられていたり、当時問題となっていた「日糖事件」への言及があることからほぼ同時代ということになろう。明治四十年代に「現代的」が流行語になっていたことは、三宅雪嶺の「現代的、将来的、永久的」（『日本及日本人』第五八一号　明治四十五年五月　後に『想痕』大正四年に収載）に、次のように記されていることからもわかる。

近頃一部の人が現代式といひ、現代的といふは、猶ほ嘗て当世といふの流行せしが如し。明治の初め、多少新時勢に適合すと考ふる者は、頻りに当世といふを振り廻はし、同趣味なるを称して文明開化とし、異趣味なるを罵りて固陋とし、因循姑息とし、当世の一語が靡然天下を風動せる形あり。今の現代式といふは斯く行はれず、斯く行はれるべくも無く、孰れかと言へが《ママ》一種の楽屋落ちに過ぎざれど、之を口にする者は自から時代の率先者なるかに心得つゝあり。

「現代的」あるいは「現代式」は、明治二十年代に新しく出現し三十年代には使用が多くなった「現代」に、これまた明治時代に接尾語として流行した「的」や「式」が結合したものである。三宅によれば、明治初期には「当世」が流行していたが、「現代」はその後を襲った語といえよう。三宅の書いた時（明治四十五年）においては「現代的」はまだ一部の人々にしか使用されておらず、三宅の考えでは一時的な流行で終わると思っていた。しかし三宅の予想に反し、「現代」という語が人々に必要であることから、形容詞や形容動詞的な役割を示す「現代的」も欠かせない語となったのである。ただし、漱石の作品には「現代的」という語は『それから』に七例使用されている他には『こゝろ』に一例用いられているだけである。『それから』においては先に見たように流行語的に使用されており、『こゝろ』においても同様な使われ方である。

自分に頭脳のある事《こと》を相手に認《みと》めさせて、そこに一種の誇りを見出す程に奥さんは現代的でなかつた。（十六）

「現代的」の語基である「現代」は漱石の様々な作品に使用されている。そこでは「現代社会」「現代人」といった熟語をも構成している。初期や前期の作品では、たとえば『吾輩は猫である』に二例、『草枕』に二例、『野分』では七例と多い。これは道也の演題が「現代の青年に告ぐ」となっていることによる。そして『三四郎』に三例、『それから』では「現代的」を除いて七例、『門』に一例ある。また後期の作品でも、『彼岸過迄』に四例、『行人』に三例、『こゝろ』に八例、『明暗』に一例の使用がある。前期と後期の間にあたる明治四十四年八月に和歌山で行った講演のタイトルは「現代日本の開化」であり、漱石にとって「現代」は重要な語であったようである。

2　漱石にとっての「現代」と「当世」

漱石の作品を読んでいくと、「現代」と同じような意味の語として、三宅の指摘している「当世」の他に、「今代」や「現今」という語に出会う。たとえば『吾輩は猫である』の第十一章には近い箇所に「当世」「現代」「今代」の三語が使用されている。また少し離れて「現今」という語も用いられている。[*1]

・僕の解釈によると当世人の探偵的傾向は全く個人の自覚心の強過ぎるのが源因になつて居る。（五三〇頁）

・苦沙弥君、君にしてそんな大議論を舌頭に弄する以上は、かく申す迷亭も憚りながら御あとで現代の文明に対する不平を堂々と云ふよ（五三〇頁）
・悠々とか従容とか云ふ字は劃があつて意味のない言葉になつてしまふ。此点に於て今代の人は探偵的である。泥棒的である。（五三一頁）
・現今英国の小説家中で尤も個性のいちゞるしく作品にあらはれた、メレヂスを見給へ、ジェームスを見給へ。（五五〇頁）

「当世」は、『吾輩は猫である』や『三四郎』において「封建時代」と対の語として使用されており、新式であることを示している。

・鈴木君は利口者である。入らざる抵抗は避けらる、丈避けるのが当世で、無要の口論は封建時代の遺物と心得て居る。（『吾輩は猫である』四）
・いか様古《さまふる》い建物《たてもの》と思はれて、柱《はしら》に寂《さび》がある。其代り唐紙《からかみ》の立附《たてつけ》が悪い。天井は真黒だ。洋燈《らんぷ》許《ばかり》が当世に光《ひか》つてゐる。野々宮君の様な新式な学者が、物数奇にこんな家《うち》を借《か》りて、封建時代の孟宗藪を見て暮らすのと同格である。（『三四郎』三）

「当世」は、漱石の作品では『吾輩は猫である』に六例、『虞美人草』に八例、『三四郎』に一例、『それから』に一例、『門』に二例、『彼岸過迄』に一例、『こゝろ』に一例、『明暗』に四例用いられている。『それから』が「現代的」であるとすれば、『虞美人草』は「当世的」なのである。

博覧会は当世である。イルミネーションは尤も当世である。驚ろかんとして茲にあつまる者は当世的の男と女である。只あつと云つて、当世的に生存の自覚を強くする為めである。お互に御互の顔を見て、お互の世は当世だと黙契して、自己の勢力を多数と認識したる後家《いへ》に帰つて安眠する為めである。小野さんは此多数の当世のうちで、尤も当世なものである。得意なものは無理もない。
得意な小野さんは同時に失意である。自分一人《ひとり》でこそ誰《だれ》が眼《め》にも当世に見える。申し分のある筈がない。然し時代後れの御荷物を丁寧に二人《ふたり》迄脊負つて、幅の利かぬ過去と同一体だと当世から見られるのは、只見られるのではない。見咎められるも同然である。芝居に行つて、自分の着てゐる羽織の紋の大《おお》きさが、時代か時代後れか、それ許《ばかり》が気になつて、見物には一向身に入らぬものさへある。小野さんは肩身が狭い。人の波の許《ゆる》す限り早く歩《ある》く。（十二）

『虞美人草』における「当世」や「当世的」は、冒頭に掲げた『それから』の例や、『それから』の次のような例から判断すると「現代」や「現代的」と同義ということができよう。

代助は此嫂《あによめ》を好《す》いてゐる。此嫂《あによめ》は、天保調と明治の現代調を、容赦なく継《つ》ぎ合《あは》せた様な一種の人物である。わざ〳〵仏蘭西《ふらんす》にゐる義妹《いもうと》に注文して、六づかしい名のつく、頗る高価な織物《おりもの》を取寄せて、それを四五人で裁《た》つて、帯に仕立て、着て見たり何《なに》かする。（三）

また「封建時代」は「当世」の対に関係になっていたが、『文学論』や『それから』においては「現代」と対の関係になっている。

・此点に於ては現代の青年は既に封建時代の青年と著しく其見解を異にするやも知るべからず。
（『文学論』第一編　第二章）

・けれども封建時代にのみ通用すべき教育の範囲を狭《せば》める事なしに、現代の生活慾を時々刻々に充《み》たして行ける訳がないと代助は考へた。（『それから』九）

漱石の作品を見ていくと、「当世」は次第に「現代」にとって変わられていく様子が窺われる。『こゝろ』では「当世流」、『明暗』では四例のうち二例が「当世向」、一例が「当世風」のように接尾語を伴った語として使用されている。接尾語を伴った形態としては、「現代」はせいぜい「現代的」だけである。『それから』に見られる「現代調」は「天保調」に合わせた特殊なものである。「現代」はまだその当時においては新しい語であるために様々な派生語を生み出せるほどには至っていなかった。

3　漱石の「今代」について

「今代」は、岩波書店の『漱石全集』の総索引（第二十八巻）では「近代／今代」として「近代」と一緒に掲げられており、「きんだい」と読むことが期待されている。『日本国語大辞典　第二版』でも、「きんだい（近代）」の補注において後で掲げる『幻影の盾』の「今代」の用例を挙げている。

注意しておかなければならないのは、漱石は小説には「近代」を使用していないようである。そのこともあって、『漱石全集』や『日本国語大辞典』は「今代」を「近代」の異表記と考えているのかもしれない。漱石自身が確かに書いたと思われる「近代」の用例は、近代劇協会や、『近代』という雑誌名、『近代文学と古文学』（厨川白村）や『近代思想の解剖』（樋口龍峡）といった献呈された本のタイトルなど、書簡に見られる固有名詞の他には、次のようなものがある。しかしそこに見られる「近代」は西洋のものに対してであり、日本のことについては用いていない。

・既に沙翁のかいたものでも分ければ幾通りにも分けられる恋が書いてありますが、近代に至ると其区別が益微細になりはせぬかと思はれます。（『創作家の態度』明治四十一年）

・余は近来若い人々と接触して、近代の作物《さくぶつ》又は現今の日本で出版になる創作に就いて批判的の意見を交換する事が多い。（『鑑賞と統一と独立』明治四十三年）

また『文学論』においても、「近代」が西洋のことについて次のように使用されている。

・こゝに述べんとする例の如きは誠に西洋文学中無類のものなるべく、近代の婦人が決して堪へ能はざる苦しさを堪へ果たせるを描きしものなり。（第一編　第二章）

・近時出版の Literary Guillotine と名くる書物の中に近代の作家を召喚して、法庭の吟味に擬したる滑稽的漫評あり。（第四編　第三章）

一方、「今代」は先に挙げた『吾輩は猫である』の例以外に『文学論』の例を除いて次の四例が使用されている。

・遠き世の物語である。バロンと名乗るもの、城を構へ濠を環らして、人を屠り天に驕れる昔に帰れ。今代の話しではない。（『幻影の盾』）

・開化の高潮度に達せる今代に於て二個の個性が普通以上に親密の程度を以て連結され得べき理由のあるべき筈がない。（『吾輩は猫である』十一）

・余裕は画に於て、詩に於て、もしくは文章に於て、必須の条件である。今代芸術の一大弊竇は、所謂文明の潮流が、徒らに芸術の士を駆つて、拘々として随所に齷齪たらしむるにある。（『草枕』七）

・と云つて、進まぬものを貰《もら》ひませうと云ふのは今代人《こんだいじん》として馬鹿気てゐる。代助は此《この》ヂレンマの間《あひだ》に低徊した。（『それから』十三）

『文学論』は文学史を扱っている関係で「今代」の使用が多く、十例見出すことができた。ここでは二例だけ示しておく。

・一方に於ては上代が経験し得ざりし事項（人事の）を今代に至つて知覚すること多し。（第二編　第一章）

・又は古代と今代と、もしくは今代と予想せられたる後代との差違をも含む。（第五編）

「今代」の読みに関していえば、漱石は『それから』において「今代人」に対し「こんだいじん」と振り仮名を施している。そのため、『漱石全集』の総索引では「今代人」は「近代／今代」の項にも、「今代人（こんだいじん）」

の項にも掲出されている。このような「こんだい」という漱石の振り仮名があるにもかかわらず、「今代」を「きんだい」と読んでよいのだろうか。また「今代」を「近代」の異表記と見てよいのだろうか。

表には、それぞれの作品の初出や初版、岩波の『漱石全集』の大正十三年版、昭和四十年版、引用に用いている平成版、そして集英社の『漱石文学全集』に施されている振り仮名を示した。なお『文学論』には振り仮名が付されていないので表には含めなかった。

	原稿	初出	初版	岩波（大正）	岩波（昭和）	集英	岩波（平成）
幻影の盾	（不明）	——	——	きんだい	きんだい	きんだい	（きんだい）
吾輩は猫である①	——	——	——	きんだい	きんだい	きんだい	（きんだい）
吾輩は猫である②	——	——	——	きんだい	きんだい	きんだい	（きんだい）
草枕	——	きんだい	——	きんだい	きんだい	きんだい	（きんだい）
それから	こんだい	こんだい	こんだい	きんだい	きんだい	こんだい	こんだい

岩波（大正）は大正13年版、岩波（昭和）は昭和40年版、集英は漱石文学全集　岩波（平成）は平成5年版の全集のことである。


『それから』の例を除くと、初出や初版に振り仮名が施されているのは『草枕』の初出だけである。そこには「きんだい」とある。初出の段階で付されていることから、それを信頼して全集類では「きんだい」と補読しているのであろう。

『それから』以外の作品では漱石の原稿には振り仮名が施されていなかったと思われる。『幻影の盾』を除いて、『吾輩は猫である』の第十一章並びに『草枕』は原稿が残っている。その原稿に基づいて本文確定を行っている平成版の『漱石全集』には括弧付きで振り仮名、すなわち編集部によるルビが施されていることから、原稿に振り仮名がなかったことがわかる。

それでは『それから』の原稿に施されている漱石の振り仮名は誤りなのかという問題が生じてくる。『それから』の初出や初版では「こんだい」としているのに対し、岩波の全集では平成版以外は、『それから』の例に対しても「きんだい」と読んでいる。そのことからすると、誤りという立場なのであろう。つまり、漱石の弟子達は「今代」の読みを「きんだい」と考えていたのである。

確かに、北村透谷の「徳川氏時代の平民的思想」（明治二十五年）では「今代」を『草枕』のように「きんだい」と読んでいる。

今代《きんだい》の難波《ナニハ》文学《ぶんがく》は僅《わづか》に吾妻《アヅマ》の花《はな》に反応《はんおう》する仇《あだ》なる面影《おもかげ》に過《す》ぎざれども徳川氏の初代《しよだい》に於《おい》て大に気焔《きゑん》を吐《は》きたるものは彼《かれ》にてありし。（『女学雑誌』三二三号甲巻）

しかし泉鏡花の『三尺角』二（明治三十二年）には「こんだい」と振り仮名がある。

柳屋《やなぎや》は土地《とち》で老舗《しにせ》だけれども、手広《てびろ》く商《あきない》をするのではなく、八九十軒《けん》もあらう百軒足《けんた》らずの此《こ》の部落《ぶらく》だけを花主《とくゐ》にして、今代《こんだい》は喜蔵《きぞう》といふ少《わか》い亭主《ていしゆ》が、（『新小説』第四年一巻）

ただし、この場合は時代というよりも今の当主という意味合いである。明治時代の日本史の教科書では、「近代」という語が広く使用されるまでは明治時代を「今代」あるいは「今代史」として章立てが行われている。振り仮名が施されているものは少ないが、たとえば『帝国絵入歴史』（明治二十六年）には「第十一章　今代史《きんだいし》」とある。時代としては「きんだい」、また統治の意味では「こんだい」と読み分けていたのかもしれない。

「今代」の読みを明治時代の漢語辞書で確認していくと、

今代《コンタイ》　イマノヨ（『必携熟字集』明治十二年）

と「こんたい」とある。漢語辞書の中には親字である「今」をキンの項に含めているが、「今代」についてはその説明中で「コンダイトヨム。今世。」としている『新編漢語辞林』（明治三十七年）のようなものもある。「今」の漢字音は、漢音はキン、呉音はコンである。明治時代においては漢音を重視しており、漢音によって配列されることも多くあり、そのような立場から「今」をキンの項に含めているのである。しかし実際の音としては「コンダイ」であることから、このような注記を施したのであろう。

『日本国語大辞典　第二版』などによると、「今代」は漢籍に見られ中世や近世の使用例もあるが、その使用は明治時代になってから多くなったようである。ヘボンの『和英語林集成』の三版（明治十九年）にはまだ見出し語として登載されていないが、『言海』二巻（明治二十二年）には、

こんだい（名）　今代　今《イマ》ノ代《ダイ》。（位ニ居リ、又ハ、家ヲ継ギ居ル間ニイフ、代《ダイ》ノ条ヲ見ヨ）

とある。泉鏡花の『三尺角』と同じく統治的な意味である。後続する『日本大辞書』（明治二十六年）や『ことばの泉』（明治三十二年）には登載されていないが、『辞林』（明治四十年）では、「こんだい〔今代〕いまのよ。」と時代の意味で記されている。

辞書によると、「今代」の読みは「こんだい」でしか登載されていない。しかし、『草枕』の初出、北村透谷の例や日本史の教科書などからすると、「きんだい」の読みも行われていた。「今代」には「きんだい」という音もあり、また後述するように新しい意味の「近代」と意味的に似ていることから、全集の各版や岩波の総索引は「今代」を「近代」の異表記として処理したのであろう。

なお『草枕』には「今代」の用例の近くに、「今世」が「古代」と対の関係で使用されている。初出には「きんせい」と振り仮名が施されている。「今世」も後で見るように辞書の見出しとして採用されている規範的な音は「こんせい」であるが、「草枕」を掲載した『新小説』（春陽堂）の編集者あるいは文選工は「今代」「今世」を「きんだい」「きんせい」と認識していたようである。

古代希臘《こだいぎりしや》の彫刻《ちやうこく》はいざ知《し》らず、今世仏国《きんせいふつこく》の画家《ぐわか》が命《いのち》と頼《たの》む裸体画《らたいぐわ》を見《み》る度《たび》に　（七）

ちなみに「近」の漢字音はキンが漢音、ゴンが呉音、コンが慣用音である。つまり、「近」も「今」もキンとコンという同じ音を持っている。

『門』の最初に出てくる宗助の物忘れは、正しくこの「今」と「近」に関するものである。

「御米《およね》、近来《きんらい》の近《きん》の字はどう書《か》いたつけね」と尋《たづ》ねた。細君は別に呆《あき》れた様子もなく、若い女に特有なけたゝましい笑声《わらひごえ》も立《た》てず、

「近江《おほみ》のおほの　字ぢやなくつて」と答《こた》へた。

「其近江《おほみ》のおほの　字が分《わか》らないんだ」

細君は立て切つた障子を半分《ぶん》ばかり開《あ》けて、敷居《しきゐ》の外《そと》へ長い物指《ものさし》を出して、其先《さき》で近《きん》の字を縁側へ書《か》いて見せて、

（中略）

「何《ど》うも字《じ》と云ふものは不思議だよ」と始めて細君の顔を見た。

「何故《なぜ》」

「何故《なぜ》つて、幾何容易《いくらやさし》い字《じ》でも、こりや変だと思つて疑《うた》ぐり出すと分《わか》らなくなる。此間《このあひだ》も今日《こんにち》の今《こん》の字で大変迷つた。紙《かみ》の上《うへ》へちやんと書《か》いて見て、ぢつと眺《なが》めてゐると、何だか違《ちが》つた様な気がする。仕舞には見れば見る程今《こん》らしくなくなつて来《く》る。――御前《まい》そんな事を経験した事はないかい」　（一）

なお、漱石は「今代」を『それから』までしか使用していないようである。これは次に扱う「現今」も小説においては同様である。漱石にとって、これらの語は「現代」を使用することによって次第にその役目を終えたようである。

4 「現今」について

漱石は、「現今」を小説においては『倫敦塔』『吾輩は猫である』（五例）『草枕』（二例）『三四郎』『それから』（二例）において使用している。

「現今」は『日本国語大辞典　第二版』によると、もとは「今、目の前。この瞬間」という意味であり、中世や近世の用例が見られる。ここで問題としている「今の時代」という意味は、江戸後期頃から見え始めるが、使用が多くなったのは「今代」と同じく明治時代になってからのようである。

ヘボンの『和英語林集成』では三版（明治十九年）から登載されるようになる。

Genkon　ゲンコン　現今（ima）adv. At present; present time ; now.

『言海』（明治二十二年）や『日本大辞書』（明治二十六年）にも登載されているように、「現今」は明治前期には重要な語になっていたようである。

げんこん（名）　現今　イマ。マノアタリ。現在。当時。（『言海』）

げんこん　名。現今　漢語。現在。＝マノアタリ。（『日本大辞書』）

漱石は、『現代日本の開化』（明治四十四年）の中でこの演題について説明しているが、そこで「現代」が「現今」と同義であることを述べている。

「現代」と云ふ字があつて「開化」と云ふ字があつて、其の間へ「の」の字が入つて居ると思へば夫丈の話です、何の雑作もなく唯現今の日本の開化と云ふ、斯う云ふ単簡なものです。

このように新しい語である「現代」を説明するために一般的な語である「現今」を用いているように、漱石は

「現代」を使用することによって「現今」の必要性を感じなくなったのであろう。

5　「近代」の二義性

漱石は「近代」を小説では使用していないようであるが、「近代」は漢籍にあることばであり、日本では『続日本紀』に既に使用されている。また中古、中世、近世の文献や辞書に見られるように、日本語としては馴染みのある語といえよう。「近代」は「上古」と対立しているような概念であり、現在に近い漠然とした時代を指しているようである。

上古事者然乎、近代事者一条家管領也。（『蔭凉軒日録』文明十八年六月十九日　一四六八年）

明治時代の辞書類においては、ヘボンの『和英語林集成』では「近代」は「現今」と同じく第三版（明治十九年）になつて登載された。

KINDAI　近代　n. Recent or modern times.

ここには、後に歴史学と関わってくる modern times が意味説明として用いられている。しかし modern times の訳語としては、

MODERN, Ima no; tōji no, kinrai no.—times, konsei; chikagoro, kon-ji. Ancient and—, ko-kon.

とあり、「近代」ではなく「こんせい（今世）」「ちかごろ（近頃）」「こんじ（今時）」が対応している。なお『和英語林集成』には「今世」「今時」は見出し語として掲出されていない。その当時においては modern times と「近代」との結び付きはまだ強くなかったようである。

国語辞書においては、「近代」はそれぞれ次のように説明されている。なお、「近代」と関係があると思われる

「近世」の意味を「近代」の左の行に並べて括弧の中に示す。

・ちかきよ、近世　Modern ages. recent generations.

（ちかきよ、近代　Modern ages. recent times.）（『漢英対照いろは辞典』明治二十一年）

・過ギテ程経ヌ代。チカゴロ。近世。

（近代ニ同ジ。）（『言海』二巻　明治二十二年）

・漢語。チカゴロ＝近世。

（漢語。近代）（『日本大辞書』明治二十六年）

これらの記述からわかるように、「近代」は「近世」と同義であり、「過ギテ程経ヌ代」（『言海』）である。『言海』が「代」に対し統治の意味を重視していたことからすれば、「近代」は「今代」（明治時代）を含まないことになる。つまり、「近代」は明治二十年代においては明治維新以降を含まないことになろう。『言海』や『日本大辞書』における時代把握は、熟字の後ろの字の要素で分類すると、次のようになる。

代……上代　　　　近代　今代

古……上古　中古

世……上世　中世　近世　今世

『ことばの泉』（明治三十二年）の頃になると、歴史学における時代区分の影響で、それぞれの語の示す時期が限定されるようになる。西洋の歴史学では古代（ancient ages）・中世（medieval ages）・近世（近代）（modern ages）の三分法が行われ、modern agesもしくはmodern timesがこの「近世（近代）」にあたる。これを日本の歴史にも援用し、江戸初期以降の歴史をまとめたものに内田銀蔵による『日本近世史』（明治三十六年）がある。内田は明治維新以降を「最近世」としている。

この時代区分とは異なり、一般の人々が見る辞書では、たとえば『辞林』（明治四十年）では次のような五分法が採用されている。

上古………神武天皇より大化の改新まで
中古………大化の改新より源頼朝の総追捕使となるまで
近古………後鳥羽天皇の文治二年より後陽成天皇の慶長八年まで
近世………後陽成天皇の慶長八年より明治維新まで
近代………明治維新以降

この時代区分が採用された結果、「近代」と「近世」との間には、それまでの「近代」イコール「近世」という同義の場合と、「近世」の後が「近代」という前後関係の場合との二義性が生じることになる。

・①今のよ。きんせい。②歴史上にては、我が国のは、明治以後。
（①近き世。きんだい。②歴史上にては、後陽成天皇の慶長八年より、今上天皇の即位ありし時まで。）
（『ことばの泉』明治三十二年）

・①このごろ。ちかごろ。②歴史上の区別にし、我国にては明治維新以後、西洋にては十九世紀末以後。
（①このごろの時世。きんじ。こんせい。②歴史上の区別にして、近古以後の称。我国にては後陽成天皇の慶長八年から明治維新までを指し、西洋にては紀元千百十五年神聖同盟の締結以後より十九世紀の末頃迄をいふ。）
（『辞林』明治四十年）

また時代区分がなされるまでは、「近代」と、「当世」（「当代」）あるいは「今世」とは時代が異なっていた。

・当世………いまのよ、今世　This age, Present age.
今世………（こんせい）いまのよ、現時　Present times.
当代………いまのみよ、当世　This reign ; Present dynasty.
（『漢英対照いろは辞典』）

・当世………イマノヨノナカ。今世

今世………（こんせい）イマノヨノナカ。

当代………（一）イマノヨ。当世。今世　（二）当今ノ世継。

（『言海』明治二十二～三年）

・当世………字音。（一）今ノ世ノ中。（二）今ノ世ノ中ノ普通。

今世………見出しなし

当代………字音。（一）当世。（二）現時の主人。

（『日本大辞書』）

歴史学における時代区分が一般的になるまでは、「近世」と「当世」「今世」と、また「近代」と「当代」「今代」との間に明らかに時代的な差があった。

近世――→当世・今世

近代――→当代・今代

しかし歴的史的な区分が行われてからは、「当世」の意味記述に「近代」とあったり（『ことばの泉』）、また「当代」や「今世」の意味記述に「近世」が見られたりして（『辞林』）、それぞれの語の時代的な領域が曖昧になってくる。

・当世………今の代。近代。

当代………①とうせいにおなじ。②今の世つぎ。当主人の代。

今世………（こんせい）今の世。現在の世。

（『ことばの泉』）

・当世………①今の世の中。②たうせいふう。

当代………①当世。いまのよ。きんせい。②現時の家主。

今世………（こんせい）今の世。きんせい。

今代………（こんだい）いまのよ。（『辞林』）

ヨーロッパの歴史学の影響を受けるまでは「近代」は「今代」（明治時代）を含んでいなかった。先に日本史の教科書の「今代」の例を見たが、多くの教科書では「近世」の後は「今代」となっている。「近代」という時代がヨーロッパの歴史学によって設定され、その「近代」が明治維新以降を指すようになり、「今代」とイコール関係が成立することになった。しかし、実際には辞書の意味記述に見られるように、「近代」には、

1　「今代」よりも少し以前の時代

2　歴史学用語としての明治維新以降の時代

の二つの意味が混在しているのである。

日本史の教科書では「今代」を「きんだい」と読んでいたことから、同音の「近代」への移行は容易であったであろう。しかし「近代」が定着すると、逆に「今代」を使用しづらくなっていく。

なお、漱石は先に見たように「近代」を西洋のものにしか使用していないようである。そして時代区分としては、たとえば「近世英文学」とか「近世科学」のように「近代」ではなく「近世」を用いている。ただし、「近世」と「現代」とは区別していたようである。「近世（近代）」と「現代」との相違としては、近世科学の泰斗として Clerk Maxwell（一八三一～七九）を挙げ、現代小説の泰斗として Meredith（一八二九～一九〇九）を挙げていることからすると、現存して活躍しているかどうかを重視しているのかもしれない。[*2]

6　「現代」の定着

「現代」は明治三十年代になると広く使用されるようになる。古いところでは内田魯庵が明治二十四年十一月二

十三日から二十五年一月三日にかけて『国民之友』に四回にわたって連載した「現代文学」という文章がある。しかし、そこで使用されている「現代」は一回だけであり、其三（十二月三日　百四十号）の最初に用いられている。

　是を僅に二十年来の既往に徴する現代文学の頗る多望なるを肯んずるに足らむ。

この文章では「現代」は明治維新以降を指していよう。他の箇所では、「今の文学」「今日の三文文学」「今日の文学」といった表現になっている。また少し後の『国民之友』明治二十六年七月三日号では「今日の小説及び小説家」というタイトルで発表しているように、「現代」という語の使用はまだ少し早すぎたようである。ただし、国立国語研究所による『太陽コーパス』*3によれば、雑誌『太陽』の創刊された明治二十八年には「近代」とともに「現代」の使用も見られる。なお「近代的」が明治三十四年に出現するのに対し「現代的」は明治四十二年となっており、「現代的」の使用は「近代的」より少し遅れている。

「現代」という語は、過去・現在・未来あるいは前世・現世・来世の「現在」あるいは「現世」をもとに、「近代」などの影響によって時代を表す「代」を結合させた語と思われ、明治三十年代後半頃から使用が多くなってくる。「現代」の辞書への登場は明治四十年の『辞林』が早いところであろう。「近代」とはその意味記述は異なっており、またそこでは「近代」との同義性については触れられていない。

　げんだい〔現代〕（名）いまのよ。たうじ。げんこん。方今。
　きんだい〔近代〕（名）①このごろ。ちかごろ。②歴史上の区別にし、我国にては明治維新以後、西洋にては十九世紀末以後。

「現代」については、三宅雪嶺が「現代的、将来的、永久的」において、

　現代とは、過去及び将来に対し、現在の人の存在しつゝある間を指す者にして、現代史といへば、著者が世間を知りてより筆を執るまでの間をいふが、筆を執る時は、其の以前は過去に入り、筆を擱く時は、筆を執りし

間も過去に入る。厳密なる意義の現代は僅かに一瞬間の事にして、今日現代といふ所は明日現代ならず、

と述べているように、現時点ということになろう。「現代」とは我々が考えているような時代区分の用語ではない。つまり、「近代」を明治維新以降とすれば、「近代」という時間軸の中に「現代」が存在するのである。「近代」と「現代」とは現在及び現在に近い部分において重なっている。「近代」はある場合には「現代」と同義になるが、多くの場合には「現代」よりも広い時間幅で使用されることになる。これは英語においても、modern の中に contemporary や presentday という時代区分が存在しているのと同様である。

「近代」や「現代」との同義性は、たとえば「近代人」と「現代人」との間にも見られる。「現代式（的）」が三宅のいうようにマイナス的に用いられていたように、「近代人」もマイナス評価の語であった。『文章世界』五巻九号（明治四十三年七月）には「近代人とは何ぞや」というテーマが組まれている。上司小剣は「繭を破つて出て来た蚕の蛾」という題で「近代人」の特徴を述べている。

近代人《きんだいじん》の特徴《とくちよう》は一言《いちごん》にして云《い》へば、自己的《エゴーイステツク》だ。一体《いつたい》に余裕《よゆう》のある、ゆとりの有《あ》る人《ひと》はなくなつて、死《し》ぬにも死《し》なれず、活《い》きるに活《い》きられずと云《い》つたやうな切迫《せつぱく》した生活《せいくわつ》に自然《しぜん》となつて来た。経世家《けいせいか》の所謂《いはゆる》情《なさけ》なき傾《けい》向《かう》であらう。

また同誌で金子筑水は「現実的と動揺不安の心持」という題で「近代人」の特徴を挙げ、次のように定義している。

極《ご》く広《ひろ》い意味《いみ》で近代人《きんだいじん》といふのは、前代《ぜんだい》の理想的《りさうてき》又はローマンチツクな傾向《けいかう》を追《お》つた人々《ひとびと》に対《たい》したものだと思《おも》ふ。総《す》べて前代《ぜんだい》を支配《しはい》した理想《りさう》、道徳《だうとく》、宗教《しうけう》、習慣《しふくわん》等《とう》の約束《やくそく》を離《はな》れて、全《まつた》く自由《じいう》な空気《くうき》を呼吸《こきふ》しやうとする若《わか》い人々《ひとびと》であらう。

この定義によれば、前代に対することからいえば「今代」ということになるし、その前代を江戸時代と考えれば

明治以降の「近代」ということになる。ただし、金子が明治三年生まれ、上司が明治七年生まれというように、ともに明治初期の生まれである。明治四十三年の段階で「若い人々」ということは、いわゆる「現代」の人々ということになろう。同じ明治という時代に生まれ育っていても、時間の流れや社会の変革の中で考え方も大きく変わってきているのである。特に明治という時代は特に変化の激しい時代であった。新しい考えや行動を行う若者を、執筆者達とは異なる新人類と見ているのである。

漱石は『三四郎』（明治四十二年）において「現代人」を次のように説明している。

――中学教師抔の生活状態を聞いて見ると、みな気の毒なもの許《ばかり》の様だが、真に気の毒と思ふのは当人丈である。なぜといふと、現代人は事実を好むが、事実に伴ふ情操は切り棄てる習慣である。切り棄てなければならない程、世間が切迫してゐるのだから仕方がない。其証拠には新聞を見ると分《わか》る。新聞の社会記事は十の九迄悲劇である。けれども我々は此悲劇を悲劇として味はう余裕はない。たゞ事実の報道として読む丈である。

（十）

『こゝろ』の中でも、漱石は「現代」を次のようにとらえている。

自由と独立と己《おの》れとに充《み》ちた現代の我々は、

（十四）

またこの『こゝろ』（九十七）においては友人Kを表現するのに「現代人」を対比表現として利用している。

・然しKが古《ふる》い自分をさらに投《な》げ出して、一意に新《あた》らしい方角へ走《はし》り出《だ》さなかつたのは、現代人の考《かんが》へが彼《かれ》に欠けてゐたからではないのです。

・其上彼《かれ》には現代人の有《も》たない強情と我慢がありました。

漱石の「現代」や「現代人」の説明からは、上司や金子の述べている「近代人」との違いは認められない。しかし明治維新以降の時間が長くなり、また「現代」の使用が次第に多くなるにつれ、「近代」と「現代」との間に意味の相違が生じてくる。「近代」を語基とする熟語においては、封建社会に対する新しい思想（近代思想）に基づいたという意味が強調されるようになり、プラス的な意味合いで使用されるようになる。

近代劇………近代思想を盛つた戯曲・演劇。特に十九世紀後期のイブセン、ストリントベルヒ等を先導とする新戯曲を指す。

近代人………①近代の人。②近代的な思想をもつてゐる人。

現代劇………現代の風俗を描写する演劇。現代社会。

現代人………①現代に生活する人。②現存人類。＊現生人類

（『大辞典』昭和十年）

このように「近代」と「現代」との間には意味の異なりが見られるが、その一方で「近代」と「現代」とが長く同義的に扱われたのは外来語モダンの影響が大きかったと思われる。

7　外来語「モダン」の登場

漱石は「モダン」を小説においては使用していない。談話の中に見られるが、それも雑誌の記者の使用した語を繰り返しているに過ぎず、漱石が進んで用いた語とはいえないであろう。

『虞美人草』の藤尾の性格は、我儘に育つた我の強い所から来たのか、自意識の強いモダアンな所から来たのかと云ふのですか、それは両方に跨つて居る。単に自意識の強いモダアンな所を見せようと云ふ、それを目的に書いたならあゝは書かなかつたであらう。併し一面に於てはそれも含んで居る。

（「予の希望は独立せる作品也」『新潮』十巻二号　明治四十二年二月）

「現代的」が流行したほぼ同時期に、外来語「モダン」の使用も多くなってくる。

渠の書生時代には外国の学問は異端の教へといふやうに青年の群から斥けられて居て、外国語を少しも学ばなかつたので、此の頃新聞でよく使ふモダン(modern)といふ字は何ういふ意味だなどと鉄之助に聞いた。

(田山花袋『生』九 明治四十一年)

モダンの原語であるmodernの訳語にも二義性が見られる。たとえば、ヘボンの『和英語林集成』が「ima no(今の)」「tōji no(当時の)」「kinrai no(近来の)」としているように、現在及び現在に近い時点を表している。その一方で、時代区分としてはmodern agesはルネサンス以降を指すことから古い意味での「近代」あるいは「近世」を含むことになる。このような英語のmodernの表す時間的な幅から、日本語としては「近代」や今現在を表す「現代」が対応することになる。そして「近代的」や「現代的」の流行や、外来語の流行により、英語のmodernが外来語「モダン(モダーン)」として注目されるようになったのである。

時代研究会による『現代新語辞典』(大正五年)には「モダーン 近代の、現代の、近代人、現代人」とあり、「近代」と「現代」とを並列の関係で扱っている。このような新語辞典や後に出現する多くのモダン語辞典類では、同じような意味記述を踏襲しており、その結果「近代」と「現代」との同義性が長く保たれることになった。

8 まとめ

明治時代においては、「近代」や「近代人」ということばが現代で言うところの「現代」や「現代人」の意味でも使用されている。それは明治になって新しい歴史学が確立して、時代区分として明治維新以降を「近代」としたことによるものである。そのような状況において、「現代」が出現したのは、明治維新以降を示していた「今代」が「きんだい」と読まれることもあり、「近代」と区別する目的があったと考えられる。それは「近代」が二義性という問題を抱えていたからである。「近代」には歴史学による明治維新以降の時代と、それまで使用されていた明治より少し前の時代を指すという二つの意味が混在していた。それに加え、明治という時代も時間がたつにつれ、明治前期とは社会的な様相を大きく異にしていた。そこで、あくまでも現在という時点を明確に示すために「現代」は必要だったのである。

漱石の時代認識に関わる用語を眺めていくと、「現今」「今代」「当世」の使用から「現代」単一使用への動きが認められる。「現今」「今代」は『それから』までの使用であり、「当世」も接尾語を伴った形での使用へと変わってくる。つまり、「現代」は漱石にとって「現今」「今代」「当世」といった同義的な語を包含する便利な語であったのである。

漱石は「現代」は使用するが「近代」は使用しなかった。それは次のような理由によるものと考えられる。

一　「今代」を使用する者にとって、「近代」は「今代」よりも前の時代であり、「今の代」すなわち明治維新以降を含んでいない。そのことにより、「今代」に代わって使用されるようになった「現代」を用いた。

二　漱石は英文学者であったので西洋史の三区分が身についていた。そのため、西洋史における「近代（modern ages)」と日本史における「近代」との間に時代的な相違があり、「近代」は西洋のものに限定して使用した。

漱石の時代認識としては、日本においては「封建社会」対「当世」「現代」の関係が認められ、「現代」は特に現在に重点が置かれている。「今代」は「現代」と同義であり、「現代」の出現により役割を終えた。一方、西洋においては「近世」イコール「近代」の関係であり、「近世」を時代区分として用いている。そして「近世（近代）」と「現代」とを現在生存して活躍しているかどうかによって区別していたようである。

第六章

翻訳語法の定着

近頃の文章では未だ充分に思想があらはされぬやうだ。将来はもつともつと容易《たやす》く現はす事が出来るやうにならなくてはいかぬ。

私の頭は半分西洋で、半分は日本だ。そこで西洋の思想で考へた事がどうしても充分の日本語では書き現はされない。之れは日本語には単語が不足だし、説明法《エキスプレッション》も面白くないからだ。反対に日本の思想で考へた事は又充分西洋の語では書けない、それは私に西洋語の素養が足りないからである。

兎に角思想が西洋に接近して来れば夫に従つて、真似るのではないが日本でも自然西洋の程度に進まなければならぬ。即ち今日の文章よりも、もつと複雑な説明法《エキスプレッション》と広い言葉とが生れねば叶はぬ。今でも「何々かの如く」など翻訳的の方法が入つて来て居るものも沢山あるが、中々之れは便利である。今後もづんく新しい方法が出来るであらう。（中略）

今の言文一致は細かい処まで書き現はされる点はあらうけれども、唯語尾が変化したまで丶何も擬古文と相違はない。であるから会話の込入《こみい》つたものなどは到底書きあらはす事は不可能である。其要求に応じて、今日ではだんく新語が出来、新語法が生れつ丶あるけれども、一般に通じないものもあり、又出来つ丶あるものもあり、此れ等が普通に認識されるには中々時間もか丶る。

（「将来の文章」『学生タイムス』明治四十年一月一日）

明治時代、中学校や高等学校において英語教育が行われており、英語の文典やリーダーに対する独案内が多数出版されている。そこにはこれまで見られなかった語法やあまり使用されていなかった語法が翻訳語法として採用されている。

『行人』の一郎は「ねばならぬ病」つまり「当為病」にかかっていると、吉田凞生氏は「漱石と『象徴主義の文学運動』」（『漱石研究』創刊号　一九九三年）で述べている。当為表現は、漱石の他の作品にも多用されている。特に『虞美人草』はまさしく当為表現のかたまりといってもよいであろう。

これは漱石ばかりではなく明治時代の特徴といってもよいであろう。高学歴の人々は洋書を読むことが多く、翻訳語法が身についていたと思われる。生徒や学生の間には英語など外国語を習得するにあたって教授された翻訳独特の語法が広まり、日本語の表現方法として欠かせないものとなっていた。漱石は英語の教師として中学校や高等学校さらには帝国大学で英語の口語訳をしており、翻訳語法は漱石自身の表現方法として極当たり前のものになっていたと思われる。漱石は創作のメモでも英語で記述しているように、英語式の発想方法であった。そのため、それを日本語として文章化する際に翻訳語法は欠かせないものであったに違いない。

言文一致運動が外国文学愛好者から生じた現象であることからして、近代の小説の文章において翻訳語法は重要な役割を担っていたであろう。また翻訳を通して、日本語に関する文法的な意識（文法論）や、文章についての意識（文章論）などを確立していったのである。

第一節　漱石の使用した翻訳語法

「どうだね」と折《をり》の蓋《ふた》を取ると白い飯粒《めしつぶ》が裏へ着いてくる。なかには長芋の白茶《しらちや》に寐転んでゐる傍らに、一片《いときれ》の玉子焼が黄色《きいろ》く圧し潰され様として、苦し紛《まぎ》れに首丈飯《めし》の境に突き込んでゐる。

「まだ、食べたくないの」と小夜子は箸を執らずに折ごと下《した》へ置く。

「やあ」と先生は茶碗を娘から受け取つて、膝の上の折《をり》に突き立てた箸を眺めながら、ぐつと飲む。

「もう直《ぢき》ですね」

「あゝ、もう訳はない」と長芋が髯の方へ動き出した。

「今日《けふ》はいゝ御天気ですよ」

「あゝ天気で仕合せだ。富士が奇麗に見えたね」と長芋が髯から折《をり》のなかへ這入る。


（『虞美人草』七）

木坂基氏は、近代の文章における欧文脈の影響について、「欧文脈の消長」（『言語生活』一九七九年十一月　後に『近代文章の成立』一九八八年　和泉書院　所収）において次の四期に分けている。準備期（明治二十年頃まで）、移入期（明治二十年頃〜明治四十二年頃）、成熟期（明治四十三年〜昭和初期頃）、発展期（昭和十年頃以降）である。漱石は、明治三十八年から大正五年まで小説を執筆しているので、移入期から成熟期にかけて活躍したことになる。

ここでは森岡健二氏が『欧文訓読の研究』（一九九九年　明治書院）において挙げている動詞・動詞句や助動詞の翻訳語法が、漱石の言文一致文が完成したと思われる『三四郎』で使用されているかどうかを調べてみた。『三四郎』に使用がない場合は、『それから』『門』の順に、いわゆる前期三部作の範囲内で調査を広げた。

1　have………（〜を持っている）
・みんな広田先生に同情を持つてゐる連中だから　（『三四郎』八）

2　find………（〜を見出す）
・三四郎は此表情のうちに嬾《ものう》い憂鬱と、隠《かく》さゞる快活との統一を見出した。　（『三四郎』三）

3　give………（〜を与える）〔訓読語法〕
・人格上の言葉に翻訳する事の出来ない輩《もの》には、自然が毫も人格上の感化を与へてゐない。　（『三四郎』四）

4　feel………（〜を感ずる）
・突然御茶を上《あ》げますと云はれた時には、一種の愉快を感ぜぬ訳に行かなかつたのである。　（『三四郎』五）

5　seem・look………（〜と見える）
・其寐《ね》てゐる間《あひだ》に女と爺さんは懇意になつて話《はなし》を始めたものと見える。　（『三四郎』一）

6　belong to………（〜に属する）
・しかも此《この》のらくらを以て、暗に自分の態度と同一型に属するものと心得て、中々得意に振舞《ふるまひ》たがる。　（『それから』一）

7　be obliged to………（余儀なくされる）
・その為《ため》に独身を余儀なくされたといふと、僕が其女の為《ため》に不具《ふぐ》にされたと同じ事になる。　（『三四郎』十一）

8 be used to………（～が常である）

・斯《か》う云ふ場合には、同情の念より美醜の念が先《さき》に立つのが、代助の常《つね》であつた。（『それから』八）

9 must………（～ねばならない・～なければならない）

・妹の始末さへ付けば、当分下宿しても可《い》いです。それでなければ、又何所《どこ》かへ引越さなければならない。（『三四郎』四）

10 may………（～かもしれない）

・固《もと》から込み合つた客車でもなかつたのが、急に淋しくなつた。日の暮れた所為《せゐ》かも知れない。（『三四郎』一）

11 would・should・might………（～たであろう・～たのだろう）

・ことによると寐ぼけて停車場を間違へたんだらうと気遣《きづか》ひながら（『三四郎』一）

12 after………（後）

・女はやゝしばらく三四郎を眺めた後《のち》、聞兼《ききかね》るほどの嘆息《ためいき》をかすかに漏《も》らした。（『三四郎』十二）

13 before………（前に）

・三四郎は答をする前に、立つてのそ〳〵歩《ある》いて行つた。（『三四郎』二）

14 as soon as………（～や否や）〔訓読語法〕

・三四郎が覗くや否や隣の男はノートを三四郎の方に出して見せた。（『三四郎』三）

15 as～as possible・as～as～can………（出来るだけ）

・爺さんが女の隣りへ腰を掛けた時などは、尤も注意して、出来る丈長い間、女の様子を見てゐた。（『三四郎』一）

16 as～as・so～as………（だけそれだけ）

・其仕打は父《ちゝ》の人格を反射する丈其丈多く代助を不愉快にした。（『それから』十五）

17 as the same time………（〜と同時に）

・然し三四郎が眼を挙げると同時に女は動き出した。（『三四郎』一）

18 because・for………（なぜなれば、如何となれば）

・なぜといふと、現代人は事実を好むが、事実に伴ふ情操は切り棄てる習慣である。（『三四郎』十）

19 not only〜but〜(also) ………（のみならず）〔和文の影響〕

・使つてみて自分で旨《うま》いと感心した。のみならず自分も批評家として、未来に存在しやうかと迄考へ出した。（『三四郎』三）

20 too〜to〜………（〜にはあまりに）

・接触したと云ふには、あまりに短く且つあまりに鋭《するど》過《す》ぎた。（『三四郎』二）

21 the more〜the more………（〜すればする程）

・三四郎はふわ〱すればする程愉快になつて来《き》た。（『三四郎』四）

22 rather than………（〜よりはむしろ）〔訓読語法〕

・三四郎は知らぬ人に礼をされて驚ろいたと云ふよりも、寧ろ礼の仕方《しかた》の巧みなのに驚ろいた。（『三四郎』三）

23 without………（〜ことなしに）

・此警鐘を聞くことなしに生《い》きてゐられたなら（『それから』一）

24 in spite of………（〜にもかかわらず）

・相手は馬鹿の様な気がするにも拘はらず、あまり与次郎の感化を蒙らない。（『三四郎』十一）

25 in stead of………（〜ないかわりに）

・豚《ぶた》杯は手が出《で》ない代りに鼻《はな》が出《で》る。（『三四郎』一）

26 if……（もし〜ならば）

・要するに自分がもし現実世界と接触してゐるならば、今の所母より外にないのだらう。（『三四郎』二）

27 in order to……（〜するために）

・しばらくの間《あひだ》は、正気を回復する為めに、上野の森を眺《なが》めてゐたが（『三四郎』二）

28 though……（〜といえども）〔訓読語法〕

・それが何れの所に彼を導びいて、どんな結果を彼の心に持ち来すかは、彼自身といへども全く知らなかった。（『門』十八）

なお、漱石の28の用例は「といえども」が名詞に接続しているので though の翻訳語法とは考えがたい。漢文訓読語法によるものであろう。

このように、『三四郎』には森岡氏が挙げた翻訳語法のほとんどが使用されている。『三四郎』に認められない場合でも次の作品である『それから』まで補えばそれぞれの語法を見出すことができる。この中には現代では使用されなくなっているものもあるが、これらの翻訳語法はその当時の言文一致文においては重要な役割を担っていたのである。

第二節　「目をねむ（眠）る」から「目をつぶ（瞑）る」へ

まあ一寸腹が立つと仮定する。腹が立つた所をすぐ十七字にする。十七字にするときは自分の腹立ちが既に他人に変じて居る。腹を立つたり、俳句を作つたり、さう一人が同時に働けるものではない。（『草枕』三）

1　「を＋自動詞」

「目をつぶる」[*1]という表現は、明治時代から使用されるようになった新しいものである。それ以前は主に「目をねむる（ねぶる）」が用いられていた。その他に、「目を閉じる」や「目を塞ぐ」という表現も使用されていた。

「目をねむ（眠）る」が使用されなくなったのは、鈴木英夫氏の「を＋自動詞の消長」（『国語と国文学』六十二巻五号一九八五年五月）によれば翻訳語法の影響だという。西洋語の学習によって自動詞と他動詞の区別が意識されるようになる。自動詞が「を格」の目的語をとるのはおかしいという意識が生じてきて、「を＋自動詞」という形式が消失した。消失したものの一つが「目をねむる」であり、他動詞として新たに出現したのが「目をつぶる」である。

その他には「腹を立つ」があり、「腹を立てる」が一般的になっている。また「目をあく」「口をあく」もその傾向にあり、「目をあける」「口をあける」が次第に多くなってきている。いずれも目・腹・口といった身体部位が目的語になっている場合である。

ここでは、「目をねむる」から「目をつぶる」への移行過程の一端を、漱石の用例から眺めていくことにする。

2　「目をつぶる」の登場

言文一致体の最初の試みであり、近代文学の嚆矢として評価されている二葉亭四迷の『新編浮雲』（明治二十〜二十二年）には、次のように「目をねる」や「目をねむる」が使用されている。

・ア、曾《かつ》て身《み》の油《あぶら》に根気《こんき》の心《しん》を浸《ひた》し眠《ねむ》い眼《め》を睡《ね》ずして得《え》た学力《がくりき》を斯様《こん》な果敢《はか》ない馬鹿気《ばかげ》た事《こと》に使《つか》ふのかと思《おも》へば悲《かな》しく情《なさけ》なくホツト大息《といき》を吐《つ》いて　（第二回）

・如何《どん》な可笑《をか》しな処置振《しよちふ》りをされても文三《ぶんぞう》は眼《め》を閉《ねむ》ツて黙《だま》ツてゐる　（第十一回）

「目をねむる（ねぶる）」という表現は、『日本国語大辞典　第二版』によれば古くは『太平記』（十四世紀後半）に見られ、近世を通じて広く使用されてきた。

・虚空に向ひ目を眠《ねぶ》り、口に文呪したるに　（『太平記』二十四）

・目をねふつても聞所、見所は見てゐる　（『冥途の飛脚』上　一七一一年）

・月々のあてがひ取るがよさに、目を眠つてゐる中　（『夏祭浪花鑑』七　一七四五年）

・目を眠《ねむり》あふむいてしばらくかんがへ　（『浮世風呂』四編巻上　一八〇八〜一三年）

二葉亭四迷には「目をつぶる」の用例は見られないが、たとえば森鷗外や尾崎紅葉においては「目をねむる」から「目をつぶる」への移行が窺われる。

・人々は母上の目を瞑《ねむ》らせ、その掌を合せたり。　（『即興詩人』花祭　明治三十四年）

・それから末造《すゑざう》の自由《じいう》になつてゐて、目《め》を瞑《つぶ》つて岡田《をかだ》の事《こと》を思《おも》ふやうになつた。　（『雁』弐拾　大正四年）

・御座つてゐると知りつゝ、目を瞑《ねぶ》つて鵜嚥にする想。　（『多情多恨』後篇　五・二　明治二十九年）

・まあ、もう少しお前も目を瞑《つぶ》つてお在《いで》よ、よ　（『金色夜叉』後・一　明治三十三年）

「目をつぶる（つむる）」は、『日本国語大辞典　第二版』によると、早い所では中江兆民の『国会論』（明治二十一年）に見られる。

・昏々茫々《こん〳〵ばうばう》として生涯唯有形血肉《せうがいたゞゆうけいけつにく》の一塊《かい》を護持し珍愛《ちんあい》し一たび目を瞑《つ》むれば死後唯碑石《たゞひせき》の形《かたち》の稍《や》大なるの外何に一つとして中人の上に出《いづ》ること無き者　（二十一頁）

明治生まれの国木田独歩や島崎藤村はもっぱら「つぶる」専用のようである。

・其後自分《そのごじぶん》は此日《このひ》に逢《あ》ふごとに頸《くび》を縮《ちゞ》めて眼《め》をつぶる。なるべく此日《このひ》の事《こと》を思《おも》ひ出《だ》さないやうにして居《ゐ》たが、今《いま》では平気《へいき》なもの。　（『酒中日記』五月四日　明治三十五年）

・加ト公の半身像なんぞ、眼をつぶつても出来る。　（『号外』明治三十九年）

・丑松《うしまつ》は冷《つめた》い鉄《てつ》の柱《はしら》に靠《もた》れ乍《なが》ら、眼《め》を瞑《つぶ》つて斯《こ》の意外《いぐわい》な邂逅《めぐりあひ》を思《おも》ひ浮《うか》べて見《み》た。　（『破戒』七章二　明治三十九年）

・『あ、――自分《じぶん》の頭脳《あたま》の内部《なか》の声《こゑ》だ。』眼《め》を瞑《つぶ》りながら彼《かれ》は斯様《こん》なことを想《おも》つて見《み》た。　（『春』三十五　明治四十一年）

このように「目をつぶる」は明治二十年頃に出現し、明治三十年代後半にはかなり広く浸透していたようである。

3　漱石における「目をつぶる」の出現

漱石は初期の作品では「目をねむる（ねぶる）」専用である。たとえば、次のように使用している。

・いや是は駄目だと思つたら眼をねぶつて運を天に任せて居た。（『吾輩は猫である』一）

・吾輩が主人の膝の上で眼をねむりながら斯く考へて居ると、やがて下女が第二の絵端書を持つて来た。（『吾輩は猫である』二）

・かくしてエレーンは眼を眠る。眠りたる眼は開く期なし。（『薤路行』五）

・暗いなかを猶暗くする為めに眼を眠つて、夜着のなかへ頭をつき込んで、もう是ぎり世の中へ顔が出したくない。（『野分』八）

次頁の表に「目をつぶる」関係の語について漱石の作品ごとの使用数を示したが、「目をねむる」は遺著となった『明暗』に至るまでずっと使用されている。一方、新語形である「つぶる」は『虞美人草』での使用が最初である。これは先に見たようにその当時としては少し遅い方といえよう。「目つぶる」を『虞美人草』で一旦使用してはみたが、使用するのにはためらいがあったようである。後続の作品では『門』に一例、『明暗』に二例あるだけであり、合計してもたった四例である。「つぶる」は次のように使用されている。

（1）人は眼《め》を閉《つぶ》つて苦《にが》い物を呑《の》む。こんな絡《から》んだ縁《えん》をふつりと切るのに想像の眼《め》を開《あ》いてゐては出来ぬ。そこで小野さんは眼《め》の閉《つぶ》れた浅井君を頼んだ。頼んだ後《あと》は、想像を殺《ころ》して仕舞へば済む。と覚束ないが決心丈はした。（『虞美人草』十八）

（2）ついには取り放《はな》しの夜具の下《した》へ潜《もぐ》り込《こ》んで、人の世を遠《とほ》ざける様に、眼《め》を堅《かた》く閉《つぶ》つて仕舞ふ事《こと》もあつた。（『門』十三）

（3）津田は疲《つか》れた人《ひと》が光線の刺戟を避《さ》けるやうな気分で眼《め》をねむつた。するとお延《のぶ》が頭《あたま》の上《うへ》で、「あなた、あなた」といふので、又眼《め》を開《あ》かなければならなかつた。（中略）津田は軽《かる》い返事をしたなり、又眼《め》をつぶらうとした。するとお延《のぶ》は左右《さう》させなかつた。（『明暗』四十三）

	ねむる	つぶる	とじる	ふさぐ
吾輩は猫である	6			1
琴のそら音			1	
薤路行	2			
草枕			3	
野分	1			
虞美人草	7	1	1	
坑夫	2		1	
文鳥	1			
三四郎	2			
それから	1		1	
門	3	1	1	1
思ひ出す事など			2	
彼岸過迄	1		3	1
行人	2		4	
道草			2	1
明暗	2	2		

表記

ねむる

「眠」（吾輩3　薤路2　野分1　虞美5　坑夫1　文鳥1　三四郎2　それ1　門3　彼岸1　行人2　明暗1）

「寐」（吾輩1）「瞑」（虞美1）「閉」（坑夫1）

「ねぶる」（吾輩1）「ねむる」（吾輩1　明暗1）

つぶる

「閉」（虞美1　門1　明暗1）

「つぶる」（明暗1）

とじる

すべて「閉」

ふさぐ

「塞」（門1　彼岸過迄1　明暗1）

「ふさぐ」（吾輩1）

（4）又仰向《あほむ》けになつて、昨夕《ゆふべ》の不足を取り返《かへ》すために、重《おも》たい眼《め》を閉《つぶ》つてゐた。（『明暗』九十二）

なお、表の下にそれぞれの語の表記を示したが、『坑夫』においては「ねむる」の一例に対して「閉」の字が使用されている。この字は『虞美人草』では「つぶる」の漢字表記となっていたし、『門』や『明暗』においてもこの字が用いられている。『坑夫』の原稿は現存していないので、原稿の表記がどのようであったのか、また振り仮名が施されていたのかどうかもわからない。

・是《これ》は死《し》ぬかも知《し》れない。死《し》んぢや大変《たいへん》だと、噛《かじ》り附《つ》いたなり、いきなり眼《め》を眠《ねむ》つた。（七十三）

・がんがらがんの壁《かべ》が眼《め》に映《うつ》る。ぞつとする。眼《め》が眩《くら》む。眼《め》を閉《ねむ》つて、登《のぼ》る。（八十）

4　『虞美人草』『門』『明暗』における使用状況

「つぶる」が使用されている作品における「目をつぶる」「目をねむる」、また「目をとじる」や「目をふさぐ」などの使用状況を見てみよう。「目をつぶる」の用例については先に示してあるのでここには掲出しない。まず各作品語ごとに「目をねむる」の用例を挙げ、その作品における「目をとじる」「目をふさぐ」の用例数を示しておく。

『虞美人草』（ねむる七例／とじる一例　つぶる一例）

①埃及《えじぷと》の御代《みよ》しろし召す人の最後ぞ、斯くありてこそと、チヤーミオンは言ひ終つて、倒れながらに目を瞑《ねむ》る」（二）

②「どうしても早いよ。おい」と宗近君は又話しかける。甲野さんは半分眼を眠つてゐた。
「え、？」（七）

③夢は再び躍る。躍るなと抑へたる儘、夜を込めて揺られながらに、暗きうちを駛ける。老人は髯から手を放《はな》す。
やがて眼を眠る。（七）

④秘密の雲は、春を射る金鎖《きんぐさり》の稲妻《いなづま》で、半《なかば》劈《つんざか》れた。眠《ねむ》つてゐた眼《め》を醒《さま》しかけた金鎖《きんぐさり》のあとへ、浅井君が行つて井上の事でも喋舌《しやべつ》たら――困る。（十八）

⑤⑥眼《め》は先母《さつき》が眠《ねむ》らした。眠《ねむ》る迄母が丹念に撫《さす》つたのである。（十九）

⑦驕る眼《め》は長へに閉ぢた。驕る眼《め》を眠つた藤尾の眉は、額《ひたひ》は、黒髪は、天女の如く美しい。（十九）

『門』（ねむる三例／とじる一例　ふさぐ一例　つぶる一例）

①凡《すべ》てに異状のない事を確《たし》かめた上《うへ》、又床《とこ》の中《なか》へ戻《もど》つた。さうして漸く眼《め》を眠《ねむ》つた。（七）

②医者は眠《ねむ》つてゐる御米《よね》の眼《め》を押し開《あ》けて、仔細《しさい》に反射鏡の光《ひかり》を睫《まつげ》の奥に集《あつ》めた。（十二）

③宗助は夜具を被《かぶ》つた儘、ひとり硬《かた》くなつて眼《め》を眠《ねむ》つてゐた。彼《かれ》は此暗《くら》い中《なか》で、坂井から聞《き》いた話《はなし》を何度《なんど》となく反覆《はんぷく》した。（十七）

『明暗』（ねむる二例／つぶる二例）

①津田は疲《つか》れた人《ひと》が光線の刺戟を避《さ》けるやうな気分で眼《め》をねむつた。（四十三）

②津田は老人の人世観に一も二もなく調子を合すべく余儀なくされながらも、談話《だんわ》の途切《とぎ》れ目《め》には、眼《め》を眠《ねむ》るやうに構《かま》へて、自分自身に勝手な事《こと》を考へた。（百七十）

「ねむる」には、単に睡眠を表していると思われる場合も多い（『虞美人草』②③、『門』①、『明暗』①②）。ただし、「目」を目的語としてとっていることから複数の可能性が考えられる場合も出て来る。『門』の②は、単に眠っているのか、あるいは目を閉じているのか。また『門』の①や『明暗』の①②も、単に眠るのか、目を閉じることなのか。なお、『虞美人草』の④は比喩的な表現であるが、「醒ま」すとあるから睡眠と同様に考えてよさそうである。

『虞美人草』の①は死を意味している。なお、ここでは漢字表記として「瞑」が使用されている。漱石において「瞑」の使用はこの箇所だけである。ここは読んでいる洋書の内容であり、この字によって文章語的な雰囲気を出そうとしたのであろうか。先に挙げた『薤路行』の前の方の例もこれと同じく死を表している。後の方の例は『虞美人草』の「ねむる」の⑦の例と関わってこよう。

『虞美人草』⑤⑥⑦は亡くなった藤尾についての描写である。開いていた瞼を閉じさせている。鷗外の『即興詩人』の例と同じである。⑤では使役の助動詞を用いて閉じるという行為を行っている。現在用いている「つぶる」という動詞も「ねむる」と同じく自分の目についてしかいえない。他人の場合には「目をつぶらせる」という使役形を用いなければならない。[*2] ⑦では自動―他動の関係が「とじる」―「ねむる」で表されている。なお「とじる」は自動詞としても他動詞としても使用され、自他同形である。

「ねむる」に本人の意志性が明確に見られる場合がある（『門』③）。目的語をとることからいえば当然なことであろう。[*3] 最初に挙げた『吾輩は猫である』や『野分』の「ねむる」の用例においても目を閉じる行為を指しており、意志性が窺われる。睡眠の意味に含めた『明暗』の①②も見方によっては意志性を認めることも可能であろう。このように、「目をねむる」は睡眠・死・目を閉じることなど様々な意味で使用されている。

一方「つぶる」には、（1）のような生理的な習性のものもあるが、その場合においても目の閉じ方は強いものといえよう。（2）の場合にも「堅く」とある。（3）（4）には「又」という表現が見られ、再度同じような行為を行っていることになる。（3）の場合は、最初（『明暗』の「ねむる」①の例）は「眼をねむる」と記述してあり、再度の場合は「つぶる」となっている。（4）の場合は後出の「ふさぐ」の4に連続している場面である。つまり、「つぶる」と他の表現との関係は次のような関係になっている。

（3）最初「目をねむる」　再度「目をつぶる」

（4）最初「目をふさぐ」再度「目をつぶる」
また（3）の「つぶる」の場合「つぶらうとした」とあり、（4）においても「取り返すために」とあるように、意志性が認められる。

「とじる」は用例が多いので、ここではこの三作品に出現している二例だけを見ていく。

❶隻手を挙ぐれば隻手を失ひ、一目を揺《うご》かせば一目を眇す。手と目とを害《そこな》うて、しかも第二者の業《ごう》は依然として変らぬ。のみか時々に刻々に深くなる。手を袖に、眼を閉づるは恐る、のではない。手と目より偉大なる自然の制裁を親切に感受して、（『虞美人草』十九）

❷宗助は眼《め》を閉《と》ぢながら、明《あき》らかに次《つぎ》の間《ま》の時計の音《おと》を聞《き》かなければならない今の自分を更に心苦しく感《かん》じた。（『門』十七）

「とじる」は❶に見られるように意志的である。また❷も「眼を閉じながら」「聞かなければならない」とあり、この場合も意志性が認められる。

「目をふさぐ」は漱石の作品には四例しか見られない。漱石の使用語彙としては、表からわかるように他のものと比較すると少ない表現である。ここで扱っている三作品に限らず全用例を示すことにする。

1夫から又もぐつて眼をふさいで、早く日が暮れ、ばい、がと、ひそかに神仏に念じて見た。（『吾輩は猫である』十一）

2御米が半《なか》ば床《とこ》の間《ま》の方を向《む》いて、眼《め》を塞《ふさ》いでゐたので、寐付《ねつ》いたとでも思つたものか、（『門』十一）

3僕は夫でも進む訳《わけ》に行かないのである。然し未来に眼《め》を塞《ふさ》いで、思ひ切つた態度に出やうかと思案してゐるうちに、彼女は忽ち僕の手から逃《のが》れて、（『彼岸過迄』「須永の話」二十五）

4細君は彼《かれ》のいふが儘《まま》に床《とこ》を延《の》べた。彼《かれ》はすぐ其中《そのなか》に入《はい》つて寐《ね》た。（中略）

健三が眼《め》を塞《ふさ》いでうつら〳〵してゐると、細君が枕元《もと》へ来《き》て彼《かれ》の名《な》を呼《よ》んだ。（『道草』十）

①には「又」とあるが、その前には次のような描写がある。

仕方がないから頭からもぐり込んで、眼を眠つて待つて見ましたが、矢張り駄目です。

つまりこの場合は、最初「目をねむる」再度「目をふさぐ」という関係になっている。「又」とあることからも先の「つぶる」と同じように意志的といえよう。③は「未来」に対してであるから明らかに意志的である。④の場合は「つぶる」で扱ったが、この場合が最初の状態であり、再度の場合には「つぶる」が使用されていた。つまり最初「目をふさぐ」再度「目をつぶる」という関係になっている。なおこの場合は寝ている状況を表しているようである。②も同様に睡眠状態にある。

「ふさぐ」と「とじる」とについて見ていくと、「ふさぐ」も「とじる」もともに「目」以外に「口」といった身体部位や、また身体部位以外の目的語を取ることも可能である。つまり両者は状況に応じてその目的語を限定していくのである。したがって、その目的物に影響を与えているといえよう。両者の相違点としては、「ふさぐ」の場合は瞼で目をふさぐ以外に手や布など他の手段物を利用することができる。また他人であってもふさぐことは可能である。一方の「とじる」は身体部位に限定した場合、たとえば「目をとじる」や「口をとじる」の場合、「目をつぶる」と同じく自分のものについてしか使用できない。「ふさぐ」は先に見たように睡眠を表す場合もあり、また二度の行為の最初に使用されていることもある。このような点から、「目をふさぐ」は「目をつぶる」や「目をとじる」よりも自己の意志性が弱いといえよう。

新しく出現した「つぶる」は意味の広い「目をねむる」の意味用法をすべてカバーしたわけではない。むしろ「目をとじる」に近い意味関係と考えられる。[*4]「目をねむる」という「を＋自動詞」形式を消失させるならば、他動詞として以前から使用していた「目をとじる」を利用するだけでよいはずである。しかし、「目をつぶる」という表現が新しく誕生し多用され定着したのである。その理由として考えられるのは、先に述べたように「とじる」は様々な目的語をとることが可能である。「ねむる」が対象を「目」しか取らなかったことに対応させるように、「目」しか対象としない他動詞を必要としたということであろう。

5 「つぶる」の生成

「腹を立つ」の場合は他動詞として「立てる」を、同様に「口を開《あ》く」の場合は他動詞として「開《あ》ける」をそれぞれ用いるようになってきている。「立てる」も「開ける」も古くから存在する動詞であり、それを利用したことになる。逆にいえば「立てる」や「開ける」といった他動詞がありながら、身体部位の場合には「立つ」や「開く」という自動詞を用いていたことになる。

これらの場合の他動詞――自動詞の関係は、

立てる・開ける〈下一段動詞（古典では下二段）〉――立つ・開く〈五段活用（古典では四段）〉

という関係になっている。「眠る」の場合もこれらと同様な下一段活用の語を想定すると「眠れる」となるが、その語形は「眠る」の可能動詞と同形になる。そのため「眠る」を基にした他動詞の新語形を形成することは不可能となる。また「目をねむる」場合、「目がねむる」とはいえない点他のものとは異なっている。そこで「眠る」とは関係のない別の語形が求められたのである。

「つぶる」の漢字としては現在「瞑」の字が一般的に使用されている。「瞑」の和訓としては『大字源』（角川書店）によると、

中古……ネブル・ヒサグ・ヒシグ・ヒソカニ・フサガル・ホガラカニ・ホノカ・メヒシグ・ヨル

中世………アハセテ・クラシ・ネブル・ヒサグ・ヒサシ・ヒシグ・ヒソカニ・ホノカニ・メヒシグ・ヨル
近世………クラシ・ヒサシ・ヒシグ・ヒソカニ・ホノカ

となっており、どの時代においても「瞑」には「つぶる」の和訓は見られない。つまり、「瞑」にとって「つぶる」という和訓は新しい和訓であり、明治時代に定着したことになる。

先に見たように森鷗外や尾崎紅葉は「瞑」の字を「つぶる」の漢字表記として使用する以前は「ねむる」の表記として用いていた。「瞑」は中国の字典によれば「寐」や「眠」と同義である。また、「瞑目」といった熟語として、「目を閉じる」の意味や、特に「安らかに目をつむって死ぬこと」の意味で古くから使用されていた。そのようなことから「ねむる」の漢字表記としても利用され、また新しく使用されるようになった「つぶる」の漢字表記としても利用されたのであろう。

「つぶる」の成立を考えるには「つぶれる」という自動詞の関与を考える必要があると思われる。たとえば、先に挙げた『虞美人草』の「つぶる」の用例のところに「閉《つぶ》れた」という例が見られた。再掲する。

人は眼《め》を閉《つぶ》つて苦《にが》い物を呑《の》む。こんな絡《から》んだ縁《えん》をふつりと切るのに想像の眼《め》を開《あ》いてゐては出来ぬ。そこで小野さんは眼《め》の閉《つぶ》れた浅井君を頼んだ。頼んだ後《あと》は、想像を殺《ころ》して仕舞へば済む。と覚束ないが決心丈はした。
(『虞美人草』十八)

そこでは比喩的に表現されている。目が開《あ》いていないこと(状況が見えていないこと)は目が閉《つぶ》れていることを意味している。そして、それは「閉《つぶ》る」ことと関係しているのである。また『吾輩は猫である』においても、「潰《つぶ》れる」という表現が見られる。

其方法を見て居ると、両眼の上瞼を上から下へと撫でゝ、主人が既に眼を眠つて居るにも係らず、しきりに同じ方向へくせを付けたがつて居る。(中略)最後に甘木先生は「さあもう開きませんぜ」と云はれた。可哀想に

主人の眼はとう〳〵潰れて仕舞つた。（『吾輩は猫である』八）

なお「つぶれる」という語は既に「つぶす」との間に自他関係が成立している。

つぶす（他動詞・サ業五段）——つぶれる（自動詞・ラ行下一段）

このパターンとしては、かくす—かくれる、こぼす—こぼれるなど多くのものがある。この関係に新たに「つぶる」が加わったのである。

つぶす
つぶる
　　　つぶれる

つぶる（他動詞・ラ行五段）—つぶれる（自動詞・ラ行下一段）というパターンには、わる—われる、やぶる—やぶれるがあり、自他関係としては無理なパターンではない。

そして「つぶる」は受け入れられたのである。語中のバ行音は語によってはマ行との揺れが生じ、またその場合近世以降は主にマ行音が好まれるため、「つぶる」は「つむる」とも発音される。国語辞書では両語形が登載されており、辞書の意味記述には「つむる」が利用されているように、「つむる」が文章語、「つぶる」が日常語として意識されている。*5

6　まとめ

「眼をねむる」という表現が消失したのは、鈴木英夫氏が指摘しているように、学校教育や翻訳などの影響によって、「を」は他動詞と結びつくという規範意識が強くなったためだと思われる。「目をねむる」の消失に伴って新しく出現したのが「目をつぶる」である。漱石はこの表現を『虞美人草』で使用し始めたが、その当時の作家としては遅い方であった。しかも漱石はこの「目をつぶる」をあまり好まなかったようであり、その使用は少なかった。新しく作られた動詞「つぶる」の成立には自動詞「つぶれる」が関与していると考えられる。「ねむる」が「目」しか目的語として取らなかったことにより、それに対応するように目専用の他動詞として「つぶる」が要求されたのであろう。

第三節　「〈ル形〉＋途端」から「〈タ形〉＋途端」へ

一人が台の上へ登つて縄の結び目へ首を入れる途端に他のものが台を蹴返す。（『吾輩は猫である』二）

おれは、や、来たなと思ふ途端に、うらなり君の事は全然《すつかり》忘れて、若い女の方ばかり見てゐた。（『坊っちゃん』七）

女は角《かど》へ来た。曲《ま》がらうとする途端に振り返つた。（『三四郎』三）

お延が斯《か》う思ふ途端に、第二句がお秀の口《くち》から落《お》ちた。（『明暗』百二十八）

1　〈ル形〉＋途端

「途端」の前に〈ル形〉が来るのは漱石の特殊な用法ではない。たとえば、昭和三年（一九二八）に刊行された『斎藤和英大辞典』の「とたん」の項を見ると、そこには次のような例文が記されており、「途端」の前の動詞は漱石と同じく〈ル形〉になっている。

・家を出る途端にバツタリと人に逢つた。

・飛び出す途端に家が倒れました。

・自動車を除ける途端に転んだ。
・梯段を駆け上げる途端に辷つた。
現代の和英辞典では、たとえば『プログレッシブ和英中辞典　第二版』（平成五年／一九九三）では次のように「途端」の前はすべて〈タ形〉になっている。
・彼が出て入った途端に彼女が帰ってきた。
・自転車をよけようとした途端に転んだ。
・ドアを開けた途端に猫が家に飛び込んできた。
前者の三例目と後者の二例目はよく似た文であり、英文においても「自動車」と「自転車」以外には違いは見られない。
・I fell in the act of dodging a moter-car.
・I fell in the act of dodging a bicycle.
現代においては、日本語の学習書である、砂川有里子氏の『する、した、している　日本語セルフ・マスターシリーズ2』（一九八六年　くろしお出版）に、
35-1　「〜あとで」「〜のち」など、「以後」という意味をあらわす従属節のばあい、「〜」には動的述語の過去形が使われる。（六十四頁）
と記述されており、「あとで」「のち」などの同類として「とたんに」が上がっている。また、例文として次の文が見られる。
（2）まいごの子供は、母親の顔をみたとたんになきだしました。
これもまた日本語学習用の辞書であるが、グループ・ジャマシイによる『日本語文型辞典』（一九九八年　くろしお

出版）においても、次のように「とたん」は〈タ形〉に承接するとされている。

動詞のタ形を受け、前の動作や変化が起こるとすぐ後に、別の動作や変化が起こることを表す。（三四四頁）

このように、現代日本語においては〈タ形〉を用いるのが普通となっている。ここでは、「途端」の前に来る動詞が〈ル形〉から〈タ形〉へと変化したのは、いつ頃なのか。またどのように変化したのかを、漱石を起点として見ていくことにする。

2　辞書における「途端」

ヘボンの『和英語林集成』初版（慶応三年　一八六七年）には「とたん」が次のように記されている。

TOTAN, トタン　n. The act, or effort of doing : uma wo yokeru—ni dobuni hamaru, in the act of dodging the horse he fell into a ditch.

ここでは〈ル形〉に接続する例が上がっている。第二版（明治五年）第三版（明治十九年）になると、同音語の米相場における騰貴の意味が先に記されるようになり、最後に同義語として「HYŌSHI（拍子）」が挙げられている。

TOTAN, トタン　n. Gambling, on the rice exchange, speculating ; the act or effort of doing,（中略）Syn. HYŌSHI.

国語辞典類では例文が上がっているものは少ないが、『辞林』（明治四十年）においても〈ル形〉で記されている。なお「途端」を見出し漢字表記として掲出したのはこの辞書あたりからであろう。それまでの辞書では「機」が見出し漢字表記として挙げられていた。

とたん［途端］（名）はずみ。をり。ひやうし。「出づる—に」（機）。

この『辞林』によって、漱石の時代においては「とたん」が「途端」と表記され、動詞の〈ル形〉に接続していることが確認できる。

「とたん」は、『日本国語大辞典　第二版』によると、近世初期に用例が見られるが、動詞に接続するようになったのは近世も終わりに近い頃のようである。それも「とたんの拍子に」という句の形で使用され、そして「拍子」の同義語として独立したようである。その過程は『日本語国語大辞典』の用例で確認できる。

・此穴へ踏込ば、とたんの拍子に此石の、上より落る仕掛の工　（『神霊矢口渡』一　一七七〇年）

・うしろの火と、立てゐてをか湯をあびる、とたんのひゃうしに又一人の男、小桶へ水をくんでさげ来りしがっすべつてころぶと　（『浮世風呂』前・下　一八〇九年）

「拍子に」は中世後期には既に動詞に接続する形で使用されている。「とたんの拍子に」において「とたん」は後に扱う代名詞「その」と同じような働きで使用されていたものが、「拍子」なしで動詞に接続するようになる。明治時代以降は「拍子」と同じような動きをしたものと思われる。「拍子に」も前接の動詞が〈ル形〉から〈タ形〉へと変化している。

3　漱石の使用例

漱石の「途端」の使用例を『CD-ROM版新潮文庫　明治の文豪』を用いて検索したところ、七十一例見られる。その内訳は〈ル形〉五十八例、〈タ形〉十三例であり、〈ル形〉が約八十二パーセントを占めている。その使用されている文型としては、次の三つの場合がある。

そして、それぞれの場合の〈ル形〉と〈タ形〉の用例数を示すと表❶のようになる。

表❶

文型	〈ル形〉	〈タ形〉
①	51	5
②	3	8
③	4	0
計	58	13

① 「途端」が直接動詞に承接している場合
② 動詞と「途端」との間に句点がある場合
③ 動詞と「途端」との間に読点がある場合

①から③について例を挙げてみる。まず〈ル形〉については例が多いので全用例を掲出することはせずに、①の直接動詞に承接している例として五十一例中から冒頭に挙げた用例以外に五例を、②の句点のある場合は〈ル形〉の中では特殊なものと思われ、また③は〈ル形〉しか見られない。そこで②と③についてはすべての用例を挙げることにする。

●〈ル形〉

①・おれは正気に返つて、はつと思ふ途端に、おれの鼻の先にある生徒の足を引っ攫んで、力任せに引いたら、そいつは、どたりと仰向に倒れた。（『坊っちゃん』四）

・伯父は二階の廂《ひさし》から飛び下《お》りる途端、庭石に爪《つま》付いて倒れる所を上《うへ》から、容赦なく遣《や》られた為に（『それから』四）

・それを吹かしながら須《す》田《だ》町迄来《き》て電車に乗らうとする途端に、喫烟御断りといふ社則を思ひ出したので、又万世橋《はし》の方へ歩《ある》いて行《い》つた。（『彼岸過迄』「停留所」四）

・それで彼女は思《おも》ひ切《き》つて又切戸《きりど》を開《あ》けて外《そと》を覗《のぞ》かうとする途端、一本《ぽん》の光《ひか》る抜身《ぬきみ》が、闇《やみ》の中《なか》から、四角に切《き》つ

た潜戸《くゞりど》の中へすうと出《で》た。（『硝子戸の中』十四）

・夜具を跳《は》ね退《の》けて、床《とこ》を離れる途端《とたん》に、彼女は自分で自分の腕《うで》の力《ちから》を感じた。（『明暗』八十）

②・見れば美しき衣の片袖は惜気もなく、断たれて残るは鞘の上にふわりと落ちる。途端に裸ながらの手燭は、風に打たれて颯と消えた。（『薤路行』三）

・寂然と倚る亜字欄の下から、蝶々が二羽寄りつ離れつ舞ひ上がる。途端にわが部屋の襖はあいたのである。（『草枕』四）

・到底交際《たうていつきあひ》は出来《でき》ないんだと思《おも》ふと、脊中《せなか》と胸《むね》の厚《あつ》さがしゆうと減《へ》つて、臓腑《ざうふ》が薄《うす》つ片《ぺら》な一枚《まい》の紙《かみ》のやうに圧《お》しつけられる。途端《とたん》に魂丈《たましひだけ》が地面《ぢめん》の下《した》へ抜《ぬ》け出《だ》しちまつた。（『坑夫』十九）

③・漸くの事「是は難有……」丈出して、向き直る、途端に女は二三歩退いた。（『草枕』三）

・塩瀬は羽織が大事だから引かれながら行く、途端に高瀬君に突き当たつた。（『野分』九）

・「もうし〱花魁《おいらん》へ、と云はれて八《や》ツ橋《はし》なんざますえと振《ふ》り返《かへ》る、途端に切《き》り込《こ》む刃《やいば》の光《ひかり》」といふ変な文句は、私が其時分《じぶん》南麟から教《おす》はつたのか、（『硝子戸の中』二十）

・やがて自然の状態に戻らうとする、途端に一度引いた浪《なみ》が又磯《いそ》へ打《う》ち上げるやうな勢い、収縮感が猛烈に振《ぶ》り返《かへ》してくる。（『明暗』九十三）

一方〈夕形〉は、〈ル形〉が八割を占める漱石の使用法において特殊なものに感じられるし、〈ル形〉から〈夕形〉への移行を考える上で興味深いと思われる。そこで、紙幅を費やすが十三例全部挙げておく。

◉〈夕形〉

①・周囲のものがワーと云ふや否や尻馬についてすぐやらうと実は舌の根迄出しかけたのである。出しかけた途端に将軍が通つた。（『趣味の遺伝』一）

・おれは人殺《ひとごろし》であつたんだなと始《はじ》めて気《き》が附《つ》いた途端《とたん》に、脊中《せなか》の子《こ》が急《きふ》に石地蔵《いしぢざう》の様《やう》に重《おも》くなつた。

（『夢十夜』第三夜）

・平《ひら》たく云《い》ふと、生《い》きてる事実《じじつ》が明瞭《めいれう》になり切《き》つた途端《とたん》に、命《いのち》を棄《す》て様《やう》と決心《けつしん》する現象《げんしやう》を云《い》ふんである。

（『坑夫』七十九）

・何《なに》か引掛《ひつかゝ》る様《やう》な手応《てごたへ》がしたので、忽《たちま》ち軽《かる》くなつて、する〳〵と、抜《ぬ》けて来《き》た途端《とたん》に、捲《ま》き納《をさ》めて捩《ねぢ》れたやうな手紙《てがみ》の端《はじ》が筋違《すぢかひ》に見《み》えた。

（『手紙』六）

・そろ〳〵元《もと》の位地に帰らうといふ積で、彼は足の向《むき》を更《か》へに掛つた途端《とたん》に、南から来《き》た一台がぐるりと美土代町の角《かど》を回転して、

（『彼岸過迄』「停留所」二十五）

②

・われ知らず布団をすり抜けると共にさらりと障子を開けた。途端に自分の膝から下が斜めに月の光を浴びる。

（『草枕』三）

・相手は驚ろいて黙つて仕舞つた。途端に休憩後の演奏は始まる。

（『野分』四）

・軽く足音を受けた時に、藤尾の脊中に脊負《せおつ》た黒い髪はさらりと動いた。途端に椽に落ちた紺足袋が女の眼に這入る。

（『虞美人草』十二）

・自分《じぶん》はやつと安心《あんしん》して首《くび》を書斎《しよさい》に入《い》れた。途端《とたん》に文鳥《ぶんてう》は千代々々と鳴《な》いた。

（『文鳥』六）

・瞬《またゝき》を容《ゆる》さぬ咄嗟《とつさ》の光《ひかり》を受《う》けた其《そ》の模様《もやう》には長《なが》さの感《かん》じがあつた。是《これ》は大《おほ》きな鰻《うなぎ》だなと思《おも》つた。途端《とたん》に流《なが》れに逆《さか》らつて、網《あみ》の柄《え》を握《にぎ》つてゐた叔父《をじ》さんの右《みぎ》の手首《てくび》が、蓑《みの》の下《した》から肩《かた》の上《うへ》まで弾《は》ね返《かへ》る様《やう》に動《うご》いた。

（『永日小品』蛇）

・敷居際に突《つゝ》立《た》つた儘、ぼんやり部屋の中《なか》を見回《まは》した。途端に下女の泣声のうちに、泥棒という二字が出た。

（『永日小品』泥棒上）

・自分《じぶん》は半《なか》ば風《かぜ》に吹《ふ》き寄《よ》せられた厚《あつ》い窓掛《まどかけ》の、じと〱に湿《しめ》つたのを片方《かたはう》へがらりと引《ひ》いた。途端《とたん》に母《はゝ》の寐返《ねがへ》りを打《う》つ音《おと》が聞《き》こえた。
（『行人』「帰つてから」二）

・津田は思ひ切つて声を掛けやうとした。すると其途端に清子の方が動いた。
（『明暗』百七十六）

表❶を参考にして両者を比較すると、①の場合は〈ル形〉が顕著である。②の場合は、〈タ形〉においては①の直接動詞に承接する場合よりも多く、また①において四倍近く用例のある〈ル形〉よりも用例が多い。このような状況から②は〈タ形〉における特徴といえよう。③は〈ル形〉しか見られないので①と同様に〈ル形〉の特徴と考えられる。

①と②に、〈ル形〉と〈タ形〉の両方が見られるが、そこには使い分けがあるのか、あるいは単なる併用なのか。併用であるとしても、〈ル形〉から〈タ形〉への変遷という事実からすれば、その併用は過渡的な状況を表していると思われる。①と②の場合についてそれぞれの用例を見ながら考察していく。

まず①について、先に挙げた例からはわかりづらいかもしれないが、〈ル形〉は漱石の初期の作品から晩年の作品に至るまで満遍なく使用されている。一方、〈タ形〉は明治時代の作品に偏っており、変遷とは逆のような動きになっている。この両形の使用は併用とはいいにくいであろう。〈ル形〉が一般的な状況において、〈タ形〉が使用されているのであるから、〈ル形〉が使用できない何らかの制約があったと考えられる。そこで、「途端」に前接している〈ル形〉、〈タ形〉それぞれの動詞について考えてみよう。特殊な例と思われる〈タ形〉の動詞を取り挙げると、次のものである。*1

出しかけた　（始めて気が）付いた　なり切つた　（抜けて）来た　（更へに）掛つた

この五つの動詞において、〈ル形〉〈タ形〉ともに出現するのは、複合動詞の構成要素として見られる「〜かける（〜かけた）」だけである。〈ル形〉においては「言ひかける」・「据ゑかける」・「なり掛ける」・「戻り掛ける」が見られる。〈タ形〉の例として見られる「出しかけた」の場合、前文において「出しかけたのである。」と既に〈タ形〉が使用されている。他の「〜かける」の例とは異なって〈タ形〉が用いられたのは、前文の影響によるものと考えられる。他のものについても〈タ形〉が用いられた制約を考えてみると、「(気が)付いた」の場合は、瞬間動詞であり、また「始めて」という時を表す副詞によるものと思われる。「掛つた」は、森田良行氏の『基礎日本語辞典』(一九八九年　角川書店)によると、「〜かかる」は「〜かける」と同じく動作や状態に入り始める意を表すが、「〜かける」とは異なり、意志でコントロールできないという。始まった段階が自分にとっては終わった段階ともいえるのである。「〜切る」「〜来る」は局面性の強い動詞であり、これらは動詞の性格によるものと思われる。

次に、②の句点の場合は、〈ル形〉の使用が『薤路行』『草枕』『坑夫』といった漱石の明治四十年前後の作品に限られているのに対し、〈タ形〉は『虞美人草』『野分』『文鳥』『夢十夜』『永日小品』といった明治末期の作品にもまた『行人』『明暗』といった大正時代の作品にも見られる。これらの使用状況からは、〈タ形〉へと統一されてきているように見える。①の場合と同様に動詞について見ると、〈タ形〉の場合は

開けた　黙つてしまつた　動いた　入れた　見回した　思つた　引いた

(掛けやうと)した

が使用されている。一方〈ル形〉の場合には、「落ちる」「舞ひ上がる」「押しつけられる」である。〈タ形〉の場合について、①の直接動詞に承接している場合と合わせて見ると、「入れる(入れた)」「思ふ(思つた)」「〜とする(〜とした)」が共通している。「黙つてしまつた」には「〜しまふ」という実現の意があるので、この場合に〈タ形〉が使用されているのは当然のことと思われる。しかし、他の場合については特にこれといった特徴は見られない。これらのことから、②の場合は、①の場合とは異なって、〈ル形〉から〈タ形〉への移行過程の途上のようである。

〈ル形〉〈タ形〉の両者が出現する①と②の場合について見てきたが、一方しか出現しない③の場合、すなわち動詞と「途端」との間に読点が入る場合にも触れておく必要があろう。③は〈ル形〉にしか見られない。使用されている動詞は、「行く」「〜とする」「振り返る」「向き直る」であり、用例も少ないことから、特にこれといった特徴は認められず、はっきりとした結論が出せない。

以上、漱石の作品における「途端」について見てきた。漱石の作品から判断するところでは、①と②の場合について、次のようなことが言えそうである。①においては、〈ル形〉が一般的であり、〈タ形〉が用いられるのは終了や実現、またある動作の局面を特に意図する場合に限られている。②においては、〈ル形〉から〈タ形〉への移行過程の途上にある。

これらの結論が正しいのか、漱石より前に活躍した作家の用例をもとに確認してみたい。ある程度用例を集めることができた、二人の作家の使用例を見ていく。まずは、二葉亭四迷（元治元年／一八六四〜明治四十二年／一九〇九）の使用例について扱う。CD-ROM版によると、『新編浮雲』（明治二十〜二十二年）に三例、『あひゞき』（明治二十一年）に三例、『其面影』（明治三十九年）に六例、『平凡』（明治四十年）に二例の合わせて十四例を見ることができる。この十四例いずれもが動詞に直接承接している①の場合のものである。また、その内訳は〈ル形〉が十三例、〈タ形〉が一例であり、〈ル形〉の場合がほとんどである。

〈タ形〉の一例は『其面影』に見られるが、この作品は明治三十九年に刊行されたものであるから、時代的なものであろうか。あるいは、漱石の例のように、〈ル形〉を用いがたかったからであろうか。

・哲也《てつや》は、『あ、小夜《さよ》さんが……』と我知《われし》らず声《こゑ》を出《だ》した途端《とたん》に、全身《ぜんしん》の血《ち》が一時《じ》に脳《なう》を衝《つ》いて沸騰《わきあが》つた心地《こゝち》がして、　（『其面影』六十八）

この場合に〈タ形〉が使用されているのは、「我知らず」とあるように、自分の意志によるものではない。気が付いた段階においては実現されているのであるから、「声を出す途端」とは言えないのであろう。

次に、CD-ROM版には入っていないが、押川春浪（明治九年／一八七六～大正三年／一九一四）の『海底軍艦』（明治三十三年）を扱う。この作品には六例の「途端」の使用が認められる。そこには、直接動詞に承接する例や句点、読点が入る例がある。（頁数は、名著複刻日本児童文学館の複製による。）

・私《わたくし》は辛《からう》じて其燈光《そのひかり》の主体《ぬし》を認《みと》め得《え》た途端《とたん》、またもや射出《ゐいだ》す彼船《かのふね》の探海電燈《サーチライト》、其辺《へん》は。（第七回　九五頁）

・猛獣怒《まうじういか》つて飛付《とびつ》いて来《く》る途端《とたん》ヒヨイと其手《そのて》を引込《ひきこ》まして（第十八回　二四〇頁）

・万一《まんいち》の過失《あやまち》が無《な》ければよいがと思《おも》ふ途端《とたん》、忽《たちま》ち『しまつたツ。』と一声《いつせい》（第十九回　二四九頁）

・弦月丸《げんげつまる》は万山《ばんざん》の崩《くづ》るゝが如《ごと》き響《ひび》きと共《とも》に左舷《さげん》に傾斜《かたむ》いた。途端《とたん》に起《お》こる大叫喚《だいけうくわん》。（第七回　一〇一頁）

・車外《しやがい》の猛獣《まうじう》の群《むれ》は何者《なにもの》かに愕《おどろ》いた様子《やうす》で、一時《いちじ》に空《そら》に向《むか》つて唸《うな》り出《だ》した。途端《とたん》、何処《いづく》ともなく、微《かす》かに一発《いつぱつ》の銃声《じうせい》！（第二十一回　二六五頁）

・オヤ変《へん》だと振返《ふりかへ》る、途端《とたん》に其影《そのかげ》は転《まろ》ぶが如《ごと》く私《わたくし》の足許《あしもと》へ走《はし》り寄《よ》つた。（第二回　一八頁）

『海底軍艦』においては、①の直接動詞に承接する場合は三例あるが、〈ル形〉が二例、〈タ形〉が一例となっている。この場合、〈タ形〉が用いられたのは、「〜得る」という実現を表す動詞によるものであろう。②の句点の場合は二例あり、二例ともに〈タ形〉になっている。この作品の刊行が明治三十三年であるから、漱石のものより早い。また漱石においても、句点の場合は〈タ形〉の方が多い。これらの点から、漱石作品における②の状況は〈ル形〉から〈タ形〉への移行過程を示しているのではなく、①における〈タ形〉が特殊なものであったと同様に、〈タ形〉の方が一般的であって、むしろ〈ル形〉の方が特殊なものではないかという疑問が生じてくる。ただし、押川は漱石よりも年齢が若いために新しいものが出現したとも考えられる。

そこで、〈ル形〉が使用されている三例について、そのような目で分析し直すと、共通する点が浮かび上がってくる。『薤路行』における「落ちる」は「ふわりと落ちる」とあるように、まだ完全に落ちてしまっているわけではない。工藤真由美氏の『アスペクト・テンス体系とテクスト』（一九九五年　ひつじ書房）での用語で言えば、「将然段階（限界達成前の段階）」なのである。落ち始めて完全に落ちてしまうまでに時間的な幅が存在している。「落ちる」という動作が限界に達する前に、別の動作である手燭の火が「消えた」のである。『草枕』の場合も、「舞い上がる」動作が「寄りつ」「離れつ」なのであるから、これも動作の時間に幅が認められる。その動作が行われている最中に襖が「開いた」のである。『坑夫』の場合、これは比喩的な表現であるが、「（一枚の紙のように）押しつける」という動作が継続している途中に、別の動作である「魂が抜け出し」てしまったのである。いずれの場合も、先に生じた動作が終了していないのに、後に生じた動作の方が先に終了しているのである。そのような理由によって〈ル形〉が用いられたと思われる。

③の読点の場合、この『海底軍艦』においても漱石の作品と同様に〈ル形〉になっている。この③の場合は①の直接動詞に承接する場合に準じてよさそうである。

二葉亭四迷や押川春浪の例をも参考にして、漱石の時代の「途端」についてまとめてみる。使用されている文型としては、三種類あるが、

①の場合、〈ル形〉が一般的であった。二葉亭の用例からこの①が本来の型であったと考えられる。また最初に挙げた英語の例文において、先に生じた動詞は~ing形であるのに対し、後からの動作は過去形になっておりまた訳文も〈タ形〉で示されている。そのことから、翻訳語法としても〈ル形〉が適切であると考えていたものと思われる。例外的に〈タ形〉が用いられているのは、特に終了や実現を表したい場合やある局面を表したい場合に限られている。③の場合もこの①に準じていたと思われる。

②の場合、①と比べるとその使用は少ない。この場合には〈タ形〉を用いるのが一般的であったようである。

〈ル形〉が使用されるのは、先に生じた動作が終了する前に別の動作の方が先に終了してしまった場合である。
明治時代後期から大正時代初期に活躍した漱石の使用においては、直接動詞に承接する場合には〈ル形〉を、動詞と「途端」との間に句点を入れる場合には、〈タ形〉といったように、一文か二文かという文型の違いによって〈ル形〉と〈タ形〉の使用が異なっていたようである。

4　芥川龍之介の使用例

次に、大正時代前期から昭和初期に活躍した芥川龍之介の「途端」の使用を見ていこう。CD-ROM版においては十八の用例を拾うことができる。この十八例中〈ル形〉であるのは二例だけであり、他の十六例は〈タ形〉である。文型の点から示すと、①の直接動詞に承接する場合は〈ル形〉一例、〈タ形〉一例の二例だけである。②の句点の入る場合は、〈ル形〉一例、〈タ形〉十五例であり、その十五例中十四例が「その途端」になっている。③の読点の例はなかった。これを表❷にすると❷のようになる。

表❷

文型	〈ル形〉	〈タ形〉
①	1	1
②	1	15（「その途端」14）
③	0	0
計	2	16（「その途端」14）

芥川の例について、〈ル形〉については二例ともに、〈タ形〉については「その途端」以外の例と、「その途端」十四例中から三例だけ挙げておく。

●〈ル形〉

①・電球は床へ落ちる途端に彼女の前髪をかすめたらしかつた。（『年末の一日』）

②・尖つた牙が、危く次郎の膝にかゝる。その途端に、太郎は、足をあげて、したゝか栗毛の腹を蹴つた。（『偸盗』七）

◉〈タ形〉

①・丁度かう言ひかけた途端です。（『河童』七）

②・乞食は急に口を噤《つぐ》んだ。途端に誰か水口の外へ歩み寄つたけはひがした。（『お富の貞操』一）

・新公は咄嗟《とつさ》に身を躱《かは》さうとした。が、傘はその途端に、古湯帷子の肩を打ち据えてゐた。（『お富の貞操』一）

・わたしはちよいと云ひ渋りました。その途端にふと気がついて見ると、何時の間にか後ろに立つてゐるのは兄の英吉でございます。（『雛』）

・しかし男は咄嗟《とつさ》の間に、わたしを其処へ蹴倒しました。丁度その途端です。（『藪の中』清水寺へ来れる女の懺悔）

「その途端」の使用は漱石にも一例見られるが、芥川の作品におけるこれほど多くの使用は特異なように思われる。しかし、芥川と同時代の久米正雄の『学生時代』（大正七年／一九一八）においても、八例中七例が〈タ形〉であり、その七例ともに「その途端」という形での使用である。このような他の作家の例を見ると、この時代においては特殊なものではなかったようである。なお漱石の一例も『明暗』での使用である。

次に使用されている動詞に注目しながら、漱石の場合と比較しながら見ていく。①の場合は、先に示したように、〈ル形〉一例、〈タ形〉一例である。〈タ形〉の「言ひかけた」は漱石においては〈ル形〉で用いられていた。このような漱石との〈ル形〉と〈タ形〉との異同や、②に比べ①での使用が少ないことを考えると、〈ル形〉である場合の意味が、漱石の時代とは少し変化しているのではないかと考えられる。〈ル形〉が用いられている場面は、電球が落下して床に着く途中に、前髪をかすめたのである。これを「落ちた途端」にすると、床に着いた瞬間にその行為がなされたと読まれて、意図する意味と異なってしまう。「落ちる」という動作に時間的な幅があることから、〈ル形〉が用いられたものと思われる。

②の句点が入る場合、〈ル形〉は一例であり、あとの十五例は〈タ形〉である。漱石の場合でも見たように、句

点が入る場合は〈タ形〉が一般的であった。したがって、〈ル形〉が使用されているのは、漱石同様〈タ形〉が使用できない状況であったと考えられる。この『偸盗』の場合も、「危く」という語があるように、その「かかる」という動作は完遂していないのである。この場合の「かかる」は、対象に接触するために近づいていくことを指す。一方、漱石での〈タ形〉使用の例として扱った「(更へに)掛つた」は、始動を表すものであり、これとは意味が異なる。そのことによる〈ル形〉〈タ形〉の違いである。

芥川の時代においては、漱石の時代とは異なって、〈タ形〉の使用が顕著になった。それは、漱石においては①の直接動詞に承接する用法が中心であったのに対し、芥川においては②の動詞と「途端」の間に句点が入る場合、それも「その途端」での使用が中心になっている。①においても、漱石で〈ル形〉であったものを〈タ形〉で表しているように、〈タ形〉が一般的になりつつある。つまり、①における〈ル形〉と〈タ形〉の使用される状況が漱石と芥川の場合とでは変化が見られるのである。漱石において、〈タ形〉を用いるのは特にその動作の終了や実現を示す特別な状況であった。それに対し、芥川の時代においては、漱石の時代〈ル形〉であったものを〈タ形〉で表すようになったために、〈ル形〉を用いるのはその動作が完遂する前に後に生じた別の動作の方が先に完遂してしまった場合に限定されている。

先に「その途端」の例の確認の際に扱った久米正雄の『学生時代』にも、一例だけ①の場合に〈ル形〉が認められた。

すると私が真先きに控所へ入る途端に、私は図書卓の所から慌てて立去つた一人の人影を認めた。

(「密告者」一)

この場合も芥川の①の〈ル形〉の場合と同じく、「入る」と、「立ち去つた」との時間関係によるものと思われる。

5　横光利一の使用例

芥川より後に活躍した横光利一の『旅愁』（昭和十年代）には、「途端」が十五例使用されている。そこでは〈ル形〉は一例だけであり、他の十四例は〈タ形〉になっている。〈ル形〉の一例は、①の直接動詞に承接する場合である。〈タ形〉十四例の内訳を示すと、①の動詞に直接しているものが十例ある。ただし、その内三例は「動詞＋その途端」になっている。②の句点の入る例は三例であり、いずれもが「その途端」である。③の読点の入るのは一例あり、その場合も「その途端」になっている。これを表にすると表❸のようになる。

横光の例について、〈ル形〉の1例、〈タ形〉は①については5例だけを、②と③についてはすべてを挙げておく。

●〈ル形〉

①・そして「あっ」と云ふ途端に横腹へひと突き衝つてゐた。（第二篇）

●〈タ形〉

①・マルセイユへ上つた途端に眼が醒めたみたいで（第一篇）

・皆矢代の方を向いた途端に汽車はパリへ向つて出発した。（第一篇）

・お前さんを連れていつたら、逢坂山のトンネルを這入つた途端、また泣かれるね。（第三篇）

・にこにこしながら腰を降ろしたその途端、急にあたりの空気に首を廻らせる風で（第二篇）

・由吉は無造作に鮭を食べたその途端、「あッ、これは見事だ」と云つ

表❸

文型	〈ル形〉	〈タ形〉
①	1	10（「その途端」3）
②	0	3（「その途端」3）
③	0	1（「その途端」1）
計	1	14（「その途端」7）

て感嘆した。（第三篇）

②・花に埋つた一室へ足を踏み入れた。その途端、矢代はどきりと胸を打たれた。（第一篇）

・真紀子も後から皆に手招ぎして乗り込んだ。その途端、自動車は待ちもせずそのまま簡単にずるずる辷り出して橋を渡つていつてしまつた。（第一篇）

③・それは何よりも有難いと思つたが、その途端に東野の今まで硯と墨との説明は、つまり二人の恋愛を意味してゐたのかと、矢代は初めて悟るのだつた。（第三篇）

横光の作品においては、芥川同様〈タ形〉が一般的である。ただし芥川においては②の句点が入る場合がほとんどであり、また「途端」も「その途端」という形で用いられていた。横光の場合、①の直接動詞に承接している場合が多く、また「その途端」も句点が入らずに動詞に承接している場合が見られる。漱石において〈ル形〉で用いられた「向く」「振向く」「這入る」「云ふ」といった動詞が横光においては〈タ形〉なっており、〈ル形〉から〈タ形〉への移行を感じさせられる。このような状況にある①の〈ル形〉は特殊なものであり、芥川における例と同様に解釈できよう。この場合も、完全に言い終わる前に、後から生じた動作の方が先に終了しているのである。

6　〈ル形〉から〈タ形〉へ

①の直接動詞に承接する場合に、〈ル形〉から〈タ形〉への変化があったが、その変化の原因について考えてみたい。「途端」について、工藤真由美氏は『アスペクト・テンス体系とテクスト』において次のように述べている。

ナリ、ヤ（イナヤ）、トタンは、「シタトキ」でも表しうる接触的同時性を明示する。（二四九頁）

接触同時性について、工藤氏は「トキ」を例として、〈将然段階（限界達成前の段階）と同時〉の場合や、〈結果段階〈限界達成後の段階〉と同時〉といった、同一時間帯における〈後続―先行〉関係、あるいは〈先行―後続〉関係も認められるという。これを「途端」に当てはめると、「シタトキ」と置き換えられるというから、接触同時性においても、〈先行―後続〉の関係を表す〈結果段階〈限界達成後の段階〉〉ということになろう。

漱石の作品においては、①の場合には〈ル形〉に承接するのが一般的であり、ある一部の動詞に関しては実現や終了の意が現れるため〈タ形〉が用いられている。これらのことから、〈ル形〉においては現在のような〈先行―後続〉関係は意識されていなかったと思われる。③の「途端」の前に読点がある場合も、〈ル形〉になっており、①の直接動詞に承接する場合と同様に、動作の限界達成の前後を意識しない単なる同時性の色彩の濃いものであったと考えてよいだろう。

その一方、②の「途端」の前に句点が入る場合には〈タ形〉が用いられている。句点を動詞と「途端」との間に入れることから、この場合は時間的な差、つまり動作における〈先行―後続〉という関係を意識しているものといえよう。「はじめに」で挙げたグループ・ジャマシイの『日本語文型辞典』では「前の動作や変化が起こるとすぐ後に、別の動作や変化が起こる」とされている。また同書には、句点の入った「そのとたんに」の解説においても「前の文の内容を受けて、「その直後に」「するとすぐ後に」という意味を表す」と記されており、現在の我々には〈先行―後続〉関係の意識が強く、接触同時性というよりも接触継起性に傾いているようである。

芥川の作品に見られる②の句点の場合における「その途端」での多使用は、「途端」に対し、同時性よりも継起性が重視されるようになったものと思われる。そのことによって、〈後続―先行〉関係が生じている場合には〈ル形〉を用いざるをえなかったのである。このような継起性の意識が、直接動詞に承接する場合にも拡大したのであろう。そして横光の『旅愁』に見られるように、①の直接動詞に承接する場合にも〈タ形〉を用いることが一般的になり、現在に至っているのである。「やいなや」の場合現在でも〈ル形〉であるのはそれが古くからの慣用によるものであろう。すなわち「途端」の場合は慣用的な表現として〈夕形〉で定着したことを意味していよう。「途端」のこのような動きは、「途端」の歴史の浅さによるものと思われる。またこのような変化の過程からすると、昭和三年の『齋藤和英大辞典』の記述はその当時としては古いものだったと思われる。齋藤秀三郎の生年が漱石よりも一年早い一八八六年であり、漱石と同時代人であったことによろう。

7　まとめ

昭和三（一九二八）年に刊行された『齋藤和英大辞典』と平成五（一九九三）年に刊行された『プログレッシブ和英中辞典　第二版』との間に、「途端」に前接する動詞が〈ル形〉から〈夕形〉へと変化している事実をもとに、夏目漱石、芥川龍之介、横光利一といった三人の作家の使用例から、その変化のおおまかな過程を眺めてきた。個人的な差はあろうが、次のような変化が見られた。直接動詞に承接する場合には、明治時代には〈ル形〉が一般的であった。しかし、大正時代後期頃から昭和初期頃にかけて〈ル形〉から〈夕形〉へと移行し、昭和十年代には現代とほぼ同様な状況を呈していたようである。一方、動詞と「途端」との間に句点が入る場合においては、明治時代から〈夕形〉が一般的であったようである。ただし、「途端」が使用され始めた当初は直接動詞が承接するのが基本的であり、句点が入る場合は後に発生したものと考えられる。

日本語の文章は、欧文脈の影響によって一文の区切れがはっきりしてきた。たとえば近代文学の祖といわれる『新編浮雲』では、句読点は稀にしか使用されておらず、文の切れ目も明確ではなかった。

「フ、、ン馬鹿《ばか》を言給《いひたま》ふな
ト高《たか》い男《をとこ》は顔《かほ》に似気《にげ》なく微笑《びしやう》を含《ふく》みさて失敬《しつけい》の挨拶《あいさつ》も手軽《てが》るく、別《わか》れて独《ひと》り小川町《をがはまち》の方《はう》へ参《まゐ》る。顔《かほ》の微笑《びしやう》が一《ひと》かわ〳〵消《き》ゑ往《ゆ》くに足取《あしどり》も次第《しだい》〳〵に緩《ゆるや》かになつて終《つひ》には虫《むし》の這《は》ふ様《やう》になり悄然《しよんぼり》と頭《かうべ》をうな垂《だ》れて二三町程《ちやうほど》も参《まゐ》ツた頃《ころ》不図《ふと》立止《たちどま》りて四辺《あたり》を回顧《みま》はし駭然《がいぜん》として二足《ふたあし》三足《みあし》立戻《たちもど》ツてトある横町《よこちやう》へ曲《まが》り込《こ》んで角《かど》から三軒目《げんめ》の格子《かうし》戸作《どづく》りの二階家《にかいや》へ這入《はい》る、一所《しよ》に這入《はい》ツて見《み》やう

高《たか》い男《をとこ》は玄関《げんくわん》を通《とほ》り抜《ぬ》けて椽側《ゑんがは》へ立出《たちいで》ると傍《かたはら》の坐舗《さしき》の障子《しやうじ》がスラリ開《あ》いて年頃《としごろ》十八九の婦人《ふじん》の首《くび》チヨンボリとして摘《つまみ》ツ鼻《はな》と日《ひ》の丸《まる》の紋《もん》を染抜《そめぬ》いたムツクリとした頬《ほゝ》とでその持主《もちぬし》の身分《みぶん》が知《し》れるといふ奴《やつ》がヌツト出《で》る

（第一篇第一回）

文章において句読点が使用されるようになると、特に句点が用いられることによって、一文が短くなり、また文が独立することになる。そして、文と文とのつながりにおいて前後関係が意識されるようになったのである。〈ル形〉から〈タ形〉への変化の原因としては、動詞と「途端」との間に句点が入る場合の影響と考えられる。この文型は、直接動詞に承接する文型に比べ、使用頻度が低かったが、大正時代後期頃からその使用が多くなった。句点並びに「その途端」という形式によって、二つの動作が同時性からむしろ継起性へと変化し、直接動詞に承接する場合にも波及したのであろう。

寺村秀夫氏が『日本語のシンタクスと意味II』（一九八四年　くろしお出版）において次のように述べているが、

Bの類（注、ノチ、アトデ、スエ、アゲク、キリ、トコロデ、トタンニ）がN（注、被修飾名詞）の場合、P（注、Nを修飾する動詞や形容詞）は必ず過去形をとり、決して基本形をもたない。それは、それ全体を包む時制のいかんにかかわらず、Nの本来の性質からして、それを限定修飾するPは既然の事態でなければならないからであろう。

（二一一頁）

現代の我々には、「途端」の本来の性質からではなく、「途端」の場合には〈タ形〉を用いるという慣用が身についているのである。

第七章

話しことばの移り変わり

縫《ぬひ》といふ娘《むすめ》は、何か云ふと、好《よ》くつてよ、知らないわと答へる。さうして日に何遍となくリボンを掛け易へる。近頃はヴイオリンの稽古に行く。帰つて来《く》ると、鋸《のこぎり》の目立《めた》ての様な声を出して御浚ひをする。たゞし人が見てゐると決して遣《や》らない。室《へや》を締《し》め切《き》つて、きい〳〵云はせるのだから、親《おや》は可なり上手だと思つてゐる。代助丈が時々《ときぐ》そつと戸を明《あ》けるので、好《よ》くつてよ、知らないわと叱《しか》られる。

（『それから』三）

小説家は作品に多くの人物を登場させる。特に会話文においては、自分とは異なる性や異なる階層の人々であっても、その人達にふさわしい口調を用いて表現しなければならない。登場人物が女学生であれば女学生にふさわしいことばを用いることになる。小説の会話文では、登場人物の特性について一々詳細に説明すると話の流れを壊してしまうために、金水敏氏のいうところの「役割語」を使用することになる。つまり、その人物の属する位相のことばの特徴をやや誇張気味に表現することによって、その人物を説明するのである。谷崎潤一郎は、『文章読本』において会話体の特長を次のように挙げている。

イ　云ひ廻しが自由であること　ロ　センテンスの終りの音に変化があること　ハ　実際にその人の語勢を感じ、微妙な心持や表情を想像し得られること　ニ　作者の性の区別がつくこと小説家はことばの観察者でなければならない。会話文は小説家の腕の見せ所である。小説家は会話体の特長を活かすために作家個人の使用語ではない語をも努力して使用するのである。そして、絶えず動き続けることばを観察し、それを適切に使用しなければならない。

「役割語」の定着している人々についての記述は容易であるが、特に若い世代のことばの動きは今日でも早い。ある場合にはその意味や使用法を理解できていない場合も生じてしまう。そのため、小説家がある表現を使い始めた段階では実態に即したものとは異なった用い方がなされていることも多いだろう。したがって小説の会話文をもとにことばの分析を行う際には、小説家がことばの観察者だからといってもネイティブではないので、細かい部分に対しては疑問に思われる点も出てくる。我々の内省がきかない場合、常にこのような問題がまといつくのである。

漱石において、「みたいだ」や「ちゃう」の使用は他の作家に比べて遅れている。第二章第一節「漱石の生涯」で述べたように、漱石は明治二十八年四月から明治三十五年十二月までの二十八歳から三十五歳の約八年間、松山から熊本へ、さらにロンドンへというように東京を離れていた。この時期は東京のことばの確立期・成立期にあたっている。「みたいだ」も「ちゃう」も明治二十年代から使用が始まっている。また第四章「漱石と江戸語（東京方言）」において、漱石の作品に他の東京出身の作家には見られない江戸語（東京方言）が使用されていることを取り挙げたが、漱石が江戸語（東京方言）を使い続けたのも、新しい東京語が共通語化されていく時期に東京を離れていたことと関係があると思われる。

第一節　文末詞から見た女性ことばの確立

それは世間から見ると、人数《にんず》は少《すく》なし、家邸《いへやしき》は持つてゐるし、楽《らく》に見えるのも無理のない所でせうさ。

佐伯叔母→宗助（『門』四）

汁粉屋で御前《まへ》を何方《どつち》へ坐《すわ》らせたい。右《みぎ》の方《はう》かい、左《ひだり》の方《はう》かい

島田常→健三（『道草』四十三）

いくら哲学だつて自分一人《ひとり》位どうにかなるに極つてゐらあね。

母→藤尾（『虞美人草』八）

縫子からは叔父《おぢ》さん随分だわを二三度繰り返《かへ》された。

（『それから』十一）

貴方《あなた》それを描《か》いて下《くだ》すつた時分は、今よりも余程《よつぽど》親切だつたわね

千代子→須永（『彼岸過迄』「須永の話」十）

彼所《あすこ》に吉川さんの奥《おく》さんが来《き》てゐてよ。見《み》えたでせう

百合子→お延（『明暗』四十七）

1　先行研究について

小松寿雄氏は「東京語における男女差の形成―終助詞を中心に―」（『国語と国文学』六十五巻十一号　一九八八年）において、『三四郎』の登場人物に見られる終助詞を基に東京語の男女差について分析を行っている。その結果、男女差は遅くとも明治の末には完成しており、その様子は漱石の描く知識層男女の会話に生々と示されているという。

そして、その男女差は江戸語には現れず、特に女性の文末表現には江戸時代とは異なる新しい表現が認められることを明らかにしている。

小松氏は若い男女が登場する『三四郎』を分析しているが、ここでは明治末期頃の女性の文末表現について、特に江戸生まれと明治生まれとの違いに焦点をあてていこうと思う。漱石作品に登場する年輩の女性は江戸語以来の終助詞の用法を維持していることを既に小松氏が指摘しているが、一作品中において年齢の差が文末表現の差としてどのように関わり合っているのかを見ようと思う。なお、年齢差として現れたものに対しては次の二通りの考え方ができよう。

（一）江戸生まれに古い表現が見られ、明治生まれに新しい表現が使用されている

（二）江戸時代生まれは漱石の作品では年長者にあたるため、丁寧度の低い表現を用いている。

〈表現の新旧交代〉

〈丁寧度の違い〉

ここでは、漱石の『行人』（大正二年／一九一三）を資料とする。この作品には次の六名の女性が登場する。名前の下に主人公である二郎からの関係を示した。年齢については作品に明記されていないので推定である。

①　お綱（母）　五十代以上
②　お直（嫂）　二十代
③　お重（妹）　二十代
④　お兼（元食客だった岡田の妻）　二十代
⑤　芳江（姪）　幼児
⑥　お貞（女中）　二十代

母は長男である一郎が大学の教員であることからすると江戸時代生まれと考えられよう。他の五名は明治生まれである。ただし、芳江とお貞の発話は少ないため表に含めないことにする。母の発話を江戸時代生まれのことばの代表として、またお直（嫂）・お重（妹）・お兼の発話を明治生まれのことばの代表として、彼女らのことばを分析していく。

なお漱石の作品に見られる文末表現の男女差については、寺田智美氏に次のような一連の研究がある。

・「明治末期の女性語について—夏目漱石の小説に見える「絶対女性語」の考察—」（『早稲田大学日本語教育センター紀要』十三　二〇〇〇年）
・「明治末期の男性語について—夏目漱石の小説に見える「絶対男性語」の考察—」（『早稲田大学日本語教育センター紀要』十四　二〇〇一年）
・「夏目漱石の小説に見える「相対男性語」の考察—女性が使用する場合を中心に—」（『早稲田大学日本語教育センター紀要』十五　二〇〇二年）
・「夏目漱石の小説に見える「相対女性語」の考察—男性が使用する場合を中心に—」（『早稲田大学日本語教育センター紀要』十六　二〇〇三年）

ある表現が『行人』以外の作品においても女性が使用しているのか、また男性の使用も認められるのかなどの確認において、これらの論考を参照する。

2　使用表現の異なり

文末表現の中心をなすのが終助詞であるが、その終助詞の範囲はなかなか決めがたい。辞書類を見ても様々であ

	母	嫂	お重	お兼
A 終助詞類				
ね	○	○	○	○
よ	○	○	○	○
か	○	○	○	○
わ		○	○	○
い	○			
さ	○			
B 相互承接				
わね		○		
わよ		○	○	
かね	○			
かい	○			
さね	○			
C だ・です＋				
だね	○			
だよ	○			
だわ		○	○	
だい	○			
ですね	○	○		○
ですよ				○
ですか				○
ですわ		○	○	
D（＋）転用（＋）				
の	○	○	○	
のね		○	○	
のよ		○	○	
のかね	○			
のかい	○			
のさ	○			
がね	○			
(参考)				
こと		○		○
だもの	○			
ですもの		○	○	
～ってよ		○	○	

る。ここでは取りあえず一音節から成る語を終助詞類として、これらを基本として考えていく。

表は『行人』に見られる文末表現を表現形式によって分類したものである。ここでは大きく四分類にした。

A　終助詞類が一つだけ使用されている場合
B　複数の終助詞類が連接している場合（相互承接）
C　「だ」「です」に終助詞類が接続している場合
D　他の助詞や名詞類が終助詞の振る舞いをしているもの、またそれらに終助詞類が接続している場合

Aはいわゆる終助詞類である。これらについて見ていくと、「ね」「よ」「か」[*1]については、江戸時代生まれも明治時代生まれも使用しており、年齢差が認められない。

・二郎《らう》、御前見《おまへみ》たいに暮《くら》して行《い》けたら、世間《せけん》に苦《く》はあるまいね　母→二郎（「兄」十三）
・丸《まる》で電報《でんぽう》の様《やう》で御座《ござ》いますね　お兼→二郎（「友達」六）
・また一郎《らう》の病気《びやうき》が始《はじ》まつたよ　母→二郎（「兄」七）
・大兄《おほにい》さんがお帰《かへ》りよ　お重→二郎（「帰つてから」二十六）
・夫《それ》に少《すこ》し肉《にく》が付《つ》いた様《やう》ぢやないか　母→兄（「兄」八）
・だつて遠眼鏡位《とほめがねぐらい》あつたつて好《い》いぢやありませんか　嫂→二郎（「兄」二十三）

「わ」は江戸生まれの母は使用していない。逆に「い」「さ」は明治生まれにはない。つまり「い」と「さ」は古い表現、「わ」は新しい表現の可能性がある。

・何《ど》うでも好《い》いわ　嫂→二郎（「兄」二十六）
・さうね。ことに因《よ》ると最《も》う来《き》て待《ま》つて入《い》らつしやるかも知《し》れないわ　お兼→二郎（「友達」八）

・直《なほ》、お前《まへ》何《ど》うするい　母→嫂（「兄」十六）

・岡田《をかだ》が今《いま》あ、遣《や》つてるのと同《おな》じ事《こと》さ　母→その場の人々（「兄」五）

Bは終助詞類が連接している場合である。表によると、「わね」「わよ」「かね」「かい」「さね」の五種類がある。Aにおいて見たように、「わ」は明治生まれ、「い」「さ」は江戸生まれしか使用していない。したがって、「わね」「わよ」が明治生まれの使用、「かい」「さね」が江戸生まれの使用になっているのは納得がいく。

・さうよ、其《そ》んな事《こと》を先刻《さつき》下女《げぢよ》が云《い》つたわね　嫂→二郎（「兄」三十七）

・早《はや》い方《はう》が好《い》いわよ貴方《あなた》。　嫂→二郎（「帰つてから」二十五）

・騒々《そうぐ》しいわよ　お重→岡田（「帰つてから」三十三）

・二郎《らう》お前《まへ》のお室《へや》も斯《こ》んなかい　母→二郎（「兄」二）

・左右《さう》さね　母→二郎（「兄」十五）

問題になってくるのは「かね」である。「か」も「ね」も単独では広い年代で使用されているが、連接した「かね」は母しか使用していない。

・へえー是《これ》が昔《むかし》のお城《しろ》かね　母→その場の人々（息子達）（「兄」十二）

Cは、断定の助動詞「だ」と「です」に終助詞類が接続しているものである。「です」は明治になって広く用いられるようになったものであり、「だ」の丁寧体として活用されている。

「だ」の使用は江戸生まれの母に多い。明治生まれにおいては「だわ」だけであり、「だね」「だよ」は用いられていない。特に「だわ」は当時の女学生ことばの特徴であり、「てよだわ言葉」として有名である。

・もし手《て》ぶらで極《きま》りが悪《わる》ければ、菓子折《くわしをり》の一つも持《も》つて行《い》きやあ沢山《たくさん》だね　母→二郎（「兄」七）

・兄《にい》さんには内所《ないしよ》だよ　母→二郎（「兄」七）

・二郎《らう》何処《どこ》へ行《ゆ》くんだい　母→二郎（「兄」十五）

・お湯《ゆ》に這入《はい》つても大丈夫《だいぢやうぶ》だわ　嫂→二郎（「兄」二十九）

・お凸額《でこ》や眼鏡《めがね》は写真《しやしん》で充分《じゆうぶん》だわ。　お重→二郎（「帰つてから」八）

明治生まれは「だ」よりも「です」が基本となっている。ただし、母も「ですね」は用いている。

・御酒《ごしゆ》を召《め》し上《あ》がらない方《かた》は一生《いつしやう》のお得《とく》ですね　お兼→二郎（「友達」十一）

・矢張辛抱人《やつぱりしんぼうにん》を御《お》貰《もら》ひになる御考《おかんが》へなんですよ　お兼→岡田（「友達」七）

・おやもう御《お》荷物《にもつ》の仕度《したく》をなすつたんですか　お兼→二郎（「友達」十二）

・是《これ》でもまだ若《わか》いのよ。貴方《あなた》より余《よ》つ程下《ぽどした》の積《つもり》ですわ　嫂→二郎（「兄」三十一）

・当前《あたりまへ》ですわ。大兄《おほにい》さんの妹《いもと》ですもの　お重→二郎（「帰つてから」八）

・岡田《をかだ》さんは五六年《ねん》のうちに悉皆上方風《すつかりかみがたふう》になつて仕舞《しま》つたんですね　母→岡田やその場にいる人達（「兄」四）

Dは、他の助詞からの終助詞化や、形式名詞からの終助詞化に関するものである。特に「の」の使用は多く、またそれに終助詞類が接続している。「の」は他の語に接続して全体として体言と同等の機能を持つ単位を形成する準体助詞であるが、それを文末に用いたものである。「の」の単独使用は、江戸生まれ明治生まれともに見られる。

・おや何処《どこ》に河《かは》があるの　母→二郎（「兄」二）

・何故《なぜ》そんなに黙《だま》つてゐらつしやるの　嫂→二郎（「兄」二十八）

江戸生まれの母には「（な）のかね」「のかい」「のさ」の使用があり、一方明治生まれにおいては「のよ」「のね」の使用が認められる。明治生まれには「かね」「かい」「さ」の使用がないので、「の」に接続した形式が見られないのは当然なことといえよう。しかし母は「の」も「ね」も「よ」も使用しているが、「のね」「のよ」の使用は見られない。

・二郎《らう》、矢《や》つ張《ぱ》り百姓《ひやくしやう》家《や》なのかね　母→二郎（「兄」十）
・二郎《らう》そんな法《ほふ》があるのかい　母→二郎（「兄」七）
・だからさ。御母《おかあ》さんには訳《わけ》が解《わか》らないと云《い》ふのさ　母→二郎（「兄」十四）
・貴方今日《あなたけふ》は珍《めづら》しく黙《だま》つてゐらつしやるのね　嫂→二郎（「兄」二十七）
・大兄《おほにい》さんの時《とき》より淋《さび》しいのね　お重→二郎（「帰つてから」三十六）
・何故《なぜ》そんな詰《つま》らない事《こと》を聞《き》くのよ　嫂→二郎（「兄」二十八）
・忙《いそが》しいからつて、断《ことわ》つたのよ　お重→二郎（「帰つてから」十一）

「の」の体言化の働きと関わるものとして、形式名詞の「こと」と「もの」を終止した文に付加させることが多く見られるようになる。「こと」で終止させることは江戸時代末期の『浮世風呂』などにも既にある。「もの（もん）」は男性でも使用する。母は「だもの」、明治生まれは「ですもの」の使用となっている。

・成程《なるほど》好《い》い御室《おへや》ね、さうして静《しづか》だ事　嫂→二郎（「塵労」二）
・よくまあお一人《ひとり》でお留守居《るすゐ》が出来《でき》ます事《こと》　お兼→嫂（「兄」四）
・丸《まる》でわざ〳〵離《はな》れて歩《ある》いてゐるやうだもの　母→二郎（「兄」十四）
・えゝ、だつて兄《にい》さんが承知《しようち》なんですもの　嫂→母（「兄」二十六）
・だつて今御膳《いまごぜん》が出《で》るんですもの　お重→二郎（「帰つてから」十一）

「がね」「だがね」は母だけの使用である。接続助詞の「が」に「ね」が接続したものであるが、たとえば名古屋弁の「がね」「だがね」「がや」「だがや」などと関係してくるものであろう。男性のことばとして『行人』に「がな」という形式も見られ、様々な終助詞類が連接することからも、終助詞化がかなり進んでいるといえよう。

- 何《なん》だか知《し》らないがね　母→二郎（「帰つてから」十一）
- 尤《もつと》も此間少《このあひだすこ》し風邪《かぜ》を引《ひ》いた時《とき》、妙《めう》な囈語《うはごと》を云《い》つたがね　母→二郎（「帰つてから」三十二）
- 御父《おとう》さんや妾《わたし》には何時《いつ》だつて同《おん》なじ調子《てうし》だがね　母→二郎（「兄」十四）
- 帰《かへ》り着《つ》く迄持《までも》てば好《い》いがな　三沢→二郎（「友達」二十四）
- 旦那《だんな》が付《つ》いてゐさうなものだがな　二郎→三沢（「友達」二十四）

3　終助詞類の連接

日本語は膠着語的な言語である。丹羽一彌氏が『日本語動詞述語の構造』（二〇〇五年　笠間書院）で述べているように、文の成分は核となる形式に一形式一意味の形態素を一定の順序で接続させて成立している。文末表現の中心となる終助詞類においても、先のBの終助詞類の相互承接において見たように助詞が一定の順序で接続している。『行人』には「わ」「よ」「か」「わ」「い」の五種類の助詞が見られる（分類A）。そして「わね」「わよ」「かね」「かい」「さね」の組み合わせが出現している（分類B）。丹羽氏は、動詞述語の構造を

[[[命題] 判断] 態度] 働きかけ]

と考え、終助詞類を職能の面から三種類に分けている。

終助詞……………話し手の［態度］の一部として、話し手の文への関わりを表現する。

文末助詞…………［態度］までの情報の中味を聞き手に投げかけ、反応を求める［働きかけ］の役割を示す。

間投助詞……［働きかけ］の職能を持つが、前接の形式とは独立している。聞き手に向けられていない情報を
聞き手に投げかける。

Bにおける前接部分である「わ」「か」は内容の判断や疑問などの態度を表しており、これらは終助詞と考えられる。ただし、「さ」については次のように間投助詞と見るべきものもある。「さ」については後で考えてみる。

・よし三沢《さは》さんに夫丈《それだけ》の義理《ぎり》があつたにした所《ところ》でさ。何《なに》もお前《まへ》が岡田《をかだ》なんぞからそれを借《か》りて上《あ》げる丈《だけ》の義理《ぎり》はなからうぢやないか　母→二郎（「兄」七）

一方、Bにおける後接部分にあたる「ね」「よ」「い」は「文末助詞」か「間投助詞」になろう。

・さうよ、其《そ》んな事《こと》を先刻《さつき》下女《げぢよ》が云《い》つたわね　嫂→二郎（「兄」三十七）
・へえー是《これ》が昔《むかし》のお城《しろ》かね　母→その場の人々（息子達）（「兄」十一）
・左右《さう》さね　母→二郎（「兄」十五）

「ね」は、次のように副詞や接続詞にも接続しているからも「間投助詞」といえよう。

・本当《ほんたう》にね　母→二郎（「兄」二）
・後《あと》は重《しげ》ばかりだからね。　母→二郎（「兄」五）

「よ」は、聞き手の呼称が会話文に用いられていたり、また地の文で相手の反応を求める記述がなされていることから、「文末助詞」といえよう。

・「早《はや》い方《はう》が好《い》いわよ貴方《あなた》。妾《わたし》探《さが》して上《あ》げませうか」と又《また》聞《き》いた。
「何《ど》うぞ願《ねが》ひます」と自分《じぶん》は始《はじ》めて口《くち》を開《ひら》いた。　嫂→二郎（「帰つてから」二十五）
・「また一郎《らう》の病気《びやうき》が始《はじ》まつたよ」と自分《じぶん》に時々《ときぐ》私語《さゝや》いた。自分《じぶん》は母《はゝ》から腹心《ふくしん》の郎党《らうだう》として取扱《とりあつか》はれるのが嬉《うれ》しさに、「癖《くせ》なんだから、放《はう》つてお置《お》きなさい」位《ぐらゐ》云《い》つて澄《す》ましてゐた時代《じだい》もあつた。　母→二郎（「兄」七）

・急《きふ》にお重《しげ》から起《おこ》された。
「大兄《おほにい》さんがお帰《かへ》りよ」

斯《か》ういふ彼女《かのぢよ》の言葉《ことば》が耳《みゝ》に這入《はいつ》た時《とき》、自分《じぶん》はすぐ起《た》ち上《あ》がつた。　お重→二郎（「帰つてから」二十六）

「い」も、会話文で聞き手の呼称とともに使用されていることや、疑問詞と共起することが多いことから、聞き手の反応を強く求めており、「文末助詞」と考えられる。

・二郎《らう》お前《まへ》のお室《へや》も斯《こ》んなかい　母→二郎（「兄」二）
・直《なほ》お前《まへ》何《ど》うするい　母→嫂（「兄」十六）
・二郎《らう》何処《どこ》へ行《い》くんだい　母→二郎（「兄」十五）
・二郎《らう》そんな法《はふ》があるのかい　母→二郎（「兄」七）

承接関係として、どのような組み合わせが出現しないのか、なぜその組み合わせが出現できないのかなどについては、それぞれの助詞の意味や職能の面から説明する必要があろう。

4　疑問点

これまで見てきたように次のような疑問点が挙げられる。大きく分けると、次の二点になる。

A　日本語の構造の問題　　B　年代的な差によって生じている現象

Aの日本語の構造の問題としては、
（1）………「さ」は終助詞か間投助詞か
Bの問題として、連接関係において、ある年代に特徴として、江戸生まれが、

（２）………「だ」使用が基本の中で「ですね」を使用すること（「だね」と「ですね」の違い）

一方明治生まれにおいては、

（３）………「です」使用が基本の中で「だわ」を使用すること（「ですわ」と「だわ」の違い）

（４）………「のね」「のよ」を使用すること

（５）………「かね」「のかね」を使用しないこと

それぞれについて詳細に検討を加える必要があろう。

（１）「さ」の扱いについて

「さ」についてははっきりしたことがいえない。「さ」の状況を見ると、二種類の「さ」を認めざるをえない。

・だからさ。御母《おかあ》さんには訳《わけ》が解《わか》らないと云《い》ふのさ　母→二郎（「兄」十四）

自分の考えを主張するという態度を示す終助詞的なものと、

・岡田《をかだ》が今《いま》あゝ遣《や》つてるのと同《おな》じ事《こと》さ　母→その場の人々（「兄」五）

・左右《さう》さね　母→二郎（「兄」十五）

先に挙げたように語調を整えながら聞き手に働きかける間投助詞的なものとがある。

・よし三沢《さは》さんに夫丈《それだけ》の義理《ぎり》があつたにした所《ところ》でさ。何《なに》もお前《まへ》が岡田《をかだ》なんぞからそれを借《か》りて上《あ》げる丈《だけ》の義理《ぎり》は
なからうぢやないか〈再掲〉　母→二郎（「兄」七）

「さ」の連接は表に見られるように「さね」だけであり、他は文末での単独使用である。

渡辺実氏は『国語構文論』（一九七一年　塙書房）において「さ」を終助詞の分類の「第１類」に含めている。「さ」が判定のつながりを存し、「か」と同じく「だ」に下接しないことから、第１類の中でも「か」とともに甲類としている。鈴木英夫氏は「現代日本語における終助詞のはたらきとその相互承接について」（『国語と国文学』五十三巻十

一号　一九七七年）において、「さ」を話し手・聞き手への配慮なしに含めている。それぞれの扱いは丹羽一彌氏の三分類でいえば終助詞に相当する。田野村忠温氏は、現代語については『現代日本語の文法Ⅰ「のだ」の意味と用法』（一九九〇年　和泉書院）において、江戸後期については「終助詞の文法―江戸語資料に見る終助詞の体系性―」（『日本語学』十三巻四号　一九九四年）において、それぞれ「さ」を扱っているが、渡辺実氏の考えに従っているので終助詞という扱いになっている。ただし、江戸時代の「さ」と現代の「さ」とは異なるとする。現代の「さ」が形容詞文や動詞文にも自由に付き得るのに対し、江戸時代の「さ」は専ら「～だ」という形の述語に付いている。そしてその場合、現代語の場合と同様に「だ」を落として、名詞や形容動詞の語幹その他に付くという特徴を持っているとしている。

それに対し、『日本語国語大辞典　第二版』では「さ」を間投助詞とし、語誌欄において「文末に用いられるものを終助詞とする説もある」と説明している。なお、『浮世風呂』（一八〇九～一三）に見られる、

・爰《こゝ》が木《き》や花《はな》のたんとあるお山《やま》だつサね。（二編巻上）

における「さね」の連接について「間投助詞「ね」と重ねて用いられることがある。」とする。つまり「さね」を間投助詞どうしの連接と考えている。

確かに江戸時代後期においては間投助詞と考えられる「な」や「のう」と連接している場合が見られる。『浮世風呂』から例を挙げる。

◉「さね」

・それは何《なに》より能《よい》ことさネ。（二編巻上）

・イヱモウ、女郎《ぢようろ》のお子《こ》さまは、格別《かくべつ》お早《はや》うございますのさネヱ。（三編巻下）

◉「さな」

・まづそんなものではあるが、ねがはくは幼少《ようせう》な時分《じぶん》から躾《しつけ》が大切《たいせつ》さナ。（四編巻上）

・さりながら冬季《ふゆき》になると一倍寒《いちばいさむ》いには迷惑《めいわく》さナ（四編巻上）

◉「さのう」

・女《をんな》でさへふるひ付《つ》くものをネ。ましてや男は尤《もつと》も事さのう。（三編巻下）

「さ」がこのような振る舞いをするのは「さ」の歴史の浅さと「だ」との関係が原因になっていると考えられる。

「さ」は江戸初期頃に武士が使用し始めたといわれている。そして、江戸時代後期には女性も使用するようになった新しい表現のようである。江戸時代前期、上方ではわずかではあるが間投助詞として使用されていた。

・あとは内儀かナひとりねてさ。ふさ日くれて人まつひまの。（『丹波与作待夜のこむろぶし』与作をどり　一七〇七年頃）

・すはといはゞはがねをならすお歴々にもまけることはおりないさ。（『鑓の権三重帷子』下　一七一七年）

「さ」の接続については、名詞や「の」といった「〜だ」という形の述語に付くことが多いが、

・先刻通《さつきとほ》つた人も立派《りつは》な事さ。髪《かみ》が上方風《かみがたふう》で化粧《けしやう》まですつぱり上方《かみがた》さ。鼠色縮緬《ねづみちりめん》だつけが伊予染《いよぞめ》に黒裏《くろうら》さ。とんだ能上《いゝあが》りだつた。（『浮世風呂』三編巻下）

・なにさ、どうで一盛《ひとさか》りはおどうらくでございますのさ。（『浮世風呂』二編巻上）

鈴木英夫氏の「明治東京語の過渡的性格―「〜だサ」という言い方をめぐって―」（『国語と国文学』五十四巻九号　一九七七年）によれば、「わ」に接続する「さ」も、『浮世風呂』に十五例、『八笑人』に十六例が認められる。

・此方《このほう》は聞《きい》たばかりで病《やまひ》を察《さつ》するはさ。（『浮世風呂』前編巻上）

・いけまじまじとおかるが親里《おやさと》へ行《いつ》て居候《ゐさうらう》になつてゐるはさ。（『浮世風呂』二編巻下）

漱石の作品では「さね」は母に見られた「さう（左右）さね」という応答表現での使用が多いが、考えを主張する表現も見られる。一方「さな」は「さうさな」という応答表現のみでの使用であり形式化していることがわかる。「さうさね」は男性と年輩の女性の使用、「さうさな」は男性だけの使用である。「さね」「さな」は江戸語（東京方言）の特徴のようである。

・――尤も貴方《あなた》見たいに学のあるものが聞《き》きあ全く嘘《うそ》のやうな話《はなし》さね。　森本→敬太郎（『彼岸過迄』「風呂の後」九）

・まだ仮橋《かりばし》のまゝで遣《や》つてるんだから、呑気なものさね。　老人→津田（『明暗』百七十）

・彼が武右衛門君に対して「さうさな」を繰り返して居るのでも這裏の消息はよく分かる。（『吾輩は猫である』十）

このような「さ」の振る舞いを説明するためには、先に述べたように二種類の「さ」があったと考えなければならない。「さ」の役割の変化を考える上で興味深いのは、明治時代前期に一時的に見られた「ださ」という連接である。「ださ」については、鈴木氏の「明治東京語の過渡的性格」で詳細に扱われており、鈴木氏は書生ことばの特徴であるとする。漱石の作品でも次のように使用されている。ただし初期の作品にしか見られない。

・だからホーマーでもチエヰ、チエーズでも同じく超人的な性格を写しても感じが丸で違ふからね。陽気ださ。愉快に書いてある。　独仙→その場にいる人（『吾輩は猫である』十一）

・それが書けないと極つた以上は穀潰し同然ださ。　高柳→中野（『野分』十二）

・小夜の考《かんがへ》位小野には分《わか》つてゐる筈ださ　狐堂→浅井（『虞美人草』十八）

・そりや当たり前ださ。　与次郎→三四郎（『三四郎』三）

これらの「ださ」の例は女学生ことばの「だわ」を生み出す起因となったのかもしれない。「ださ」という「だ」と「さ」の直接の連接は、江戸時代にも現代にも見られない現象である。「だ」と「さ」とが連接しないことについて、鈴木英夫氏は「現代日本語における終助詞のはたらきとその相互承接について」において、「だ」の持つ強い断定の響きと話し手の強い確信に関わる「さ」とが衝突するためであるとする。つまり両者の意味が近いことにより、連接しないのである。

「だ」自体にも、助動詞的なものと、土屋信一氏が「江戸語の「だ」の一用法」(『佐伯梅友博士古稀記念国語学論集』一九六九年　表現社　後に『江戸・東京語研究』二〇〇九年　勉誠出版　所収)において指摘しているように、終助詞的なものとが併存していた。

「さ」についてはまだまだわからないことが多い。長崎靖子氏が「江戸語の終助詞「さ」の機能に関する一考察」(『国語学』一九二集　一九九八年)において指摘するように、「だ」などと関連づけながら接続関係や職能から検討する必要がある。

(2)「ですね」

母は「だ」を基本としているが、一例だけ「ですね」を使用している。「ですね」が使用されているのは、

・「岡田《をかだ》さんは五六年《ねん》のうちに悉皆上方風《すつかりかみがたふう》になつて仕舞《しま》つたんですね」と調戯《からか》つた。
母→岡田やその場にいる人達(「兄」四)

「調戯《からか》つた」とあるように、本来使うべき相手でもないのに丁寧語の「です」を使用しているのである。一方、「だね」は息子の二郎に用いている。

・菓子折《くわしをり》の一つも持《も》つて行《い》きやあ沢山《たくさん》だね
母→二郎(「兄」七)

「ね」は「働きかけ」の働きがあるが、母の会話の相手は主に二郎やお直であることから「だ」で十分であり、丁寧語「です」を用いる必要のない相手である。登場人物の関係でただ「です」が用いられていないだけなのであろうか。母が「ですね」を使用していることからすれば、話し相手次第によっては「ですか」「ですよ」も使用するものと考えられる。

（3）「だわ」

明治生まれの女性は「です」を基本としており、「だ」の使用は「だわ」だけである。「だわ」は女学生の「てよだわ言葉」として「てよ」と一緒に扱われている。「てよ」の使用としては「好くつてよ」が有名である。この形式は次のように使用されている。

・けど、是《これ》でも時々《ときぐ》は他《ひと》から親切《しんせつ》だつて賞《ほ》められる事《こと》もあつてよ。
嫂↓二郎（「兄」三十二）

・何《なに》も兄《にい》さんから聞《き》かないだつて妾《あたし》知つて、よ。
お重↓二郎（「帰つてから」八）

活用語の連用形に接続助詞「て」を付加して、それに文末助詞「よ」を連接させたものである。

「だわ」は、小松氏の「東京語における男女差の形成」によると、江戸時代後期には男女ともに使用している。ただし上層の女性は使用しなかったようである。江戸時代には「だわ」にさらに終助詞類を連接させたものも使用していた。「だわえ」「だわさ」「だわな」は男女ともに使用し、男性だけが使用するものとして「だわい」「だわす」があるが、女性だけが使用するものはない。「だわ」が女学生ことばとして注目されたのは、江戸時代においてはあまり上層でない人達が使用していた表現を女学生が使用していることと、下降調であったものが上昇調で使用されたためであろうと思われる。

・お湯《ゆ》に這入《はい》つても大丈夫《だいぢやうぶ》だわ
嫂↓二郎（「兄」二十九）

・お凸額《でこ》や眼鏡《めがね》は写真《しやしん》で充分《じゆうぶん》だわ。
お重↓二郎（「帰つてから」八）

明治生まれは「だわ」だけを使用し、母が使用する「だね」「だよ」を使用していない。これは鈴木氏の言うところの断定の「だ」の強い響きによるものだろう。女性は「だわ」以外には「だ」を使用せずに、名詞や「の」に直接「よ」や「ね」を接続させるか、あるいは丁寧語の「です」に接続させた。そのような理由で、明治生まれには次に扱うような「のね」や「のよ」の使用が認められるのである。それにもかかわらず「だわ」が使用されたのは、「わ」が名詞や「の」に直接接続できないために「だ」が必要であったこと。そのことに加え、「わ」は終助詞であり話し手の主張を表す「態度」の一部であることによると考えられる。つまり、「よ」や「ね」のような「働きかけ」という役割を持っていないことが「だわ」を使用できた理由と考えられよう。

「わ」の場合、「だ」以外にも「です」にも接続する。「だわ」が特に相手を意識しないのに対し、「ですわ」が使用される場合は「です」が丁寧語であることからも相手との関係を意識しながら発話していることになろう。

・是《これ》でもまだ若《わか》いのよ。貴方《あなた》より余《よ》つ程下《ぽどした》の積《つもり》ですわ　嫂→二郎（「兄」三十二）

・当前《あたりまへ》ですわ。大兄《おほにい》さんの妹《いもと》ですもの　お重→二郎（「帰つてから」八）

（4）「のね」「のよ」

準体助詞「の」は上の叙述部の内容を体言化する働きがある。「の」だけの使用は江戸生まれ明治生まれともに使用するが、母における単独使用は疑問表現の場合だけである。

・おや何処《どこ》に河《かは》があるの　母→二郎（「兄」二）

・まあ何処迄《どこまで》行《い》つたの　母→一郎・二郎（「兄」二十二）

しかし、明治生まれには疑問だけでなく主張を表す場合もある。

・何故《なぜ》そんなに黙《だま》つてゐらつしやるの　嫂→二郎（「兄」二十八）

・いいえ、居《ゐ》ないの　嫂→二郎（「塵労」二十五）

寺田智美氏の「明治末期の女性語について」によると、「のね」は女性しか使用していない。「のよ」は男性に一例ある以外はすべて女性の使用であり、女性専用の表現といってもよいであろう。それに対し母の使用する「のさ」は女性も僅かに使用するがほとんどが男性によるものである。女性のことばにおいて、明治生まれの「のね」に対応するのが江戸生まれの「のさ」ということになろう。

・若いに似ず了念は、よく遊んで来て感心ぢや云ふて、老師が褒められたのよ　了念→髪結床の親方（『草枕』五）

・貴方《あなた》今日《けふ》は珍《めづ》らしく黙《だま》つてゐらつしやるのね　嫂→二郎（「兄」二十七）

・だからさ。御母《おかあ》さんには訳《わけ》が解《わか》らないと云《い》ふのさ　母→二郎（「兄」十四）

明治生まれにとっては「のね」「のよ」は先に述べたように「のだね」「のだよ」の代用表現ということになろう。寺田氏の先の論考によれば、「んだね」は男性一名が使用している。「のだよ」は男性七名、女性一名の使用となっている。

・そりや、御前《まへ》、口《くち》でこそさう御《お》云ひだけれどもね。御腹《なか》のなかではまだ大丈夫だと思つて御出《おいで》のだよ。　母→私（『こゝろ』三十八）

（5）「かね」「のかね」

・へえー是《これ》が昔《むかし》のお城《しろ》かね　母→その場の人々（息子達）（「兄」十一）

・二郎《らう》、矢《や》つ張り百姓家なのかね　母→二郎（「兄」十）

・そんな事《こと》があるものかねお前《まへ》、お母《かあ》さんに限《かぎ》つて　母→二郎（「兄」四十二）

・二郎《らう》、学者《がくしや》つてものは皆《みな》あんな偏屈《へんくつ》なものかね　母→二郎（「帰つてから」二十）

「かね」は、「か」によってまずその事態に対して疑問であるという態度を示し、さらにそのことを「ね」によって聞き手に働きかけているのである。つまり疑問であることを相手に表明していることになる。『行人』において使用しているのは母を除いて、二郎、兄、父、三沢、岡田、H氏といった男性ばかりである。「かね」はこの時代には男性の専用の表現形式になっていたようである。それに対し、明治生まれの女性は終助詞類で相手に訴えるのではなく「の」という形式で自分の疑問を相手に向けていたようである。

5　年齢差の意味するところ

『行人』においては「い」「さ」を明治生まれの女性は使用していない。「い」に関係するものでは「かい」「だい」、「さ」に関するものでは「さね」「のさ」が挙げられる。寺田氏の一連の研究は終助詞類をかなり広い幅で考えているが、それらを男性語的性格のもの、女性語的性格のものをとして、性格の強い順に並べている。

相対男性語　ぜ〉なあ〉や〉かしらん〉あ〉な〉っけ〉さ〉い〉まい〉か〉ね

相対女性語　―て〉の〉ねえ〉もの〉とも〉ちゃ〉よ〉かしら

「い」「さ」は男性語的性格の部類に入っている。

・「例《れい》の男《をとこ》はどうだい」と三沢《みさは》は云《い》つた。　三沢→二郎（「友達」十七）

・看護婦《かんごふ》は付《つ》いてるのかい　二郎→三沢（「友達」十二）

女性の「い」の使用は漱石の作品でも、二絃琴の師匠（『吾輩は猫である』）、甲野母（『虞美人草』）、須永母（『彼岸過迄』）、島田常（『道草』）といった年輩の人達の使用である。

一方「さ」は雪江（『吾輩は猫である』）や藤尾（『虞美人草』）といった若い人の使用も見られる。またそれよりは多少年上であるがお米（『門』）にも見られる。あとは年輩の人達の使用である。『彼岸過迄』以降の作品では明治生まれの女性の使用は見られない。

・それからね、いくら毎月々々騒いでも験が見えないので、大分みんなが厭になつて来たんですが、車夫やゴロツキは幾日でも日当になる事だから喜んで騒いでいましたとさ　雪江→苦沙弥の妻（『吾輩は猫である』十）

・矢つ張同《おんな》じですからさ。此間《このあひだ》博覧会へ行つたときも相変らずですもの　藤尾→母（『虞美人草』十五）

・だからさ。叔父《おぢ》さんの方《ほう》では、お金《かね》の代りに家《うち》と地面を貰《もら》つた積《つもり》で入《い》らつしゃるかも知れなくつてよ
お米→宗助（『門』四）

明治生まれの人達によって新しく使用されるようになった終助詞類は特にない。明治生まれの人々の特徴として挙げられる「わ」にしても、江戸時代では男女ともに使用していたものである。現代でも下降調の「わ」なら男性でも用いる。明治生まれの特徴としては、これまで他の役割で使用されてきた形式を終助詞のように振る舞わせていることである。つまり、「の」の多用や、形式名詞「こと」「もの」、「〜って（よ）」のような、終助詞類を使用せずに文を終止させるような用法が中心になっているようである。

6 まとめ

江戸生まれと明治生まれとは、共通する点もあるが、異なる点も多く見られた。小松寿雄氏が「東京語における男女差の形成」において明らかにしているように、文末表現の男女差は明治時代になって確立されたようである。江戸生まれの母のことばは男性のことばに近い。つまり、江戸時代においては男女の差はあまりなく、男性はそのまま使い続け、女性のことばが明治時代になって作られたことになる。ただし新しい終助詞類が使われ始めたのではない。既存の形式を次のような異なる用い方によって女性特有の表現として完成させたといえよう。

＊形式名詞「こと」や「もの」の文末表現としての多用
＊「わ」のイントネーションの上昇調化
＊断定の助動詞「だ」の不使用に伴う名詞や「の」への「よ」や「ね」の直接付加
＊「活用語の連用形＋て」への「よ」の付加

第二節　「みたようだ」から「みたいだ」へ

「恐い顔つて多々良さん見た様な顔なの」と姉が気の毒さうにもなく、押し返して聞く。
（『吾輩は猫である』五）

丸で講釈見た様です事
（『吾輩は猫である』六）

でも品がいゝわ。兄《にい》さん見た様に悪口《わるくち》は仰しやらないからいゝわ
（『虞美人草』十）

「丸《まる》で前《まへ》の本多さん見た様ね」と御米《よね》が笑《わら》つた。
（『門』七）

1　「みたいだ」についての先行研究

漱石の小説は、『吾輩は猫である』（明治三十八年／一九〇五）から遺著となった『明暗』（大正五年／一九一六）までの僅か十二年の間に発表されたものである。このような短い期間にも関わらず、漱石の作品を読んでいくと、変化の見られる語や表現に出会う。ここで取り挙げる「みたようだ」から「みたいだ」への変遷は、特に興味深いものと思われる。漱石の作品において「みたいだ」が出現するのは、明治四十五（一九一二）年に発表された『彼岸過迄』からである。ただし、最初の段階ではうまく使いこなせなかったように感じられる。「みたいだ」について漱石の

作品を時代順に追って眺めていくと、漱石の遺著となった『明暗』においてようやくその使用法を習得したように思われる。つまり漱石にとって「みたいだ」は使用語ではなかった。また初期においては理解語でもなく、徐々に学習して身につけた語のようである。

「みたようだ」から「みたいだ」への変遷の過程については、既に多くの研究がなされている。中には漱石の作品に言及しているものも見られる。主要なものとして次のようなものが挙げられる。

①湯澤幸吉郎『現代語法の諸問題』（一九四四年　日本教育振興会）『口語法精説』（一九五三年　明治書院）

②宮地幸一「「〜みたやうだ」から「〜みたいだ」への漸移相」（『東京学芸大学　国語国文学』三　一九六八年）

③吉田金彦『現代助動詞の史的研究』（一九七一年　明治書院）

④原口裕「「みたやうだ」から「みたいだ」へ」（『静岡女子大学　国文研究』七　一九七四年）

ここでは触れないが、他に杉捷夫「再び『みたい』について、など」（『言語生活』一九五六年十一月）や中村通夫「みたいだ・てほしい」（『NHK国語講座　現代語の傾向』一九五七年）などがある。①と②については④の原口論文で要約されているので、それを参考にしながら紹介していこう。

①の湯澤論文は、『現代語法の諸問題』で川上眉山の『大さかづき』二（明治二十八年）以下の用例を挙げ、『口語法精説』において再説して、「大正頃から著しくその勢力を拡張している」とする。

②の宮地論文は「眉山や蘆花、菊池幽芳、花袋の作品に見える明治末の事例では、「若い女性の物言い」に用いられていて、大正以降にも同様な傾向が見られる」とする。この論文においては、原口の要約に挙げられている作家以外にも次のような言及がある。山田美妙・二葉亭四迷・尾崎紅葉・幸田露伴は「みたようだ」専用であること。漱石については、『彼岸過迄』や『行人』以降になると「みたようだ」と「みたいだ」との両用になることが、漱石の作品における両者の使用度数を示した表によって確認できるようになっている。さらに「みたいだ」の使用の

認められる中勘助・森鷗外・永井荷風・森田草平の作品における「みたいだ」の分析も行っており、「むすびに」において「「〜みたいだ」なる語は明治末期から大正初期にかけて、小説用語として登場してきても、さまで不自然に聞こえないほどに成長していった」とまとめている。

③の吉田論文は、語形変化の面について扱ったものであり、「みたいだ」は「みたようだ」の短呼形「みたよだ」からの変化であろうと推定している。

④の原口論文においては、②の宮地論文が「みたいだ」の使用を「若い女性の物言い」としているのに対して、『我楽多文庫』や『女学雑誌』、速記本などの調査から、「明治二十年代の当初においては、すでに、口頭語では、男女の性別を問わず、「みたいだ」の使用が一般化する趨勢にあったようである」としている。また『我楽多文庫』に「見たよな」「見たよに」の形が見られることから、「みたようだ」→「みたよだ」→「みたいだ」の変化過程を示し、③の吉田論文の推測通りであったことを証明している。そして、「みたいだ」を使用する諸作家の年齢から、

この語形の発生期を明治十年代前後に比定することは可能であろう。そうして、二十年代に入ると、市井でのくだけた会話ではかなりの普及が予想されるのである。文学作品の調査によって、「みたいだ」の定着が確認されるのは、明治三十年代後半から大正にかけての時期と考えられる。

と結論づけている。

以上のことからわかるように、「みたいだ」の出現は明治時代になってからであり、明治二十年代以降の作品に見られるようになったものである。「みたいだ」は、それ以前に用いられていた「みたようだ」が短呼化してできた語形であり、下町から広がったことばであったようである。最初は主に女性の会話文での使用が多かったが、明治後期頃には男女ともに一般化したようである。

表❶ 作品における「みたようだ」と「みたいだ」の使用度数

作品名	みたいだ	みたようだ
吾輩は猫である		20
坊っちゃん		10
草枕		1
二百十日		1
野分		3
虞美人草		10
坑夫		4
三四郎		7
それから		5
永日小品		1
門		14
彼岸過迄	5	14
行人	10	13
こゝろ		3
道草		2
明暗	18	10

2 漱石の「みたようだ」専用の時代

漱石の作品における「みたようだ」と「みたいだ」の使用状況については、先に示した②の宮地論文に既に調査がなされており表として示されている。しかし筆者の調査とは用例数が異なっている。筆者の方が用例数が多いので、ここでは筆者の調査結果を掲げ、この表に基づいて考察していく。

漱石作品における「みたいだ」の使用は、宮地氏が指摘するように、確かに『彼岸過迄』(明治四十五年)からである。まず、「みたいだ」が使用されるようになった『彼岸過迄』よりも以前の作品である、いわゆる前期三部作の『三四郎』・『それから』・『門』における「みたようだ」の使用実態を見る。その後で、「みたいだ」と「みたようだ」の併用の見られる『彼岸過迄』以降の各作品における使用の実態について考察していく。

表からわかるように、『三四郎』・『それから』・『門』には「みたいだ」は使用されていない。使用されているのは「みたようだ」だけである。それぞれの作品において「みたようだ」は次のような使い方をされている。『三四郎』においては七例いずれも地の文での使用である。『それから』では、『三四郎』とは異なり、四例はいずれも会話文での使用である。主人公である代助の友人の平岡から代助への会話に二例、代助の家の書生である門野から代助へ一例、代助の兄から代助へ一例という状況であり、いずれも話し手は男性である。『門』では、地の文四例、会話文十例であり、この作品では地の文にも会話文にも使用されている。会話文では、主人公の宗助から妻のお米への使用が五例、お米から宗助へ三例、宗助の弟である小六からお米へ一例、叔母から叔父へ一例となっている。先行研究で明らかにされているように、「みたいだ」は会話文での使用である。その使用者に対しては、原口論文ではかなり広い層を考えている。しかし漱石の前期三部作に「みたいだ」が使用されていないことから、宮地論文が示す狭い範囲、すなわち主に若い女性に多いという点から見ると、『三四郎』は地の文での使用であること、『それから』の会話文は男性の発話であることが、両作品において「みたいだ」が使用されていない原因のようにも考えられる。『門』ではお米という女性の発話がある。そこに使用されているのは「みたいだ」ではなく「みたようだ」の使用となっている。お米がその当時の女性の年齢からいえば、若い部類に属さないことが原因とも考えられるし、横浜に住んでいたことも影響を与えているとも考えられる。しかしながら、

・「貴方《あなた》そんな所《ところ》へ寐《ね》ると風邪《かぜ》を引いてよ」と細君が注意した。細君の言葉は東京の様な、東京でない様な、現代の女学生に共通な一種の調子を持つてゐる。（一）

・「厭《いや》?」と女学生流に念を押した御米《よね》は、（一）

と記述されているように、お米は当時の若い女性のことば遣いをしている。

これから扱っていく『彼岸過迄』など後期の作品群における「みたいだ」の使用状況からすると、男性の発話であること、お米の年齢という点は問題になってこないようである。したがって、『門』までの作品においては、作品の場面状況の制約から「みたいだ」が使用できずに「みたようだ」を使っていたと考えるのではなく、そもそも

「みたいだ」は漱石の意識の範疇になかったと見るべきであろう。

3　漱石作品における「みたいだ」の使用

表❶で見たように、「みたいだ」は『彼岸過迄』で使用されるようになる。『彼岸過迄』から『明暗』までの作品において、「みたいだ」は『彼岸過迄』の他に『行人』と『明暗』に見られ、『こゝろ』と『道草』には古い語形である「みたようだ」だけが用いられている。なお、『彼岸過迄』・『行人』・『明暗』においても、「みたいだ」と「みたようだ」との併用である。

「みたいだ」が使用されている三作品について、「みたいだ」がどのように使用されているのか考察していこう。『彼岸過迄』においては、「みたいだ」は五例、「みたようだ」は十四例ある。「みたいだ」の五例はすべて会話文での使用である。「みたようだ」は会話文九例、心中語一例、地の文四例となっている。『行人』においては、「みたいだ」は十例あり、すべて会話文での使用である。一方「みたようだ」は十三例あり、会話文九例、手紙文一例、地の文三例である。遺著となった『明暗』においては、「みたいだ」は十八例あり、それに対し「みたようだ」は十例であり、「みたいだ」の使用が非常に多くなっている。「みたいだ」の十八例のうち一例を除いた他の十七例は会話文での使用である。地の文での一例は、次に示すように前の会話文を受けて地の文でも使用されたものと考えられる。

「一《はじめ》さんは犬見《いぬみ》たいよ」と百合子がわざわざ知らせに来《き》た時《とき》、お延《のぶ》は此小《ちい》さい従妹《いとこ》から、彼がぱくりと口《くち》を開《あ》いて上《うへ》から鼻《はな》の先《さき》へ出《だ》された餅《もち》菓子に食《く》ひ付《つ》いたといふ話《はなし》を聞《き》いたのであつた。

お延は微笑しながら所謂犬見たいな男の子の談話に耳を傾けた。

（七十四）

一方、「みたようだ」の十例について内訳を見ると、会話文三例、心中語一例、地の文六例である。

この三作品における「みたいだ」の使用を見ると、先行研究が明らかにしているように、いずれも会話文に出現しており、いわゆる話しことばである。そして作品成立順に会話文での「みたいだ」の使用が徐々に増えている。会話文に限定してこの三作品における「みたいだ」と「みたようだ」の使用度数を表にして示すと表❷のようになる。

『彼岸過迄』において「みたようだ」よりも使用度数の少なかった「みたいだ」の使用が、『行人』ではほぼ同数となり、『明暗』では非常に多くなり、逆に「みたようだ」の方が僅かになってきている。『明暗』では会話文での「みたいだ」の役割が強くなり、「みたいだ」は会話文、「みたようだ」は地の文のような役割分担が行われているように見える。三作品（明治四十五年〜大正五年／一九一二〜一六）の間に「みたいだ」の使用態度に変化が生じているように思われる。そこで、これら三作品における「みたいだ」の使用状況を、話し手と聞き手の関係に焦点をあてて詳細に見てみよう。[*1]

『彼岸過迄』について、会話文における「みたいだ」と「みたようだ」それぞれの話し手と聞き手の関係を示すと次のようになる。

「みたいだ」五例……森本→敬太郎　松本→敬太郎　千代子→松本　千代子→須永　須永→千代子

「みたようだ」九例…敬太郎→森本　敬太郎→須永　占いの婆さん→敬太郎　松本→敬太郎
須永→敬太郎　須永→叔母　叔母→須永　千代子→須永　松本の妻→松本

表❷　会話文における「みたいだ」と「みたようだ」の使用度数

	みたいだ	みたようだ
彼岸過迄	5	9
行人	10	9
明暗	17	3

『彼岸過迄』における人物について示すと、敬太郎は主人公であり、大学を出たばかり、二十六、七歳。須永は敬太郎の大学の同級生。千代子は須永のいとこで須永よりも若い。松本は須永と千代子の叔父で四十歳、森本は敬太郎と同じ下宿の住人で三十代と思われる。

『行人』についても、「みたいだ」と「みたようだ」における話し手と聞き手の関係を示すと次のようになる。

「みたいだ」十例……二郎→母　二郎→お重　兄→二郎　兄→お貞　お重→岡田　お兼→岡田　父→岡田
　　　　　　　　　父→盲女　母→二郎　嫂→二郎

「みたようだ」九例…二郎→兄（四例）　二郎→お重（二例）　お重→二郎　嫂→お重　父→母

『行人』における主人公は二郎であり、この二郎の観点から父・母・兄・嫂となっている。お重は二郎の妹。岡田は二郎の家の元食客。お兼は岡田の妻。お貞は一郎・二郎の家の下女。盲女は父の友人のかつての恋人であるが面識はない。

『明暗』についても話し手と聞き手との関係を示すと次のようになっている。

「みたいだ」十七例…津田→小林　津田→お延　小林→津田（三例）　小林→お延　お延→継子
　　　　　　　　　お延→下女のお時　お延→お延の叔父　お延→お延の叔母（二例）　百合子→継子
　　　　　　　　　百合子→お延　宿の下女→津田　お延の叔父→お延　吉川夫人→津田
　　　　　　　　　同車両の爺さん→津田

「みたようだ」三例…津田の叔母→津田　津田の叔父→津田　お延の叔母→お延

『明暗』における人物関係を示すと、主人公は津田。年齢は三十歳。小林は津田の友人。お延は津田の妻であり二十三歳。継子と百合子はお延のいとこであり、叔父の子。継子の方が姉。お延の方が継子や百合子よりも年長。吉川夫人は津田の上司の妻、四十代前半。

これら三作品に共通していることは、「みたいだ」を男女ともに使用していることである。また年齢的には必ずしも若い人ばかりではない。他の点については、作品ごとに使用状況が異なるようである。そこで、それぞれの作品について詳しく考察していこう。

『彼岸過迄』において、「みたいだ」を使用している人物を年齢的に見ると、須永は敬太郎と同級であり、二十六、七歳。森本と松本は敬太郎よりも年長の三十代、四十代である。須永や敬太郎より若いのは女性の千代子だけである。話し手と聞き手の関係を見ると、松本↓敬太郎、千代子↓須永の組み合わせは、「みたいだ」と「みたようだ」とを併用している。

『行人』においては、父や母の発言にも使用されており、高い年齢層での使用が見られる。また話し手と聞き手の関係については、『彼岸過迄』や『行人』のような同一の話し手と聞き手との関係による「みたいだ」「みたようだ」の併用は、この作品では二郎↓お重しかない。しかし話し手による「みたいだ」と「みたようだ」の併用は、二郎、お重、父、嫂に見られる。

『明暗』でも、同じ車両の爺さんといった高年齢層の使用が認められる。話し手と聞き手の関係では、『彼岸過迄』や『行人』のような同一の話し手聞き手の関係や、一個人で「みたいだ」と「みたようだ」を併用する人物は見られない。この作品では、「みたいだ」を使用する人物、「みたようだ」を使用する人物とに分かれているように見える。ただし、「みたようだ」を使用する人物は他の作品と比較すると年輩の人物に限られる。

4　『彼岸過迄』における「みたいだ」

『行人』にも見られたが、特に『彼岸過迄』では「みたいだ」と「みたようだ」との併用が同一の話し手と聞き手の関係に使用されていることが多かった。このような併用は、古い語形から新しい語形への交替時期にはよく生じることである。ただし、併用するのであるから、そこには何らかの使い分けがあったと考えなければならない。たとえば、宮地氏は千代子→須永の「みたいだ」の用例について「須永と千代子の口喧嘩の場面である」というような注釈を施している。また、「みたいだ」は「みたようだ」よりもずっとくだけた語調のことばのようである*2と指摘している。新しい語形が使用され始めた場合、古い語形との間にこのような関係が生じることは不思議なことではない。一般的に新しいことばは乱れたことばとして把握される。

そこで、「みたいだ」と「みたようだ」の使用状況（会話文での使用のみ）を見るために、『彼岸過迄』におけるすべての用例をここに掲出してみる。（所在については「風呂の後」は風、「停留所」は停、「報告」は報、「雨の降る日」は雨、「須永の話」は須、「松本の話」は松と略称を用いて記す）

◉〈みたいだ〉

・尤も貴方《あなた》見たいに学のあるものが聞《き》きあ全くの嘘《うそ》のやうな話《はなし》さね。　森本→敬太郎（風九）

・美人《びじん》でさへ左《さ》うなんだから君《きみ》見たいな野郎が窮屈な取扱《とりあつかひ》を受《う》けるのは当然だと思はなくつちや不可《いけ》ない。　松本→敬太郎（報十四）

・厭《いや》よ又《また》此間《こなひだ》見たいに、西洋烟草《たばこ》の名なんか沢山覚えさせちや　千代子→松本（雨三）

・相変らず偏窟ね貴方《あなた》は。丸で腕白小僧見たいだわ　千代子→須永（須十七）

・千代ちやんの様な活潑な人《ひと》から見たら、僕見たいに引込思案《ひっこみじあん》なものは無論卑怯なんだらう。　須永→千代子（須三十五）

◉〈みたようだ〉

・然し僕は貴方《あなた》見たやうに変化の多い経験を、少しでも好《い》いから嘗《な》めて見たいと何時《いつ》でもさう思つてゐるんです

・敬太郎は警視庁の探偵見たやうな事《こと》がして見たいと答へた。　敬太郎↓松本（風六）

・貴方《あなた》のは今《いま》の所《ところ》此縒糸《よりいと》見た様に丁度好《い》い具合に、一所《いつしよ》に絡《から》まり合《あ》つてゐる様ですから御仕合《しあは》せです　敬太郎↓須永（停一）

占いの婆さん↓敬太郎（停十八）

・彼奴《あいつ》の脳と来《き》たら、年《ねん》が年中《ねんぢう》摺鉢《すりばち》の中《なか》で、擂木《すりこぎ》に攪《か》き廻《まは》されてる味噌見たやうなもんでね。あんまり活動し過《す》ぎて、何の形《かたち》にもならない　松本↓敬太郎（報九）

・何《なに》も江戸っ子に限《かぎ》りあしない。君《きみ》見《み》た様な田舎《ゐなか》ものだつて云ふだらう　須永↓敬太郎（須二）

・市さんには大人《おとな》しくつて優《やさ》しい、親切な看護婦見た様な女が可《い》いでせう　叔母↓須永（須七）

・看護婦見た様な嫁《よめ》はないかつて探《さが》しても、誰《だれ》も来手《きて》はあるまいな　須永↓叔母（須七）

・左様《さう》すると丸で看護婦見た様ね。好《い》いわ看護婦でも、附《つ》いて来《き》て上《あげ》るわ。何故《なぜ》さう云はなかつたの　千代子↓須永（須三十）

・当り前《まへ》ですわ、三面記事《じ》や小説見たやうな事《こと》が、滅多にあつて堪《たま》るもんですかと答へた。　松本の妻↓松本（松十）

併用の見られる千代子↓須永の場合には、宮地氏の指摘している口喧嘩の場面と平生の会話との違いのように思われる。松本↓敬太郎においても、「みたいだ」は年下の敬太郎についての言及であり、一方の「みたようだ」の場合は松本より年上の田口について述べているものである。他の「みたいだ」の使用されている文章を見ても、文末表現などから、「みたようだ」の場合と比較すると、なかなか判断が下しがたいが、多少くだけているといえるであろう。

5 『行人』における「みたいだ」

『行人』の場合だと、兄→二郎の場合に「みたいだ」が用いられ、逆の二郎→兄の場合には「みたようだ」であることから、「みたいだ」は目上から目下へ、「みたようだ」は目下から目上へといった関係が見えてきそうである。つまり、「みたようだ」の方が丁寧表現ということになる。これは「みたいだ」の出自を考えると当然なことであろう。しかし、「みたようだ」の例に二郎→お重（二郎の妹）、嫂→お重、父→母の関係もあり、一概にそのようにはいえそうにない場合も見受けられる。もしこの使用状況が正しいとすれば、それぞれの話者が状況によって新しい「みたいだ」と古い「みたようだ」を使い分けていることになる。

それぞれの話し手の「みたいだ」と「みたようだ」を使用している相手を示すと表❸のようになる。表中の（　）については後で説明する。

また「みたいだ」あるいは「みたようだ」だけを使用している話し手を示すと、「みたようだ」だけを用いる人はおらず、「みたいだ」だけを使用しているのは次の話し手によるものである。

兄→二郎、兄→お貞（下女）、お兼（妻）→岡田（夫）、母→二郎

一人の話者が「みたいだ」と「みたようだ」を併用していたが、両者をどのように使い分けているのか見てみよう。併用する話者は、お重、父、二郎、嫂の四人である。

お重　「みたいだ」→岡田　「みたようだ」→二郎

・あなたの顔《かほ》は将棋《しやうぎ》の駒見《こまみ》たいよと云《い》はれてからの事《こと》である。（友七）

＊あなたこそ早《はや》く貴方《あなた》の好《す》きな嫂《ねえ》さん見《み》た様《やう》な方《かた》をお貰《もら》ひなすつたら好《い》いぢやありませんか　（帰九）

父　「みたいだ」→盲女*3、岡田　「みたようだ」→母

・私見《わたしみ》たいな老朽《らうきう》とは違《ちが》つてね　（帰十七）

・何《なん》だそんな朱塗《しゆぬ》りの文鎮《ぶんちん》見《み》たいなもの。要《い》らないから早《はや》く其方《そつち》へ持《も》つて行《ゆ》け　（兄九）

＊おい二郎《らう》、又御母《またおかあ》さんに小遣《こづかひ》でも強請《せび》つてるんだらう。お綱《つな》、御前見《おまへみ》たやうに、さう無暗《むやみ》に二郎《らう》の口車《くちぐるま》に乗《の》つちや不可《いけ》ないよ　（帰三十二）

二郎　「みたいだ」→お重、母　「みたようだ」→兄（四例）、お重（二例）

・たゞ「兄《にい》さん見《み》たいに訳《わけ》の解《わか》つた人《ひと》が、家庭間《かていかん》の関係《くわんけい》で、御前抔《おまへなど》に心配《しんぱい》して貰《もら》ふ必要《ひつえう》が出《で》て来《く》るものか、黙《だま》つて見《み》て居《ゐ》らつしやい。御父《おとう》さんも御母《おかあ》さんも付《つ》いてゐらつしやるんだから」と訓戒《くんかい》でも与《あた》へるやうに云《い》つて聞《き》かした。　（帰十）

・お重見《しげみ》たいに好《い》い加減《かげん》な事《こと》を云《い》ひ触《ふ》らすと、僕《ぼく》は何《ど》うでも構《かま》はんにした所《ところ》で、先方《せんぱう》が迷惑《めいわく》するかも知《し》れませんから　（塵労二十七）

＊さう裁判所《さいばんしよ》みたやうに生真面目《きまじめ》に叱《しか》り付《つ》けられちや、折角咽喉迄出掛《せつかくのどまででか》つたものも、辟易《へきえき》して引込《ひつこ》んぢまいますから　（兄四十三）

＊斯《か》う時間《じかん》が経《た》つと、何《なん》だか気《き》の抜《ぬ》けた麦酒《ビール》見《み》た様《やう》で、僕《ぼく》には話《はな》し悪《にく》くなつて仕舞《しま》ひましたよ。　（帰六）

＊さう女《をんな》みたやうに解釈《かいしやく》すれば、何《なん》だつて軽薄《けいはく》に見《み》えるでせうけれども……　（帰二十二）

＊矢《や》つ張《は》り三勝半《かつはん》七見《み》たやうなものでせう　（帰二十二）

表❸ 『行人』における話し手と聞き手

	お重	父	二郎	嫂
みたいだ	岡田	盲女・岡田	お重・母	二郎
みたようだ	（二郎）	（母）	兄・（お重）	（お重）

（ ）内は先に見た嫌みやからかいを含む表現に見られた相手

＊ぢやお前《まへ》も早《はや》く兄《にい》さん見《み》た様《やう》な学者《がくしや》を探《さが》して嫁《よめ》に行《い》つたら好《よ》からう（帰二十七）
＊感心《かんしん》にお前《まへ》見《み》た様《やう》な女《をんな》でも謙遜《けんそん》は少少《せうせう》心得《こゝろえ》てゐるから偉《えら》い（帰九）（帰十一）

嫂　「みたいだ」→二郎　「みたようだ」→お重

・男《をとこ》は嫌になりさへすれば二郎さん見たいに何処へでも飛んで行けるけれども
＊あなたも早《はや》く佐野《さの》さん見《み》た様《やう》な方《かた》の所《ところ》へ入《い》らつしやいよ（帰十）

これらの用例を見ていくと、「みたいだ」は親しい相手に用いている。その中で父が面識にない盲女に対して使用していることに違和感を覚えるが、注＊1に示したように、この場合は一人称代名詞に「みたいだ」が接続しており、慣用的になっていたのであろう。「みたようだ」が用いられている、父→母、二郎→お重、嫂→お重の場合は、からかいや嫌みを含んでいる場面での使用といえよう。そのことによって、故意に丁寧表現である「みたようだ」を用いたとも考えられる。またそのような目で見ていくと、お重→二郎においての「みたようだ」の使用も嫌みと解することができよう。

このように『行人』における話し手と聞き手との関係を見るところでは、相手との関係を重視しているように思われる。つまり丁寧表現を使うべきか否かで、「みたいだ」と「みたようだ」とを使い分けているようである。先に扱った『彼岸過迄』での場面差とは使用態度を異にしている。

6　『明暗』における「みたいだ」

『明暗』においては、『彼岸過迄』や『行人』のように一人の話者が「みたいだ」と「みたようだ」とを併用することはない。会話文においては、「みたいだ」が多用され、一方「みたようだ」の使用は少なく、今までとは様相を異にしており、むしろ奇異な感がする。話し手と聞き手の関係を見ても、「みたいだ」にお延→お延の叔父、お延→お延の叔母、百合子→お延、爺さん→津田、宿の下女→津田のような、『行人』ならば丁寧表現の「みたようだ」が使用されるべき関係があったり、逆に「みたようだ」に津田の叔母→津田、津田の叔父→津田、お延の叔母→お延といった関係が見られ、『行人』に見られたような人間関係では処理できない。『明暗』の場合には他の基準があったと考えるべきである。「みたようだ」の用例を見ると、年輩者の使用となっている。そこで年齢という括りでまとめると、「みたいだ」の話し手と聞き手の関係について挙げたところの最後の三人、お延の叔父、吉川夫人、爺さんが問題となってこよう。

「みたいだ」を使用しているこの三人と、「みたようだ」を使用する津田の叔父、津田の叔母、お延の叔母との違いは何であろうか。お延の叔父は、吉川夫人と同じ倶楽部に所属し、社会的な地位にある人物である。また吉川夫人は、津田の叔母とほぼ同年齢の四十三、四歳であるが、社交慣れしている。爺さんは東京（江戸）生まれらしくベランメー口調の闊達な人物と表現されている。「彼の言葉遣《づか》ひで東京生れの証拠を充分に挙げてゐた。」「ベランメーに接近した彼の口《くち》の利《き》き方《かた》にも意外を呼んだ。」（『明暗』百六十八）それに対して、津田の叔父と叔母は質素に暮らしており、世間慣れしていない人物である。またお延の叔母は、叔父が社交的であるのに対し、家庭を守っている人物であり、また江戸語など汚いことばを嫌う人物として設定されている。

「ふん、左右《さう》でもあるめえ」

わざと江戸っ子を使つた叔父は、さういふ種類の言葉を、一切《さい》家庭に入れてはならないものの如《ごと》くに忌み嫌ふ叔母の方《はう》を見た。（六十一）

このように見てくると、新しい表現である「みたいだ」を用いているお延の叔父と吉川夫人は社交的な人物であり、また爺さんは下町出身の人物である。一方の古い表現である「みたようだ」を使用している三人（津田の叔父・叔母、お延の叔母）は垢抜けない人物である。その違いが、語形の違いに現れているように思われる。

『明暗』においては、「みたいだ」を使用する人物と、「みたようだ」を使用する人物といったように二分されている。そして、一般に若い人物は「みたいだ」を使用し、年輩者でも社交的な人達は進んで新しい表現を用いているように記述されている。

7　三作品における使い分け

『彼岸過迄』、『行人』、『明暗』の三作品における「みたいだ」と「みたようだ」の使い分けについて見てきたが、三作品通して統一的に説明できるような基準は認められない。それぞれの作品によって、その使い分けの基準が異なっていた。各作品における使い分けは次のように図示できよう。

『彼岸過迄』（人間関係と場面による使い分け）
人物Ａ　↓　人物Ｂ「みたようだ」
人物Ｂ「みたいだ」（くだけた状況において）

『行人』（聞き手との人間関係による使い分け）
人物Ａ　↓　人物Ｂ（目上的）「みたようだ」（丁寧表現）
↓　人物Ｃ（目下的）「みたいだ」
↓　人物Ｃ（目下的）「みたようだ」（嫌みやからかい）

『明暗』（話者による使い分け）
人物A（若い人）　↓　人物D「みたいだ」
人物B（年輩だが社交的な人）　↓　人物D「みたいだ」
人物C（年輩で垢抜けない人）　↓　人物D「みたようだ」

このように三作品において基準が異なっているということは、「みたいだ」自体の機能の揺れというよりは、漱石自体に問題があるのではないかと考えられる。そこで、『彼岸過迄』以降の作品で、「みたようだ」しか使用されていない作品での基準についても確認しておきたい。『こゝろ』と『道草』は、『行人』と『明暗』の間に執筆されたものである。『こゝろ』における「みたようだ」三例については、遺書の文章に二例、地の文に一例使用されている。つまり、この作品においては会話文ではないことによって「みたようだ」が使用されているのである。一方、『道草』においては「みたようだ」が二例使用されている。一例は地の文、もう一例は会話文での使用である。会話文における話し手と聞き手の関係を見ると、姉から弟の健三への会話である。この会話文を見ると、

・だけど近頃《ちかごろ》ぢや私達《わたしたち》二人《ふたり》はまあ隠居見《み》たやうなもので、月々《つきぐ》食料を彦《ひこ》さんの方《はう》へ遣《や》つて賄《まか》なつて貰《もら》つてるんだから、少しは楽にならなけりやならない訳《わけ》さ　姉↓健三（六十）

「隠居見たやうな」とあるように、姉は年輩であることがわかる。また社交的ではない。『明暗』の基準と同じものがこの作品にも働いている。

『彼岸過迄』から『行人』そして『明暗』への基準の変化は、「話し手と聞き手の関係プラス場面という要因」から「話し手と聞き手の関係という要因」そして「話し手という要因」へと基準が簡略化していく。これは古い語形から新しい語形への交替における変化の過程を詳細に示しているように思われる。しかし、これが五年という短い

期間に書かれた作品に見られる変化とした場合、そこには「みたいだ」の急激な流行を想定しなければならない。実際にはこのようなことはなかったと思われる。漱石は、「みたいだ」と「みたようだ」を作品毎に、つまり『彼岸過迄』では人間関係＋場面差、次の『行人』においては人間関係、そして『明暗』において使用者による使い分けというように、「みたいだ」と「みたようだ」の使い分けを試行錯誤を重ねながら習得したように思われる。漱石におけるこの変化はまさしくことばの一般的な変化過程に合致しているのである。

8　漱石における「みたいだ」の習熟

漱石作品における「みたいだ」と「みたようだ」の使用状況を眺めてみたが、「みたようだ」しか使用されていなかった『門』までの作品と、「みたいだ」と「みたようだ」とを併用する『彼岸過迄』以降の作品との間に、登場人物について「みたいだ」が使用されるべきか否かのような位相的な異なりがあるとは考えられなかった。「みたいだ」は、先行研究に見られるように、明治二十年代から使用されていた。そうなると、漱石が『彼岸過迄』において「みたいだ」を使用し始めたのは、会話文においてその当時の話しことばを忠実に表そうとした考えによるものと思われる。この姿勢は『彼岸過迄』以前にも見られるところである。たとえば、『それから』（明治四十二年）から例を挙げると、次のような終助詞、助詞の融合、尊敬語などに話しことば的な特徴が表現されている。（用例はすべて、門野から代助への会話）

・もとは行きましたがな。今は廃《や》めちまいました　（一）
・大分お忙《いそ》がしい様ですな。先生た余つ程違《ちが》つてますね　（四）
・全体何時頃《ごろ》までなんです、御帰りになつたのは。夫迄《それまで》何所《どこ》へ行《い》つて居《ゐ》らしつた　（五）

しかし「みたいだ」は『門』までは現れてこなかった。これは、漱石にとって「みたいだ」が使用語ではなかったからであろう。

漱石が『彼岸過迄』において「みたいだ」を使用するようになった理由としては次のようなことが考えられよう。『門』と『彼岸過迄』との間にいわゆる修善寺の大患があり、漱石にとっては一時的な休息を取ることができた期間であった。その間にその当時の小説類を読んでいたことは、『彼岸過迄』において自然主義文学の批判が見られることからも察せられる。宮地氏の調査によると、田山花袋の『蒲団』（明治四十年）や『田舎教師』（明治四十二年）に「みたいだ」の使用が見られる。また小説ばかりでなく、人々の会話を観察する余裕もあったのであろう。

ただし、先に考察した『彼岸過迄』『行人』『明暗』におけるそれぞれの「みたいだ」と「みたようだ」の使い分けからは、最初の段階では漱石は「みたいだ」をうまく使いこなせていなかったと思われる。つまり、漱石にとっては「みたいだ」は理解語でもなかったのである。それまでもしても漱石が「みたいだ」を使用しなければならないほどに、その当時においては「みたいだ」が一般的になってきていたのであろう。そして、時間を経てようやく遺著となった『明暗』において「みたいだ」の使用実態を把握できたように思われる。『道草』において姉から健三への会話文に「みたようだ」を使用していることも、それを裏付ける証拠といえるかもしれない。漱石が『明暗』において「みたいだ」の使い方をマスターしていたか否かについては、『明暗』の次の作品がもし執筆されていたなら確認できたであろう。残念ながらそれは無理なことである。

以上をまとめると、漱石にとって「みたいだ」は作品を書き始めた当初は理解語でもなかった。つまり、「みたいだ」の位相的な使い分けやニュアンスが理解できていなかったのである。会話を忠実に表すために、その当時一般的になってきた「みたいだ」を『彼岸過迄』で使用し始めたが、最初はうまく使いこなせなかった。次の作品の『行人』などを経て、遺著になった『明暗』においてようやく習得できたようである。『彼岸過迄』、『行人』、『明暗』と作品制作順に見ていくと、漱石における「みたいだ」の習熟度が確認できるのである。ただし、漱石の「みたいだ」の使用がその時代において適切であったのかどうかについては、その当時の多くの資料を基に判断しなければならないであろう。

また「みたいだ」自体の問題として、「みたいだ」は漱石の作品ではまだ活用語には接続していない。助動詞化が完成するまでにはもうしばらく時間が必要であった。

第三節　「てしまう」から「ちまう」そして「ちゃう」へ

いゝえ、只婦人会だから傍聴に来たの。本当にハイカラね。どうも驚ろいちまふわ　（『吾輩は猫である』十）

「大変込み入つてるのね。私《わたし》驚ろいちまつた」と嫂《あによめ》が代助に云つた。（『それから』三）

帰《かへ》ると草臥《くたび》れちまつて、御湯《ゆ》に行くのも大儀さうなんですもの。（『門』一）

まさか日《ひ》迄は同《おん》なじぢやないけれども。でもまあ同《おん》なじよ。だつて続《つゞ》いて亡《な》くなつちまつたんですもの　（『こゝろ』三十五）

1　「てしまう」「ちまう」「ちゃう」についての先行研究

国立国語研究所編『方言文法全国地図』（以下ＧＡＪ）の四巻二〇五図は完了態を表す方言形を示したものである。質問文では「その本はもう読んでしまった」の「でしまった」に対応する方言形を求めている。この地図を見ると、東京を中心にチャッタ類[*1]が分布している。チャッタは漱石の作品が舞台としている東京に分布している。「ちゃう」[*2]は文献によると東京では歴史が浅く明治時代になってから使用されるようになった新しい語形である。「ちゃう」のもとであると考えられる「てしまう」は、『日本国語大辞典　第二版』によると西鶴の『好色五人女』（一六八六年）が一番古く、江戸時代になってからの出現である。明治時代においても、まだ「ちゃう」の力は弱く、あくまでも話しことばであり、チャッタ、チャッテの形式でしか使用されていなかった。しかも話しことばでは、「ちまう」の方が一般的であり、この語形はＧＡＪ二〇五図によると、関東周辺部に分布している。

ここでは漱石の作品における「てしまう」「ちまう」「ちゃう」の使用を観察し、漱石がそれらの語形をどのように使い分けていたのかを観察していく。

明治時代以降の実態としてこの三語形を関連させた考察には、吉田金彦氏、田中章夫氏、飛田良文氏、李徳培氏の研究がある。[*3]明治時代・大正時代のこれらの語形については、既に次のことが明確になっており、共通理解の事項と考えられる。

てしまう…江戸時代からの使用　地の文でも会話文でも使用される

ちまう……明治二十年頃からの使用　会話文での使用　明治時代中期には既に活用形が完備している

ちゃう……明治二十年頃からの使用　会話文での使用　活用形が完備したのは大正末の『伸子』（中條百合子著）あたりから　明治時代はチャッテ・チャッタの形式のみ

なお次の二点については、研究者によって意見の異なりが見られる。

1「ちまう」と「ちゃう」の成立関係について

2「ちゃう」の勢力拡大

1について、飛田氏は「てしまう」↓「ちまう」↓「ちゃう」という語形の変化を考えている。吉田氏は、「ちゃう」の語源は意味的に「てしまう」で解決がつくとするが、ただ「ちゃった」などの形には「てあった」からの転化が重複されているとも解釈できるとする。田中氏は、「ちまう」「ちゃう」ともに関東周辺で使用されていたものが明治時代前半における東京への人口集中によって東京のことばにもたらされたものであると考えている。その理由として、次のような点を挙げている。「ちまう」と「ちゃう」が明治二十年代に入って急に使用されるようになったこと。「ちまう」が三遊亭円朝の『真景累ヶ淵』（明治二年初演）において下総の松戸辺のことばを写した箇所に見られること。「ちゃう」も茨城県結城地方を舞台とした長塚節の『土』（明治四十三年）で多用されていること。また最近の新語形が周辺部からの東京へ流入したものであることも参考にしている。新語形の流入については、井上史雄氏が『日本語ウォッチング』（一九九八年　岩波新書）において述べている。井上氏は、「ちまう」は「てしまう」から、「ちゃう」は「ちまう」からの変化であるとする。これらは省エネ発音であり、更に現在チャッタからチッタという新しい動きがあることを示している。そして、「ちまう」も「ちゃう」も「ちった」も東京での変化ではなく関東地方から東京へ流入してきたと考えている。

2の「ちゃう」の勢力拡大については、田中氏は山の手から下町へ広がったとするのに対し、飛田氏は『読売新聞』（明治三十八年三月十六日号）の記事[*4]をもとに、また李氏は明治二十年代三十年代の文学作品の用例をもとに下町から広がったものと見ている。

筆者には、この二点について解答を出すだけの用意は今のところない。ただ、「てしまう」から「ちまう」の変化は容易に生じること、使用され始めた当初から活用形が完備していること、また最初の頃の用例が坪内逍遙や二葉亭四迷の作品であることからすれば、「ちまう」については周辺の地域からの方言流入を考えなくてもよいのではないかと思う。一方、「ちゃう」に関しては二通りの考え方ができ、判断が付けがたい。「ちまう」と同時期に使用されているのに、チャッタ、チャッテという形式だけしかまだ見られないことからすると、周辺部からの方言の流入とも考えられる。GAJ二〇五図において茨城県では「読む」の場合でも連濁せずに、ヨンチャッタとあり、チャッタの力を感じる。また逆に、明治時代においてチャッタ、チャッテという音便形だけの使用という点から、「ちまう」の簡略化とも考えられる。多用される形式に簡略形が生じることは一般的であり、たとえば「〜いらっしゃる」の音便形が漱石の作品ではイラシッテ、イラシッタという形式で使用されている。そのような点からすると、チャッタは東京でのチマッタの崩れた形であり、多用されたことによって他の活用形を徐々に確立していったとも考えられる。ちなみに現在では「〜いらっしゃる」のイラシッテ、イラシッタはあまり使用されず、イラシテ、イラシタという形式になっている。それもイラッシャッテ、イラッシャッタと併用されて、かつ敬意の低い形式と認識されている。その原因としては、音便形以外の他の活用形を持つことができなかったことが挙げられよう。現在広がっているチッタも省略され過ぎていて他の活用形を持つことができない。将来は使用されなくなっていくと考えられる。「てしまう」から「ちまう」、「ちまう」から「ちゃう」の変化を東京での変化と考えたとしても、このことは「ちまう」や「ちゃう」が東京以外の周辺部で使用されていたことを否定するものではない。ここで問題になっているのは、周辺部から流入したものが東京で勢力拡大したと見るのか、あるいは東京でこのような変化が生じたと見るのかということである。

これまで見てきたように、多くの研究者の関心は特に「ちゃう」の使用時期に集まっている。この三語形が明治時代にどのように併用されていたのかについてはあまり注意が払われていない。ただし、李氏はこの点についても詳細に分析しており、次のようにまとめている。

「ちまう」は話し手が自分の意志を強く表現しようとする状況において使用された傾向がある。一方、「ちゃう」は過去の極限状況を回想する時や、酒に酔った時、あきれたり驚いたりした時のように、話し手が自分の感情を積極的に表出しようとする状況で使用される傾向があることが確認された。「ちまう」と「ちゃう」は「てしまう」に比べ、話者の心理的態度を積極的に表現する意味機能を担っていたことがうかがえる。

李氏は多くの作品を基にこのような結論を導いたが、ここではまず漱石の作品の用例を詳細に分析して、これら三語形の関係について明らかにしてみようと思う。

2　漱石作品における「ちゃう」

漱石の作品には「ちゃう」の使用は少ない。「ちゃう」は『彼岸過迄』に一例、『道草』に二例、『明暗』に二例の五例しか見られない。これは漱石の扱う人物達が「ちゃう」を使用するような階層ではないことによるものであろうか。ただし、漱石の唯一の自伝的小説『道草』には漱石や漱石の妻をモデルにした主人公健三と妻の会話において、それぞれ「ちゃう」の使用が認められる。特に気にかかるのは漱石の「ちゃう」の使用が『彼岸過迄』以降となってからの出現である。前節（第二節）「「みたようだ」から「みたいだ」へ」で述べたが、「みたいだ」も『彼岸過迄』以降においても、漱石は「みたいだ」の使用状況がわからず徐々に習得していったように見える。また『彼岸過迄』以前の作品にも当然使用していてもおかしくない登場人物がいる。このことは明治のことばの動きと漱石の生涯との関係によるものと思われる。「ちゃう」については、後の「4漱石作品における「ちゃう」の使用状況」で詳しく扱う。

3　『行人』における「てしまう」「ちまう」

『行人』は『彼岸過迄』の次に執筆された作品である。『行人』の後は『こゝろ』『道草』『明暗』と続く。『行人』には「ちゃう」は見られないが、「ちまう」の用法を考えるのに興味深い例があるので、この作品における「てしまう」「ちまう」の使用を観察してみたい。「ちまう」は、会話文でしか使用されていないので、「てしまう」も会話文での使用だけを対象とする。会話文を扱う際には、主に次の二点、Ⅰ話し手と聞き手との人間関係、Ⅱ動作の主体に注意する必要がある。その他に、Ⅲその場の状況が関係している場合が考えられる。

『行人』における発話者は十名である。それぞれの話し手が誰を聞き手としてどちらの語形を使用しているかを示すと次のようになる。

A　お重（妹）　→二郎（お重の兄）「ちまう」……三例
B　目の悪い人（恋人の家の女中）→恋人「てしまう」…一例
C　二郎　→（父以外の）家族「ちまう」……一例
　→岡田（もと二郎の家の食客　年長）「てしまう」…一例
　→兄「てしまう」…一例
　→母「てしまう」…一例
D　兄　→お貞（兄・二郎の家の女中）「ちまう」……一例
　→二郎（弟）「てしまう」…三例
　→H氏（兄の友人）「てしまう」…二例
E　H氏　→二郎（友人の弟）「ちまう」……一例
　→兄「てしまう」…一例
F　母　→二郎（息子）「ちまう」……二例
　→岡田（遠縁　もと家の食客）「てしまう」…一例
G　岡田　→二郎「ちまう」　一例「てしまう」…一例
H　父　→その場にいる人達「ちまう」　二例「てしまう」…一例

Ｉ　三沢（二郎の友人）→　二郎　「ちまう」一例　「てしまう」…一例
Ｊ　嫂　→　二郎　「ちまう」五例　「てしまう」…一例

AとBは話し手の「ちまう」あるいは「てしまう」の使用が一人の聞き手にしか見られないものである。その場合、複数回の使用があっても決まった語形しか用いていない。CからFまでは聞き手によって語形が異なっている。すなわちAからFまでは会話の注意点Iの話し手と聞き手との関係によるものと思われる。ただしIIやIIIも関与しているかもしれない。GからJまでは同一の聞き手に対して使い分けているのであるから、IIの動作の主体やIIIのその場の状況によるものと考えられる。そこで、それぞれの用例について詳細に見てみよう。番号を□で囲ってあるのは「ちまう」の用例である。（なお、「帰つてから」は帰、「友達」は友、「兄」は兄、「塵労」は塵と省略した）

1　聞き手による使い分け

A[1]　まだつて最《も》う忘《わす》れちまつたわ。——綺麗《きれい》ね此花《このはな》は何《なん》といふんでせう　（帰三）
　　主体　話し手自身

[2]　さうぢや無《な》いのよ。あんまり手数《てすう》が掛《か》るんで、御父《おとう》さんも根気《こんき》が尽きちまつたのよ。（帰四）
　　主体　父親の根気（抽象的なもの）

[3]　だつて妾《わたし》鼓《つゞみ》なんか打《う》つのはもう厭《いや》になつちまつたんですもの、馬鹿《ばか》らしくつて。（帰十一）
　　主体　話し手自身

B①　貴方《あなた》が学校《がくかう》を卒業《そつげふ》なさると、二十五六に御成《おな》んなさる。すると私《わたくし》も同《おな》じ位《ぐらゐ》に老《ふ》けて仕舞《しま》ふ。夫《それ》でも御承知《ごしようち》ですかつてね　（帰十四）
　　主体　話し手自身

C 1 何《ど》うもあんな朝貌《あさがほ》を賞《ほ》めなけりやならないなんて、実際恐《じつさいおそ》れ入《い》るね。親父《おやぢ》の酔興《すゐきよう》にも困《こま》つちまふ　（帰四）

聞き手　父以外の家族　　主体　話し手自身

② 是《これ》で好《い》いでせうかね。是《これ》さへ出《だ》して仕舞《しま》へば、宅《うち》の方《はう》は極《きま》るんです。　（友十）

聞き手　岡田　　主体　話し手自身

③ 斯《か》う時間《じかん》が経《た》つと、何《なん》だか気《き》の抜《ぬ》けた麦酒《ビール》見《み》た様《やう》に、僕《ぼく》には話《はな》し悪《にく》くなつて仕舞《しま》ひましたよ。　（帰六）

聞き手　兄　　主体　話し手自身

④ 御母《おかあ》さんお重《しげ》も早《はや》く片付《かたづけ》て仕舞《しま》はないと不可《いけ》ませんね　（帰十）

聞き手　母　主体　母（聞き手）

D 1 二郎《ろう》の様《やう》な向《むか》ふ見《み》ずに云《い》つて聞《き》かせる事を、ついお貞《さだ》さん見《み》たいな優《やさ》しい娘《むすめ》さんに云つちまつたんだ。全《まつた》くの間違《まちがひ》だ。勘弁《かんべん》して呉《く》れ玉《たま》へ。　（帰六）

聞き手　お貞　　主体　話し手自身

② 所《ところ》でさ、もし其女《そのをんな》が果《はた》して左右《さう》いふ種類《しゆるゐ》の精神病《せいしんびやう》患者《くわんじや》だとすると、凡《すべ》て世間並《せけんなみ》の責任《せきにん》は其女《そのをんな》の頭《あたま》の中《なか》から消《き》えて無《な》くなつて仕舞《しま》ふに違《ちがひ》なからう。　（兄十二）

聞き手　二郎　　主体　責任（抽象的なもの）

③ 所《ところ》があんなに子供《こども》らしい事《こと》をつい口《くち》にして仕舞《しま》つた。　（兄十九）

聞き手　二郎　　主体　話し手自身

④ 然《しか》し講義《かうぎ》を作《つく》つたり書物《しよもつ》を読《よ》んだりする必要《ひつえう》があるために肝心《かんじん》の人間《にんげん》らしい心持《こゝろもち》を人間《にんげん》らしく満足《まんぞく》させる事《こと》が出来《でき》なくなつてしまつたのだ。　（帰五）

聞き手　二郎　　主体　話し手自身

⑤　然《しか》し僕《ぼく》の世界観《せかいくわん》が明《あき》かになればなる程《ほど》、絶対《ぜつたい》は僕《ぼく》と離《はな》れて仕舞《しま》ふ。（塵四十五）

聞き手　H氏　**主体**　絶対（抽象的なもの）

⑥　今《いま》のお貞《さだ》さんはもう夫《をつと》にスポイルされて仕舞《しま》つてゐる（塵五十一）

聞き手　H氏　**主体**　お貞（第三者）

E [1]　だから君《きみ》も好《い》い加減《かげん》に貰《もら》つちまつたら好《い》いぢやありませんか。（塵二十三）

聞き手　二郎　**主体**　二郎（聞き手）

②　万事其方《ばんじそつち》へ委任《ゐにん》して仕舞《しま》ふのさ。（塵四十一）

聞き手　兄　**主体**　兄（聞き手）

F [1]　本当《ほんたう》に困《こま》つちまうよ妾《わたし》だつて。（塵十二）

聞き手　二郎（息子）　**主体**　話し手自身

[2]　先刻何《さつきなん》だか拗《す》ねて泣《な》いてたら、夫限寝《それつきりね》ちまつたんだよ。（塵二十六）

聞き手　二郎　**主体**　芳江（孫＝第三者）

③　岡田《をかだ》さんは五六年《ねん》のうちに悉皆上方風《すつかりかみがたふう》になつて仕舞《しま》つたんですね（兄四）

聞き手　岡田（遠縁の子で元食客）　**主体**　岡田（聞き手）

AからFまで眺めると、年長者には「てしまう」、同等あるいは下の者には「ちまう」の使用という傾向が窺える。ただし、Aの場合は妹が兄である二郎に対して「ちまう」を用いている。お重は既に婚期に達しているからことばの使い分けを知らない世代ではない。このことからすると、兄である二郎に対して特に敬意を払う必要を感じていないのであろう。なお、お重は次のように表現されている。

　お重《しげ》といふ女《をんな》は議論《ぎろん》でも遣《や》り出《だ》すと丸《まる》で自分《じぶん》を同輩《どうはい》の様《やう》に見《み》る、癖《くせ》だか、親《した》しみだか、猛烈《まうれつ》な気性《きしやう》だか、稚《ち》

気《き》だかゞあつた。（帰八）

逆に、D②③④は兄から弟の二郎への会話であるから「ちまう」が使用されてもよい上下関係である。ただし、東京に帰ってからの兄は二郎に対し距離を置いている。二郎に対して「てしまう」が使用されている状況を見ると、D③の文の後に、「まことに面目ない。何うぞ兄を軽蔑して呉れるな」とあり、謝罪している場面での使用であることがわかる。またD④も兄が二郎に対して自分の不甲斐なさを告白している場面である。兄が二郎に対して「てしまう」を使用しているのは、その場面との関わりが大きいようである。上下関係ばかりでなく、両者の親愛関係や状況も重要な要素となっているようである。このように会話文では「ちまう」も「てしまう」もそれぞれの使用される状況が限定されている。

なおC1⃞は、作品ではその前後に、「父の聞こえない所で」、「〜など、悪口を云つた」とあるように、そこにいた家族に対しておどけた口調で言ったものである。D1⃞は兄から家の女中であるお貞への会話である。謝罪の場面であるが、「ちまう」を使用している。C③では「みたいだ」の古い形である「みたようだ」が「てしまう」と共起しているが、このD1⃞では「みたいだ」が「ちまう」と共起している。ここでは兄がお貞に対し新しい口語的な表現を用いて親愛の情を表しているといえよう。

2 状況などによる使い分け

G1⃞ どうも上方流《かみがたりう》で余計《よけい》な所《ところ》に高塀《たかべい》なんか築《きづ》き上《あげ》て、陰気《いんき》で困《こま》つちまいます。（友一）

主体 話し手自身

② 第《だい》一貴方《あなた》はあの一件《けん》からして片付《かたづ》けて仕舞《しま》はなくつちやならない義務《ぎむ》があるでせう（友四）

主体 二郎（聞き手）

H1⃞ 其筋道《そのすぢみち》も聞《き》くには聞《き》いたが、くだ〳〵しくつて忘《わす》れちまつたよ。（帰十五）

主体　話し手自身

[2] 夫《それ》を色々《いろ〳〵》に光沢《つや》を付けたり、出鱈目《でたらめ》を拵《こしら》へたりして、とう〳〵女《をんな》を納得《なつとく》させちまつたんですが、随分骨《ずゐぶんほね》が折《を》れましたよ　（帰十九）

主体　話し手自身

③ なに女《をんな》は平気《へいき》なんだが、其奴《そいつ》が自分《じぶん》で恐縮《きようしゆく》して仕舞《しま》つたのさ。　（帰十四）

主体　其奴（第三者）

I [1] 僕丈君《ぼくだけきみ》の結婚問題《けつこんもんだい》を真面目《まじめ》に考《かんが》へるのは馬鹿《ばか》々々しい訳《わけ》だ。断《ことわ》つちまはう　（塵労二十四）

主体　話し手自身

② ことによると烈《はげ》しい神経衰弱《しんけいすゐじやく》なのかも知《し》れないからつて云《い》つたが、僕もとう〳〵それなり忘《わす》れて仕舞《しま》つて、今君《いまきみ》の顔《かほ》を見《み》る迄《まで》は実《じつ》は思《おも》ひ出《だ》せなかつたのだ　（帰三十）

主体　話し手自身

J [1] 妾《わたし》そんな事《こと》をみんな忘《わす》れちまつたわ。　（兄三十一）

主体　話し手自身

[2] 貴方急《あなたきふ》に黙《だま》つちまつたのね　（兄三十一）

主体　二郎（聞き手）

[3] 妾《あたし》や本当《ほんたう》に腑《ふ》抜けなのよ。ことに近頃《ちかごろ》は魂《たましゐ》の抜殻《ぬけがら》になつちまつたんだから　（兄三十一）

主体　話し手自身

[4] 到底《とて》も駄目《だめ》よ今夜《こんや》は。いくら掛《かけ》たつて、風《かぜ》で電話線《でんわせん》を吹《ふ》き切《き》つちまつたんだから。　（兄三十四）

主体　風

[5] 二郎《らう》さんは少時会《しばらくあ》はないうちに、急《きふ》に改《あらた》まつちまつたのね。（塵二）

主体　二郎（聞き手）

⑥ い、え、愛想《あいそ》を尽《つ》かして仕舞《しま》つたから、それで旅行《りよかう》に出掛《でかけ》たといふのよ。（塵二十五）

主体　兄（第三者）

Gから J までの用例によると、「ちまう」は話し手自身の行為の場合に使いやすいことがわかる。これは前節（第二節）で扱った「みたいだ」においても「私」「僕」「あたし」「此方徒等《こちとら》」のような話し手自身を表す語に接続しやすいのと同じである。ただし、話し手自身の行為について「ちまう」を使って話す相手でも、I②のように改まった場面では使いづらいようである。Jの嫂から二郎への会話においては、兄が動作の主体の場合以外は「ちまう」が使用されており、嫂は二郎に対して気を遣わない親しい関係であることがわかる。このJの嫂の場合では、「ちまう」は聞き手の行為や風という自然現象にも使用されている。

3 動作の主体―話し手の場合

Aから J までの「ちまう」と「てしまう」の使用をまとめると、次のようになる。

動作の主体	「ちまう」	「てしまう」
話し手自身	A[1]・[3]、C[1]、D[1]、F[1]、G[1]、H[1]・[2]、I[1]、J[1]	B①、C②・③、D③・④、I②
聞き手	E[1]、J[2]・[5]	C④、E②、F③、G②
第三者や抽象的なもの	A[2]、F[2]、J[4]	D②・⑤・⑥、H③、J⑥

話し手が自分の行為に対して「てしまう」を使うか「ちまう」を使うかは、これまで見てきたように聞き手との関係が大きい。お重（妹）・岡田・母・三沢・嫂は二郎に、父は友人に「ちまう」を使用する。兄は二郎や友人の

H氏に対しては「てしまう」を使用するのに女中のお貞には「ちまう」を使用している。兄がH氏に使用するのは同僚であり互いに尊敬し合う関係である点からいえば当然であろう。しかし兄から二郎への使用は奇妙に感じられが、謝罪や自分の不甲斐なさを告白している場面での使用である。このような状況であることによって「てしまう」が使用されているのである。先に述べたように、「ちまう」を使用できる相手に対しても改まった場面では「てしまう」が用いられる。

4　動作の主体―聞き手の場合

自分自身の行為に「ちまう」を用いる話し手であっても、聞き手の行為に対しては「てしまう」を用いるのが一般的である。話し手が自分の行為に対して「ちまう」を使用するのは問題がないが、聞き手の行為に対して「ちまう」を使用することはつまり相手を下げることになろう。まず先に動作の主体が聞き手であって「てしまう」が使用されている場合を見ると、二郎が母親に（C④）、H氏が兄に（E②）、母が岡田に（F③）、岡田が二郎に（G②）対して用いている。このうち、二郎→母、H氏→兄の場合は、話し手自身の行為についての発話であっても、上下関係やまた親愛関係において「ちまう」が使用しづらい聞き手といえよう。母→岡田の場合は、本章（第七章）第一節（「文末詞から見た女性ことばの確立」）で見たように、からかいの表現であり、そのことによって丁寧表現である「てしまう」を用いているのである。岡田→二郎においては話し手自身の行為の場合には「ちまう」を用いていた（G①）。相手の行為にまでは使用できない関係なのか、あるいはお貞のお見合い相手に会うという重要なことが関係しているのでその場の状況によるものかとも思われる。

一方の「ちまう」が使用されている場合を見ると、E①には「器量も悪かないつて話ぢないか。君には気にいらんかね。」という文が続いており、非難めいた口調になっている。年長のH氏から二郎への会話であるので「ちまう」を使いやすい人間関係である。しかしJ②⑤は嫂から二郎への会話である。嫂だからといって二郎を下に見ているわけではない。ここでは、終助詞的な「の」と間投助詞の「ね」とを重ねている。「の」は本章第一節で扱ったように上で述べたことをまとめる働きがあり、それを「ね」によって相手に投げかけているのである。松木正恵氏の「「の」と終助詞の複合形をめぐって」(『日本語学』十二巻十一号　一九九三年）によると、「のね」はある現実を既定のものとしてとらえたうえで相手に持ちかけ同意を求めるという意味があるという。そして、この場合は相手を非難しているのである。そしてこの場面は『行人』という文学作品においては大変興味深い場面といえよう。同じような表現が『こゝろ』にも見られる。先生の奥さんから主人公の私への会話にある。

あなた大変黙《だま》り込《こ》んぢまつたのね　（十七）

紅茶を入れる砂糖の数を奥さんが私に尋ねたにもかかわらず、私が黙ってお茶を飲み、さらに飲み終えても黙っていたことに対するものである。砂糖の数を尋ねた時の奥さんは次のように描写されている。

奥さんの態度は私に媚《こ》びるといふ程ではなかつたけれども、先刻《さっき》の強い言葉《ことば》を力《つと》めて打《う》ち消《け》さうとする愛嬌に充《み》ちてゐた。

このような態度に対し、私が黙っていたことに対する非難と考えられる。聞き手の行為に対して用いられる「ちまう」は、相手を下げるよりも、親しさを表す役割を担っており、非難といっても親しい間柄における軽い非難といえよう。

聞き手の行為に対する「ちまう」の用例はあまり多くないが、『明暗』においては吉川夫人から主人公津田への会話に見られる。

貴方《あなた》も随分《ずいぶん》焦慮《じれ》つたい方《かた》ね。云へる事《こと》は男らしくさつさと云つちまつたら可《い》いでせう。　（百三十五）

それだから考へるのはもう已《や》めちまつたの　（百三十九）

だから畢竟清子さんに逃《に》げられちまつたんです　（百四十一）

吉川夫人は、主人公である津田の上司の夫人であり、津田の以前の恋人である清子を引き合わせている人物である。吉川夫人の津田に対する振る舞いは、

細君の言葉には遠慮も何《なに》もなかつた。彼女は自分の前《まへ》に年齢下《としした》の男を見る丈であつた。さうして其年齢下《としした》の男はかねて眼下《めした》の男であつた。（十）

と表現されており、『行人』や『こゝろ』の場合よりは見下げた部分もあるが、この会話のあたりでは次のように表現されており、彼女の発言は親切や好意によるものと判断される。

他《ひと》の世話を焼《や》く時にする自分の行動は、すべて親切と好意の発現で、其外《ほか》に何の私《わたくし》もないものと、天《てん》から極《き》めて掛《か》る彼女に、不安の来《く》る筈はなかつた。（百三十七）

「てしまう」も聞き手の行為に用いられているが、「ちまう」とは少し様相が異なっている。使われている状況からいえば、C④では二郎が母に、E②ではH氏が兄に、G②では岡田が二郎にそれぞれある事を勧めている。また、F③では母が岡田の変化ぶりに驚いている。このF③では文末が「んですね」とあり、「ちまう」が使用されていた「のね」よりも丁寧な表現になっている。この場合は前節（第二節）で見たように、からかっている場面であり、非難と見ることはできないであろう。また、「ちまう」が使用できる環境にある『道草』の健三から妻への会話においては、次のような命令表現が使用されており、そこには「てしまう」が用いられている。

斯《か》う始終湯婆《ゆたんぽ》ばかり入《い》れてゐちや子《こ》供の健康に悪《わる》い。出《だ》してしまへ。（八十三）

反故《ほご》だよ。何《なん》にもならないもんだ。破《やぶ》いて紙屑籠《かみくずかご》へ入《い》れてしまへ（百二）

命令形は相手の行為に対して使用されるため、この時代の用法では「ちまう」に命令形が必要ではなかったのかもしれない。またあったとしても「ちまえ」では意味が強すぎたのであろう。聞き手の行為に対する「ちまう」の使用は、漱石の作品では、聞き手とは親しい関係にあり、その聞き手の行為を軽く非難する場合に限られているよ

うである。

5　動作の主体―第三者・抽象的なもの

「ちまう」はその場にいない人物などにも使用されている。A[2]では父親の根気、F[2]では孫の芳江、J[4]では風が動作の主体となっている。いずれもその聞き手には自分の行為に対して「ちまう」が使用できる親しい関係における会話中に見られるものである。「てしまう」が使用されているD②は兄から二郎、D⑤・⑥は兄からH氏への会話であるから聞き手との関係によるものと思われる。しかしH③は父から友人達への、またJ⑥は嫂から二郎への会話であり、いずれも話し手自身の行為に関しては「ちまう」が使える間柄である。H③では父が話題にしている其奴と聞き手の友人達とは面識がない。またJ⑥では嫂は自分の夫に対しては心を開いていない。そのようなことから、話し手と聞き手の関係だけではなく、話し手と第三者との関係、また聞き手と第三者との関係が関与していると考えられる。そこで「ちまう」が使用されている例を見ると、F[2]では母からすれば孫、二郎からいえば姪の芳江の行為である。またJ[4]は自然現象の風であり、その風は彼らの状況を悪くしており、風への非難ともいえる。A[2]で父親（の根気）に対して「ちまう」が使用されているが、聞き手をも含めた関係において、話題の人物である父親は親しみのある人物であり、その父親に対して軽く非難をしているのである。

以上見てきたように、「ちまう」が使用できる環境は話し手と聞き手との関係が重要である。両者は親しい関係であり、かつ相手が下の場合あるいは同等の場合である。そのような環境では話し手自身の行為には「ちまう」が使用される。ただし少し改まった場合には「てしまう」の使用となる。また話し相手を多少非難する場合には相手の行為にも「ちまう」を使用できる。第三者（抽象的なものを含む）が話題になっている場合は、その第三者と話し手との関係に加えて、聞き手と第三者の関係を話し手が判断して、「ちまう」を使用してもよいと考えられる場合にはその第三者の行為にも用いることができる。

なお「ちまう」が東京語かどうかという観点で漱石の作品を見ていくと、『坊っちやん』では会話文においては坊っちゃんから山嵐や下宿の婆さんへの会話において自分の行為に対して用いている。またこの作品は一人称小説であるので、地の文でも使用されている。『三四郎』では与次郎から三四郎への会話において話し手自身の行為に用いられている。このような例を見ると、漱石は「ちまう」を東京語として扱っているのである。なお『吾輩は猫である』では、次女のすん子が姉のとん子に対して「わたし一人で車へ乗つてさつさと行つちまふわ」（十）とあり、幼稚園児の会話においても「ちまう」が使用されている。

4　漱石作品における「ちゃう」の使用状況

「ちゃう」は大正時代末期になるまでその活用形は完備されていなかった。明治時代、大正時代の中期頃までは、チャッテ、チャッタという音便形での形式でしかなくその使用範囲も限定されていた。その形式からいえばその動作が実現している必要がある。漱石の作品には次の五例が見られる。

何でも屋《や》に碌なものなしで、とうとう斯《こ》んなもんになつちやつた　（『彼岸過迄』「風呂の後」六）
　森本→敬太郎　　主体　話し手自身

あれはもう遣《や》つちやつたんだ。紙入は疾《と》うから空《から》つぽうになつてるんだよ　（『道草』五十三）
　健三→細君　　主体　話し手自身

え丶安心よ。すつかり片付《かたづ》いちやつたんですもの　（『道草』百二）
　細君→健三　　主体　話し手や聞き手に関すること

今日《けふ》学校で斯《こ》んなに勝《か》つちやつた　（『明暗』二十三）

真事（小学生）↓津田　　主体　話し手自身

や、不可《いけな》え、行き過ぎちやつた　　　　（『明暗』百七十）

爺さんの独り言あるいはその場にいる人への会話　　主体　自分達が押している車

いずれも親しい間柄での会話や独り言のような場面である。この中で森本と爺さんは下町育ちである。森本は日本各地を放浪した過去を持つが、彼の会話には次のような下町ことばの「な」が出現している。

何《ど》うも斯んな時に身体《からだ》なんか洗《あら》ふな臆劫でね。つい盆槍《ぼんやり》浸《つか》つて盆槍《ぼんやり》出《で》ちまいますよ。（中略）お負《まけ》に楊枝迄使つて。あの綿密な事《こと》には僕も殆んど感心しちまつた　　（『彼岸過迄』「風呂の後」二）

森本↓敬太郎　　主体　話し手自身

また爺さんは、「ない」をネーと発音しているし、前節（第二節）でも見たように漱石が「彼の言葉遣《づか》ひで東京生れの証拠を充分に挙げてゐた。」「ベランメーに接近した彼の口《くち》の利《き》き方《かた》にも意外を呼んだ。」（『明暗』百六十八）と表現している。

森本は敬太郎に対して「ちまう」も使用している。爺さんも「又後《おく》れちまつたよ、大将、お蔭《かげ》で」（『明暗』百七十↓津田）と、「ちまう」を使用している。両者ともに「ちまう」も「ちやう」も使用できる人物である。真事は小学生であり、その年代にとっては当たり前のことばだったと考えられる。このように漱石作品において「ちやう」は、下町の人間あるいは年少者のことばに使用されていることから、下町ことばからの広がりのように思われる。下町ことばとした場合に問題になってくるのが『道草』の例である。健三（三十六歳）と妻との会話において両者ともに一例ずつ見られる。彼らは「ちまう」も「てしまう」も使用している。このことは「ちやう」が山の手にまで広がってきたともいえよう。ただし、『道草』の時代設定を漱石がロンドンから帰国したばかりの明治三十年代後半と考えると別の見方もできよう。また健三を漱石と考えると、第二章第四節「山の手ことばと下町ことば」で見たように、漱石は下町にも山の手にも住んでおり、下町のことばにも山の手のことばにも通じていたと思われる。『道草』の用例をもとに山の手における使用の証拠として挙げるには問題があるかもしれない。

最近のことばの動きを見てもわかるように、新しく広まったことばは言語形成期とは関係なく幅広い年代で受容されていく。したがって、年齢からそのことばが使用され始めた時期を推定することは困難な場合がある。

「ちゃう」の使用状況を見ると、森本や爺さん、真事の会話では「ちゃう」は「チャッタ。」と言い切っており、確認したことを断定している。『道草』においては、「のだ（んだ）」、「のですもの（んですもの）」が後続しており、話し手の主張を表している。漱石作品において「ちゃう」は、既に完了したことについて自分自身（自分達自身）を納得させるために相手に対して主張している場合に用いられているように思われる。

5　まとめ（「ちまう」と「ちゃう」）

漱石作品における「てしまう」「ちまう」「ちゃう」の用例をもとに、それぞれの語形の使用されている状況を眺めてきた。「ちまう」と「てしまう」は話し手との関係によってそれぞれの使用が限定されている。つまり「てしまう」と「ちまう」とはスタイルの違いになる。

「ちまう」に関していえば、使用できるのは話し手と聞き手とが親しい間柄であり、かつ話し手の方が上の場合やほぼ同等の関係の場合である。その相手に対しては次のような場合に使用できるのである。

・自分の行為に対して。（ただし話題やその場の状況によっては「てしまう」の使用となる）
・話し相手の行為に対しては相手を軽く非難する場合。
・第三者についてては、その話題になっている人物（もの）と、話し手・聞き手との関係が親しい場合。

「ちゃう」はまだチャッテ、チャッタという音便形での使用であり、その使用範囲が非常に限定されている。漱石の作品では、下町育ちあるいは若年層による会話に現れ、気を遣わない相手に対してそのような状態であることの確認をストレートに表現する場合に用いられている。また『道草』の健三や細君の会話にも見られ、山の手に広がってきているようにも窺える。しかし、第二章第四節「山の手ことばと下町ことば」で述べたように、山の手か下町とかいう範疇ではなく、中流階層にまで広がってきたというべきかもしれない。この『道草』の場合、自分あるいは自分達を納得させるためにある事態の完了を話し相手に対して主張している場合での使用となっている。

ここで述べたことは漱石の作品における分析によるものである。特に「ちゃう」の習得時期の違いによって、「ちゃう」の用法の違いばかりでなく、「ちまう」の用法の違いも当然生じてこよう。大正時代には「ちゃう」は活用形を完備していく。それに伴い「ちまう」の用法も徐々に変化している筈である。このようなことばの過渡期においては、同じ明治時代人においても個人によって用法が多少異なっていたと考えられる。

補足 「みたいだ」と「ちまう」、「みたようだ」と「てしまう」

前節（第二節）で扱った『行人』における「みたいだ」と「みたようだ」との関係は、本節の「ちまう」と「てしまう」の関係と対応する。「みたいだ」と「ちまう」は、それぞれ「みたようだ」と「てしまう」に対しての崩れた形であり、話しことば専用の表現である。また話しことばにおいても、一般的に話し手が聞き手よりも上か同等の場合に使用される表現といえよう。

つまり、「みたいだ」を使用できる相手には「ちまう」も使用できることになる。これを一つの基本パターンとすれば、もう一つの基本パターンは「みたようだ」を使用する相手には「てしまう」を使用することになる。『行人』においてそれぞれのパターンに属する話し手と聞き手との関係を示すと次のようになる。

「みたいだ」「ちまう」　母→二郎　嫂→二郎　兄→お貞

「みたようだ」「てしまう」　二郎→兄

しかし用例を見ていくと、このパターンに当てはまらない場合も出て来る。

㋐「みたいだ」「てしまう」　兄→二郎　二郎→母

㋑「みたようだ」「ちまう」　お重→二郎　二郎→兄

㋐に属する兄→二郎においては、「てしまう」の主体が話し手自身であるから「ちまう」が使用できそうであるが、先に見たように謝罪や告白の場面であることによって「てしまう」の使用となっている。また二郎→母においては、「お重《しげ》見たいに好《い》い加減《かげん》な事《こと》を云《い》ひ触《ふ》らすと」（「塵労」二十七）とあり、二郎と母との関係ばかりでなく、「みたい」が「お重」に接続していることや、お重への非難も関係しているかもしれない。また「てしまう」の場合、動作の主体が聞き手であることや、「自分《じぶん》は母《はゝ》に忠告《ちうこく》がましい差出口《さしでぐち》を利《き》いた事《こと》さへあつた」（「帰つてから」十）と記述されているように気楽な会話ではないことによって、「てしまう」が使用されていると考えられる。

㋑の場合、お重が二郎に対して、

・あなたこそ早《はや》く貴方《あなた》の好《す》きな嫂《ねえ》さん見《み》た様《やう》な方《かた》をお貰《もら》ひなすつたら好《い》いぢやありませんか　（「帰つてから」九）

のように「みたようだ」を使用したのは、兄である二郎への嫌みである。この発言に対し、

自分《じぶん》は平手《ひらて》でお重《しげ》の頭《あたま》を一つ張《は》り付《つ》けて遣《や》りたかつた。けれども家中騒《うちぢうさわ》ぎ廻《まは》られるのが怖《こは》いんで、容易《ようい》に手《て》は出《だ》せなかつた。

「ぢやお前《まへ》も早《はや》く兄《にい》さん見《み》た様《やう》な学者《がくしや》を探《さが》して嫁《よめ》に行《い》つたら好《よ》からう」

と、二郎もお重に対し「みたようだ」を使用して、嫌みを返している。

お重も二郎もともに本来なら使用しない「みたようだ」を用いて、互いに嫌みの言い合いをしていることになる。また二郎から兄への会話には「みたようだ」「ちまう」の使用も見られる。他の箇所では「みたようだ」「てしまう」という基本的なパターンで用いられている。問題になる箇所を引用すると、

「二郎何《らうなん》とか云《い》はないか」と励《はげ》しい言葉《ことば》を自分《じぶん》の鼓膜《こまく》に射込《いこ》んだ。自分《じぶん》は其声《そのこゑ》で又《また》はつと平生《へいぜい》の自分《じぶん》に返《かへ》つた。

「今云《いまい》はうと思《おも》つてる所《ところ》です。然《しか》し事《こと》が複雑《ふくざつ》な丈《だけ》に、何《なに》から話《はな》して好《い》いか解《わか》らないんで一寸困《ちよつとこま》つてるんです。兄《にい》さんも外《ほか》の事《こと》たあ違《ちが》ふんだから、最《も》う少《すこ》し打《う》ち解《と》けて緩《ゆつ》くり聞《き》いて下《くだ》さらなくちや。さう裁判所《さいばんしよ》みたやうに生真面目《きまじめ》に叱《しか》り付《つ》けられちや、折角《せつかく》咽喉《のど》迄《まで》出掛《でか》つたものも、辟易《へきえき》して引込《ひつこ》んぢいますから」　（兄　四十三）

とあり、最初は丁寧に話しているが途中からくだけた口調に変わっている。この会話において「みたようだ」は兄を表しており、一方「ちまう」は話者である二郎の話が主体になっている。後半の口調の変化ぶりは、先のお重から二郎への嫌みと同じく、兄一郎への嫌みの表現と考えられる。基本的パターンから外れる場合にはこのような何らかの理由が存しているようである。

第八章

漱石の表記と書記意識

○端は俗語にて皆はじなり。文章にて「はし」と読む事もあらん。俗語を筆に上すときは先づ「はじ」と言葉を思ひ次に是を漢字にてあらはしたら何と云ふ字が来るだらうと思ひ漸く端といふ字が来る順序なり。去れば書いた本人から言へば「端」といふ字脚があつてそれを「はし」にするか「はじ」にするかの問題にあらず。まづ「はじ」といふ音あつて其音を何といふ漢字で表現するかから「端」になつた迄なり。従つて端といふ字はどうなつてもよき心地す。然し「はじ」は動かしがたき心地す（大正元年九月四日　林原耕三宛書簡）

この書簡から、漱石にとっては漢字表記はあくまでも従的な存在であることが確認できる。振り仮名が施されていれば、漢字は極端に言ってしまえばどのようなものでも良い。漱石はその時その時に漢字を考えていたことになる。そのような漱石の方針が多くの漢字表記の使用に繋がったと考えられる。漱石の場当たり的な書記主義が、複数表記の使用を行い、また多くの当て字表記、すなわち字音的表記や、意味的な表記と字音的な表記との混交表記を生み出したのである。

第二章第二節「4違和感の集大成（漱石文法稿本）」で見たように、それらの表記に対して、森田草平はどこまでが意図的な表記でありどこからが誤字なのかの境界が決めがたく『漱石全集』の編集において困惑していた。また林原耕三は「漱石文法稿本」を作成し、漢字表記の取捨を決めていた。森田草平は、漱石の弟子であるが、漱石の書記の無頓着さを指摘している。その一方で、現代の文学研究者は漱石の偉大さによって漱石の当て字表記を好意的に見過ぎているように感じられる。二松学舎で漢文を学び、自ら『文学論』の序文で「余は漢籍に於て左程根底ある学力あらず、然も余は充分之を味ひ得るものと自信す」と述べているように漢籍を読む力があり、漢詩文を日常茶飯事のように楽しみながら作っていた漱石の生涯を知識として身に付けている者にとっては、漱石は漢字並びに熟語に対しても造詣が深かったと考えてしまうに違いない。

しかし、漢詩の世界と小説を執筆していくのは漱石にとって別の世界であったようである。漱石が速筆であったことは原稿を見れば納得するところである。作品によっては何度も書き直している場合もあるが、漱石は文章が出てくれば筆が追いつかなかったようである。そのような状況において、漱石によく見られる音を示すような当て字表記が多用されたのであろう。そのような表記であれば、後で振り仮名を付す際に自分がどのように書いたのか明らかである。

漱石の漢字表記の特徴は音を示す表記といえよう。振り仮名が使用できた時代また振り仮名を施さなければならない時代において、一般的に好まれたのは意味を重視した熟字表記の使用である。その点からいえば、書記に対して漱石は他の作家とは異なる考えを持っていたようである。

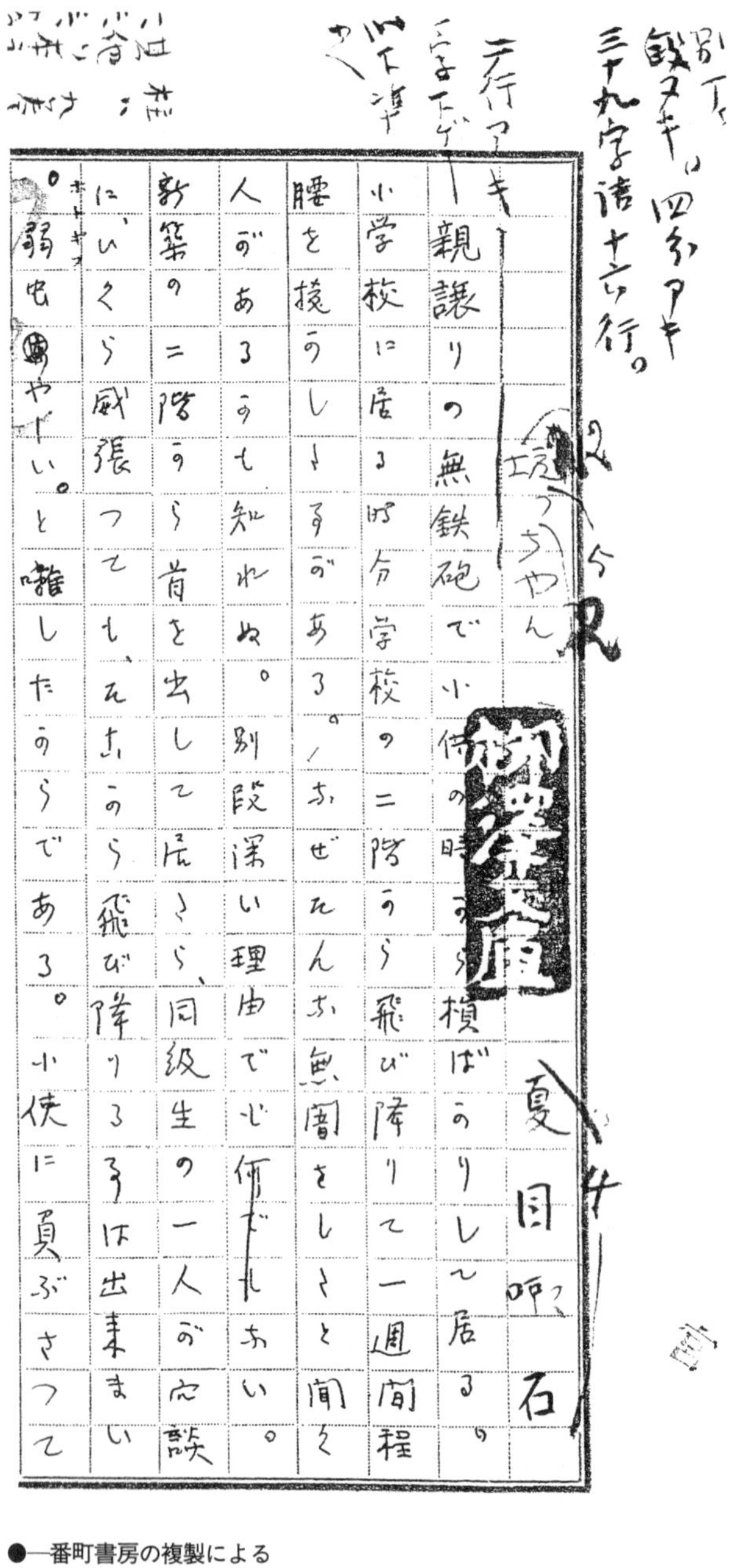
坊つちやん　夏目漱石

第一節　手書きの世界・活字の世界

親譲りの無鉄砲で小供の時から損ばかりして居る。小学校に居る時分学校の二階から飛び降りて一週間程腰を抜かした事がある。なぜそんな無闇をしたと聞く人があるかも知れぬ。別段深い理由でもない。新築の二階から首を出して居たら、同級生の一人が冗談に、いくら威張つても、そこから飛び降りる事は出来まい。弱虫やーい。と囃したからである。小使に負ぶさつて

●—番町書房の複製による

坊っちゃん

夏目漱石

親讓りの無鐵砲で子供の時から損ばかりして居る。小學校に居る時分學校の二階から飛び降りて一週間程腰を拔かした事がある。なぜそんな無闇をしたと聞く人があるかも知れぬ。別段深い理由でもない。新築の二階から首を出して居たら、同級生の一人が冗談に、いくら威張つても、そこから飛び降りる事は出來まい。弱蟲やーい。と囃したからである。小使に負ぶさつ

●—単行本（『鶉籠』）『特選　名著復刻全集　近代文学館』による

1　原稿から活字へ

『坊っちゃん』の初出が掲載されている『ホトトギス』や、他の作品と合わせて単行本化された『鶉籠』を見ると、活字は明朝体であり、漢字はいわゆる康熙字典体、平仮名は現代と同じ字母になっている。仮名遣いがほぼ歴史的な仮名遣いになっている点と、現代では旧字体とよばれている康熙字典体の漢字が用いられている点が、現代とは異なっているといえよう。『坊っちゃん』の印刷された時代においては、これが一般的な印刷物の体裁であった。

しかし漱石の自筆原稿を見ると、仮名においては現代の仮名とは字母を異にする変体仮名が使用されていたり、漢字では現代と同じような、いわゆる当用漢字字体表によって定められた新字体と同じ字体のものや、また別の略

字体が使用されていたりする。

手書きの原稿が活字化されると、漢字は康熙字典体に、平仮名は現代と同じ字母に統一されることは、作家においては了解済みのことである。したがって、原稿の活字化が前提となっている場合には、その原稿はあくまでも編集者や印刷所を相手にしているので、それらの人々が判断できればよい。そこで字形などかなりいい加減に書いても構わない。また誤字があっても訂正されることを期待している。高島俊夫氏は『漢字と日本人』（二〇〇一年 文春新書）において次のように述べている。

たとえば文章を書く人が原稿に「仮定」と書いておく。「假」という字は書くのにちょっと手間がかかりますからね。「仮」の字を書いておく。そうすると印刷屋さんがちゃんと「假定」と活字をひろってくれる。そりゃそうだ。むかしは「仮」という活字はないんだからね。だから原稿を書く人は安心して、テキトウに略字を書いておく、ということがいくらもありました。（九頁）

一つの作品の文字表記においても、手書きの世界と活字の世界という二つの世界が存在しているのである。特に手書きの世界においては、メモ、多くの人々に見せるもの、また活字化を前提としたものなど目的によって書く態度が異なり、さらに書記における個人の癖などもあり、複雑な様相を呈している。

2　活字の世界

明治初期に始まった活字印刷は、江戸時代の板本とは異なり、必要となる活字を用意しなければならない。活字印刷が採用された当初は、様々な異体の漢字や平仮名が使用されていた。特に平仮名は、同一ページの同一語に対しても字母が異なっていることがある（図❶）。活字化されたものは著者の原稿を忠実に表したものではない。手元

小公子

若松しづ子

第一回

セドリツクには、誰《たれ》も云《い》ふて聞《きか》かせる人《ひと》が有《あり》ませんかつたから、何《なに》も知《し》らないでゐたのでした。おとつさんは、イギリス人《じん》だつたと云《い》ふ丈《だけ》は、おつかさんに聞《き》いて、知《し》つてゐましたが、おとつさんが、おかくれになつたのは、極《ご》く少《ちひ》さいうちの事《こと》でしたから、よく記憶《おぼ》えて居《ゐ》ませんで、たゞ大《おほ》きな人《ひと》で、眼《め》が浅黄色《あさぎいろ》で、頬髯《ほゝひげ》が長《なが》くつて、時々《ときどき》肩《かた》へ乗《の》せて、坐敷中《ざしきぢう》を連《つ》れ廻《まは》られたことの面白《おもしろ》さ丈《だけ》しか、ハツキリとは、記臆《おぼえ》てゐませんかつた。おとつさんがおなくなりなさつてから、おつかさんに餘《あま》りおとつさんのことを云《いは》ぬ方《はう》が、好《い》いと云《いふ》ことは、子供心《こどもごゝろ》にも分《わか》りました。おとつさんの御病氣《ごびやうき》の時《とき》、セドリツクは他處《よそ》へ遣《や》られてゐて、歸《かへ》つ

一

❶—『名著複刻全集　近代文学館』による

にある活字を組んでいったものと思われる。統一的な印刷、また迅速的な印刷を行うためには、印刷における字体の統一が必要となってくる。それが漢字においては康熙字典体への統一、平仮名においては明治三十三（一九〇〇）年八月十一日に公布された「小学校令」である。この小学校令によって現行の平仮名へ統一された。この「小学校令」公布以前に活字の世界では既に現行の平仮名への統一の兆しが窺われる。ただし振り仮名や小型の辞書などでは、小さなポイントの活字を使用しなければならないため、明治三十三年以降も合字や現代とは異なる字母の平仮名が使用されていた。

3　手書きの世界

『坊っちゃん』の自筆原稿には、先に述べたように、漢字においては康熙字典体を基本とする活字の世界とは異なる略字の世界が見られる。その略字も現行の字体と繋がるものもあれば、現代でも手書きの世界に見られるもの、また現代とは異なる略字体が用いられている。漢字の偏などにしても「損」の手偏が木偏となっており、当時における手偏と木偏との通用を窺わせる。門構えの略字は当然であったようである。原稿におけるこのような字体や字形の使用は漱石だけの特殊なものではない。山田美妙の『竪琴草紙』（明治十八年）を対象とした、山田俊治・十重田裕一・笹原宏之氏による『山田美妙『竪琴草紙』本文の研究』（二〇〇〇年　笠間書院）には「『竪琴草紙』異体字表」が所収されており、美妙の原稿における漢字の様々な字体や字形を見ることができる。つまりその当時においては漢字の字体や字形に関して、現代のようにこう書くべきであるという規範的な意識はなかったようである。

『坊っちゃん』の自筆原稿の平仮名について、原稿の一枚目を見ると、現行とは字母を異にする、か（可）、こ（古）、た（多）、に（爾）が使用されている。また、現行の平仮名と字母を同じくするが、字形が異なるく（久）、れ

草體五十音の圖
半濁音の圖
右の、文字の體を、片假名と云ふ、此外に、一體あり、これを、草體と云ひ、又平假名と云ふ、

❷—『小学読本便覧』第1巻　武蔵野書院より

（曽）、な（奈）、も（毛）、よ（与）といったものもある。このような平仮名を使用することは明治前期に学校教育を受けてきた人にとっては当然なことである。たとえば、明治六年五月に刊行された文部省編纂の『小学教授書全』に掲げられた「草体五十音の図」（図❷）には漱石と共通するものも見られる。これより先に刊行された文部省編纂による『小学読本』（明治六年三月）でも現行と異なる平仮名が使用されており、またそこには先の「草体五十音の図」に掲載されている字母と異なる仮名も用いられている。このように義務教育が開始された当初は平仮名の字体にも統一がなく、様々な平仮名が併用されていた時代であった。学校教育で仮名の統一が行われたのは、先に述べたように、明治三十三年の小学校令によるものである。この平仮名の字母の統一は、学校教育においても、また活字印刷においても必要であった。

第二節　表記の示す幅

新小説は出たが振仮名の妙痴〔奇〕林なのには辟易しました。ふりがなは矢張り本人がつけなくては駄目ですね。
（明治三十九年八月三十一日　高浜虚子宛書簡）

草枕はふりがなも校正も春陽堂に托したる為め所々突飛な間違有之厄介に候
（明治三十九年八月三十一日　藤岡作太郎宛書簡）

1　振り仮名がないと困る世界

『草枕』の振り仮名は漱石にとってショックだった。『新小説』の編集担当は漱石の意図したようには漢字を読んでくれなかったのである。漱石は『草枕』以前に、『ホトトギス』誌上に『吾輩は猫である』『幻影の盾』『坊っちやん』を、『帝国文学』に『倫敦塔』『趣味の遺伝』を、『学燈』に『カーライル博物館』を、『中央公論』に『一夜』『薤路行』を発表し、作家としての道を進もうとしていた。『草枕』以前の作品は、ルビがないか、ルビがあってもぱらルビでしかもその数も少なかった。それに対し、『草枕』は総ルビであり、漱石自身が施した振り仮名もあるが、ほとんどが『新小説』の編集者、すなわち春陽堂が施したものであった。

漱石の『吾輩は猫である』は高浜虚子の「山会」で朗読されているし、漱石の作品は人前で音読されて完成されてきた。音読できる、つまり音読に堪えるリズミカルな作品を執筆してきたし、門下生にもそれを期待していた。つまり、書いたものは自分の考え通りに読まれるのが当然だと思っていたのである。

ところで、『草枕』の振り仮名はどのような点で「妙痴（奇）林」であり、また「突飛な間違」があったのであろうか。初出の振り仮名を、総振り仮名で刊行された岩波版『漱石全集』の昭和四十年版と集英社版の『漱石文学全集』を利用して対照させてみた。岩波版と集英社版との異同も多いが、仮名遣の誤り、特に字音仮名遣いの多いのが特徴的である。初出の1頁と2頁について、初出―正しい仮名遣いという形で示すと、次のようなものがある。

棹（さほ―さを）　窮屈（きうくつ―きゆうくつ）　胸裏（けうり―きようり）　収める（おさ―をさ）　建立（こんりう―こんりふ）　掃蕩（さうとう―さうたう）　万乗（ばんじやう―ばんじよう）　寵児（ちやうじ―ちようじ）　幸福（こうふく―かうふく）　閣僚（かくりやう―かくれう）　惜しい（ほしい―をしい）

仮名遣いについては、少し後のものになるが、漱石は『彼岸過迄』の単行本化の作業に取りかかっていた林原耕三に次のような書簡を送っている。

ふりがなは大体にてよろしく候へども漢字に小生の好加減にふつたものに間違多きかと存じ候（中略）雑もザフでもザウでも構ひ不申候

（明治四十五年七月二十八日　林原耕三宛書簡）

ゆふべ、ゆうべ抔ニテ心配御無用。同じ発音ガデレバ夫で結構也

（同日　書簡）

この書簡を読むと漱石は仮名遣いにはあまり重きを置いていない。また次の書簡に見られるように明治四十五年あたりになると、朝日新聞もルビ付き活字を使用していたので、字音仮名遣いに関しては問題がなくなったようである。

朝日新聞には仮名つきの活字があり音と訓と間違て振つてなければ悉く正しきものと御思ひ凡て切抜原稿の通

に願候

（明治四十五年七月二十六日　林原耕三宛書簡）

明治三十四年に振り仮名付き活字が考案されるが、新聞がそれを使用し始めたのは四十四年あたりであるから、『草枕』が発表された三十九年はまだ編集者あるいは文選工などが振り仮名を付していた。小木曽智信氏による雑誌『太陽』のコーパスを利用した調査（「太陽コーパスにおける字音仮名遣いについて─小説記事のふりがなから─」『明海日本語』八号　二〇〇三年）によると、明治三十四（一九〇一）年では約十パーセント、明治四十二（一九〇九）年では約十二パーセントの誤用が生じているという。このように見ると、『草枕』における字音仮名遣いの誤りは当時の印刷業界の実態から言えば仕方がないものであろう。字音仮名遣以外に、漱石が嘆いた理由としては次のようなものが考えられる。

①音に関わるもの（a百姓読みなどによる誤り　b漢音呉音の誤り　c特有な読みや人名の無理解　e連濁形の非連濁表示）

a　乱墜（らんすゐ─らんつい）　嬋媛（せんくわん─せんゑん）　進捗（しんせう─しんちよく）
　惝怳（しやうけい─しやうきやう）　乾屎橛（かんぴけつ─かんしけつ）など

b　自然（じぜん─しぜん）　統一（とういち─とういつ）　眉間（びけん─ひけん）
　寂然（せきねん─じやくねん）　福音（ふくおん─ふくいん）　参差（しんさ─しんし）など

c　詩歌（しか─しいか）　文字（もんじ─もじ）　曽遊（そゆう─そういう）など

d　禅師（ぜんし─ぜんじ）　境界（きやうかい─きやうがい）　青苔（あをこけ─あをごけ）
　区切（くきり─くぎり）　入口（いりくち─いりぐち）　板庇（いたひさし─いたびさし）など

②作品中における揺れ
　烟（けむり・けぶり）　居る（ゐる・をる）　石段（いしだん・せきだん）
景色（けいしよく・けしき）　槽（ふね・ゆぶね）　中（うち・なか）など

③訓に関わるもの（a訓の違い　b文脈読み　c音読み訓読み）

a　上る（のぼる—あがる）　夜（や—よる）　裏（うち—うら）　鈍く（にぶく—ぬるく）
睨めて（みつめて—にらめて）　熱き（あたたかき—あつき）　靄（かすみ—もや）など

b　鶏（とり—にはとり）　相中（まんなか—あひなか）　夫婦（いつしょ—ふうふ）
言語（ことば—げんご）　琳瑯（たま—りんらう）　女（むすめ—おんな）など

c　竹藪（ちくさう—たけやぶ）　室（しつ—へや）　今日（けふ—こんにち）　様（さま—やう）
這裏（このうら—しやり）　毫も（すこしも—がうも）　一寸（ちよつと—一すん）など

①aの場合は知識の問題であるが、bcdは文脈を考えずに単に漢字に振り仮名をあてたことによって生じたものと考えられる。②は前後を見ずに振り仮名を付したことによって生じたものであるが、一つの漢字表記に複数の読みの可能性があることを示していよう。この点では③も同様である。③は複数の和訓から文脈に適したものの選択とか、訓読みと音読みの文体による使い分けなどの問題によるのであろう。漢字にはこのような性格があるので、初出よりも岩波版や集英社版の読みが正しいと簡単には結論を出すことはできない。岩波版と集英社版との間にも音読みか訓読みかの異同が多いからである。全般的には集英社版は初出の読みを重んじているようである。岩波版が初出の読みを大幅に変更しているのは先に挙げた漱石の書簡によるものと思われる。初出の読みは「妙痴（奇）林」であり、「突飛な間違」が多いという前提に基づいて、無理に読みを替えているように思われる。読みの違いの中で多いのでは、音読みと訓読みとの違いであり、そしてその次は訓の違いである。

漱石の嘆きの原因はこの音と訓との違いによるものと思われる。音読みも訓読みも可能な漢字が漱石の意図通りに読まれなかったことは、先に見た明治四十五年七月二十六日付け林原耕三宛書簡や、次に掲げる志賀直哉宛書簡からも察せられる。

夫から漢字のかなは訓読音読どちらにしてい丶か他のものに分らない事が多いから付けて下さい夫でないと却つてあなたの神経にさわる事が出来ます　尤も社にはルビ付の活字があるからワウオフだとか普通の人に区別の出来にくいものはい丶加減につけて置くと活版が天然に直してくれます

（大正三年四月二十九日）

『草枕』と同じような経験を漱石は再び味わうことになる。漱石は明治四十年四月に朝日新聞に入社し、新聞に小説を発表する。当時の新聞は総振り仮名である。したがってそこに掲載される小説も総振り仮名の体裁をとることになる。最初の連載である『虞美人草』において、漱石が朝日新聞の渋川柳次郎へ振り仮名について抗議していることは既に見てきた（第三章第二節「同時代人による違和感」）。この時代にはまだ漢字政策が行われていないので、漢字の音訓表は定められていないし、また当て字や熟字訓の規制もなかった。そのために漢字に対し様々な読みが可能であった。漢字表記に振り仮名が付されている場合には、その漢字表記を字音語として読むのか、和語として読むのか知ることができる。しかし振り仮名がない場合にはその判断に窮することがある。ただし動詞は送り仮名が施されているので困ることは少ないが、名詞の場合にはその形態に差が生じない。特にその字音語が口語的な性格の場合には和語と同じような場に出現するので判断に支障をきたす。

その例として『坊っちやん』を取り挙げる。『坊っちやん』は明治三十九年四月に『ホトトギス』誌上に発表された。『ホトトギス』はぱらルビであるため読者に読みの揺れを生じさせることになる。たとえば、総振り仮名の体裁で刊行されていた大正と昭和の岩波書店版『漱石全集』と、荒正人の編集になる集英社版『漱石文学全集』（昭和四十五年）との間には、読みの違いが生じている。その違いがどのように生じたのか見ていこう。なお、岩波書店版『漱石全集』はここでは昭和四十年版を使用した。

2　読みの揺れについて

岩波書店版『漱石全集』と集英社版『漱石文学全集』との間に、「生来」に対する「せいらい」「しやうらい」などのような漢字音の違いを除いて、異同が認められるのは八例である。なお、同じ異同が複数例あっても一例と扱う。問題点を表にしたのが表❶「振り仮名に異同のある漢字表記」である。*1

問題箇所を検討するために本文を掲出した。［ ］が本文中にある場合には振り仮名であることを、［ ］が本文の後ろに付されている場合は原稿に振り仮名はなく岩波版と集英社版とがともに同じ読みの振り仮名を付していることを表している。なお、以下の引用は『漱石全集』（岩波書店　平成五年）により、その頁数を括弧の中に記した。

①（a—異同箇所　b・c—参考資料）

a　野芹川で逢つた翌日抔は、学校へ出ると第一番におれの傍へ来て　（三四一頁）

b　おれがいか銀の座敷を引き払ふと、翌日から入れ違に野だが平気な顔をして　［あくるひ］（三二三頁）

c　翌日はおれは学校へ出て校長室へ入つて談判を始めた　［あくるひ］（三八九頁）

②然し延岡にならい空いた口があつて、其方なら毎月五円余分にとれるから　（三四七頁）

③（a—異同箇所　b・c—参考資料）

a　九州へ立つ二日前兄が下宿へ来て金を六百円出して是を資本にして商買をするなり、学資にして勉強するなり　（二五七頁）

b　資本抔はどうでもいゝから、これを学資にして勉強してやらう。　［しほん］（二五八頁）

c　六百円を資本［もとで］にして牛乳屋でも始めればよかつた。　（三二四頁）

④　其三円は五年経つた今日までまだ返さない。（三〇六頁）

⑤（a・b—異同箇所）

a　漢学の先生は流石に堅いものだ。昨日御着で、嘸御疲れで、夫でもう授業を御始で（二六七頁）

表1—振り仮名に異同のある漢字表記

	漢字表記	振り仮名	振り仮名数	岩波用例数	集英用例数	仮名表記数	岩波音読数	集英音読数	問題点
①	翌日	あくるひ	0	2	3	3	3	2	岩波［よくじつ］集英［あくるひ］
②	其方	そつち	0	1	0	0	0	0	集英［そのはう］と訓読的
③	資本	もとで	1	1	2	0	2	1	岩波［しほん］集英［もとで］
④	今日	けふ	11	31	30	0	5	6	岩波［けふ］集英［こんにち］
⑤	昨日	きのふ	4	8	10	3	2	0	岩波［さくじつ］集英［きのふ］2例
⑥	温泉	ゆ	4	9	5	0	16	20	岩波［ゆ］集英［おんせん］4例
⑦	計略	はかりごと	1	2	1	0	0	1	岩波［はかりごと］集英［けいりやく］
⑧	両人	ふたり	0	2	0	0	0	2	岩波［ふたり］集英［りやうにん］2例

b　其うち、野だが出て来て、いや昨日はお手柄で、―名誉の御負傷でげすか　（三八三頁）

⑥（a・b・c・d―異同箇所　e―参考資料）

a　それで赤シャツは人に隠れて、温泉の町の角屋へ行つて、芸者と会見するさうだ　（三七四頁）

b　今度は陸海軍万歳と赤地に白く染め抜いた奴が風に揺られて、温泉の町から、相生村の方へ飛んでいつた　（三七七頁）

c　夫で愈となつたら、温泉の町で取つて抑へるより仕方がないだらう　（三八七頁）

d　人に知られない様に引き返して、温泉の町の枡屋の面二階へ潜んで　（三九一頁）

e　温泉へ来て村へ帰る若い衆かも知れない［ゆ］（三三九頁）

⑦（a―異同箇所　b―参考資料）

a　おれと山嵐がしきりに赤シャツ退治の計略を相談して居ると　（三七六頁）

b　僕は計略［はかりごと］は下手だが、喧嘩とくると是で中々すばしこいぜ　（三七六頁）

⑧（a・b―異同箇所）

a　ぽかん〳〵と両人でなぐつたら　（三九八頁）

b　山嵐が云つたら両人共だまつてゐた　（三九八頁）

②を除いて、これらの表記は振り仮名がない場合、和語としても字音語としても読める可能性を持っている。実際に音読している箇所があるものも多い。異同においては振り仮名の施されていない箇所を字音語として読むのか和語として読むのかが問題になっている。つまり振り仮名が施されていないとどちらで読んでよいのか判断に窮し、その結果異同が生じたのである。また、③と⑦のように用例数の少ないものでは、それと関連して振り仮名として

記されている読み方が他の箇所にも適用できるかという点も問題になっているようである。つまり、この③と⑦の岩波版と集英社版との異同は、ある箇所だけに特に意味があって振り仮名を施したのか、そこにはたまたま振り仮名を付したが、慣用的であるために、あるいは隣接しているために、問題となっている箇所には施すまでもなかったのか、という解釈の違いと見ることができる。

表❷は、岩波版と集英社版との間には異同はないが、現代の我々の感覚で判断すると疑問が生じてくるものである。

⑨（a・b—［しらせ］ c—［ほうち］）

a するととう 死んだと云ふ報知が来た。 ［しらせ］（二三一頁）

b 受持級の生徒が自分の教室を掃除して報知にくるから検分をするんださうだ ［しらせ］（二七二頁）

c いづれ君に報知をするから、さうしたら、加勢して呉れ給へ ［ほうち］（三七五頁）

⑩（a・b—［ふだん］ c・d・e—［へいじやう］）

表❷

	漢字表記	振り仮名	振り仮名数	用例数	仮名表記数	音読み数	漢字異表記	問題点
⑨	報知	しらせ	0	2	0	1	A	［ほうち］と［しらせ］の弁別
⑩	平常	ふだん	0	2	0	3		［ふだん］と［へいじやう］の弁別
⑪	服装	なり	1	2	2	0	B	振り仮名のない箇所を［ふくそう］と読めないか

A 知らせ（2例） B 身長（1例）

a　平常から天地の間に居候をして居る様に、小さく構へてゐるのが如何にも憐れに見えたが
［ふだん］（三三三頁）

b　おれは会議や何かでいざと極まると、咽喉が塞がつて饒舌れない男だが、平常は随分弁ずる方だから
［ふだん］（三三六頁）

c　会議室は校長室の隣りにある細長い部屋で、平常は食堂の代理を勤める。
［へいじやう］（三一二頁）

d　私も寄宿生の乱暴を聞いて甚だ教頭として不行届であり、且つ平常の徳化が少年に及ばなかつたのを深く慚づるのであります。
［へいじやう］（三一五頁）

e　おれと山嵐がこんなに注意の焼点となつてるなかに、赤シヤツ許は平常の通り傍へ来て、どうも飛んだ災難でした。
［へいじやう］（三八四頁）

⑪（a―問題箇所　b―参考箇所）

a　文学士丈に御苦労千万な服装をしたもんだ。
［なり］（二六六頁）

b　みすぼらしい服装［なり］をして
（二六三頁）

表❷の各語についても、先に扱った表❶のものと同じような理由が考えられる。⑨⑩については和語と字音語との使い分け、⑪については振り仮名の有無の意味付けが問題となっている。

なお平成版の『漱石全集』は原稿重視のため、原稿が現存するものに対しては原稿の振り仮名を重視している。それ以外に読者の便宜のために、編集部が施したルビがある。編集部のルビとして、①から⑪においては、②に対し［そっち］、⑨aに［しらせ］、⑪aに［なり］の振り仮名が施されている。

このような異同を許し、また違和感を抱かせるそれぞれの要因を、岩波版と集英社版との解釈の違いから考えてみることにする。①の漢字表記「翌日」に対して漱石は全く振り仮名を施していない。「翌日」は振り仮名の助け

を借りずに文脈によって、ある時は字音語、ある時は和語と読み分けられていくことになる。ただ一箇所については、現在の我々には判断が困難であり読みが揺れたことになる。筆者が違和感を抱いた⑨も⑩も、漱石の振り仮名がないので、文脈によって、和語あるいは字音語というように読み分けていることになる。もしこのように文脈によってその漢字表記に対する字音語と和語とが読み分けられるのであるなら、両者の文体的な差が明瞭であったことになる。また、振り仮名なしで字音語と和語とも対応するわけであるから、この表記は両者に対して結合関係が強いことになる。つまり、この表記は『坊っちゃん』の執筆された明治時代後期においては字音語としては字音的表記であり、かつ和語としての慣用的な意味的表記であった。それぞれの表記が振り仮名なしで字音語の他に和語とも対応できるほどの結合力を持っていたのかどうかというのが筆者の抱いた疑問である。特に「ふだん」についでは、明治時代においては意味的表記は多数あった。[*2]「ふだん」から見れば「平常」は複数表記の一つにしかすぎない。それにもかかわらず「平常」に対して振り仮名なしで「ふだん」と読めることは、「ふだん」の複数の漢字表記の中で「平常」は多用されており、「平常」と「ふだん」との結び付きが大変強かったことになるであろう。

②は、漢字表記「其方」を、文脈的に「そっち」の意味的表記と見るのか、「そのほう」というように字訓的表記と見るのかの解釈の違いである。

③は、岩波版に従えば「資本」に漱石が「もとで」と振り仮名を施したのは、あくまでも字音語の「しほん」と区別するためのものと考えているのである。集英社版の考えでは、その箇所は振り仮名がなくても漱石が別の箇所に施した振り仮名のように読めると解釈しているのである。集英社版の解釈に従えば、問題になっている箇所が漱石が「もとで」と振り仮名を施した箇所よりも前にあることから、漢字表記「資本」は字音語としてまた和語としての慣用的表記であり、振り仮名がなくても「しほん」とも「もとで」とも読めることになる。⑦の場合は、③の場合とは両者の立場が逆になっている。⑦の場合、集英社版では振り仮名がその箇所だけに留まると解釈し、岩波

版は振り仮名がなくてもその読みは他の箇所にまで応用できるとしている。岩波版は、この箇所が振り仮名のある箇所よりも後ろにありかつ隣接していることから、わざわざ施す必要はないと解釈したものと思われる。違和感を抱いた⑪については、岩波版と集英社版ともに振り仮名がなくても漱石が少し前に施した振り仮名と同じように読めると解釈している。しかし、問題箇所として挙げた⑪の文章は字音語が多いことから、振り仮名は施されている箇所だけに留まり、この箇所は字音語として読むことも可能ではないかという私の考えによって、表❷に含めてみたのである。これら③⑦⑪は、字音語としても読め、また和語の振り仮名が施されている箇所があることによって、振り仮名のない箇所に対しても振り仮名のように読むべきなのか否かが問題となっている。

④の漢字表記「今日」は『坊っちやん』に三十六例使用されている。その中で「けふ」と振り仮名が施されているのが十一例ある。しかし残りの二十五例すべてを字音語として読むことは文脈から許されない。振り仮名が施されていなくても、ある時は字音語で、またある時は和語で読み分けられていく。したがって、この「今日」は字音語としての表記でありかつ和語としての慣用的表記であったといえよう。ただし、現代の我々には文脈的な差が弁別しがたい箇所があって異同が生じているのである。

⑤の「昨日」の場合は、岩波版は④と同じくある時は字音語、ある時は和語というように文脈に依存するという考え方である。しかし、集英社版では「昨日」をすべて「きのふ」と読んでいる。つまり集英社版は、『坊っちやん』という作品は字音語の「さくじつ」が使用されるような文体ではないと考えているのである。この場合も字音語と和語との文体差が我々には理解できていないことになる。

⑥の「温泉」について、「ゆ」と振り仮名が施されているのは「温泉の町」となっている箇所が多い（四例中三例）。振り仮名のない「温泉の町」は四例あるが、岩波版ではすべて「ゆ」と読み、集英社版ではすべて「おんせん」と読んでいる。集英社版では振り仮名はその箇所だけに留まると解釈している。ただし、集英社版と岩波版と

もに「温泉」に対して「ゆ」と読んでいる箇所は参考資料として示した一例だけである。岩波版は、この箇所が「温泉の町」の用例が頻出する場面であるので、この箇所にも適用したのである。集英社版のこの例についての立場は文脈に従ったとしか解釈できない。

⑧の「両人」という表記は二例しか使用されていない。「二人」が二十五例あり、「両人」の前後に使用されている。「二人」に対しては両全集本ともすべて「ふたり」と読んでいる。集英社版では、「両人」という表記がわざわざ使用されたところに意図があるものとして字音語読みしているのである。岩波版では「二人」と区別なく扱っている。

以上、問題箇所①から⑪についてその原因を考えてきた。それぞれの問題箇所について、現在のところどちらが正しいと決めるだけの用意はない。ただ今後の手続きを述べておきたい。①⑨⑩については、その漢字表記が和語ともまた字音語に対しても強い結合関係にあったことを証明しなければならない。①の問題箇所についてはその当時の字音語と和語との文体的な差を明確にする必要がある。この文体的な差については、④⑤を代表としてすべてのものに関わってくる。②については「そつち」が「其方」に対し振り仮名がなくても対応できるだけの結合力があったのかどうかを明らかにする必要があろう。③⑦⑪は漢字表記に対する和語との結合力と字音語との結合力との違いを明確にしなければならない。このような点について、その当時の多くの文献にあたり用例を集めて検証する必要があろう。また漱石の他の作品からも用例を集め漱石の用字法を考えてみることも必要となる。

振り仮名の許されている作品には、和語を表すのに振り仮名の助けを借りて意味的な表記を用いることが可能である。そのことによって、和語と意味的な表記との対応関係が次第に固定化してくるものや、その時だけの臨時的なものなど様々な段階が生じてきた。すなわち、漢字表記から見ると次のような対応関係が見られるのである。

・一語の和語としか対応しないもの

・複数の和語と対応しているもの
・字音語と和語とも対応しているもの
・一語の字音語としか対応しないもの
・複数の字音語と対応しているもの

さらに、振り仮名を付す必要がない、必ず付さなければならない、また付しても付さなくても構わないなど、結合の様々な度合がそれぞれに絡んでくる。また、それも執筆者の意識によって異なってこよう。この『坊っちゃん』に見られたように、一つの漢字表記が振り仮名なしで字音語とも和語とも対応している。これは和語が振り仮名を活用して字音語の表記を意味的表記として活用した結果、次第に慣用化して、振り仮名がなくても字音語とも共存することが可能となったのである。そのようなことを許容するそれぞれの漢字表記の機能を理解できていないために我々は違和感を抱いたことになろう。また、ある和語がどの漢字表記と対応しているのか、ある漢字表記がどの和語と対応しているのかという関係、いわゆる当て字や熟字訓がその当時と現代とでは変化してきているために、現代の我々にはその当時の結合関係が理解できないのである。それに加えて、字音語と和語との文体差も変化しているために、明確に読みを確定することが困難である。振り仮名の有無の現象に我々は翻弄されているといえよう。

3　作家と振り仮名

漱石の場合、先に述べたように初期の作品においては『草枕』を除いて総振り仮名の体裁で活字化されることはなかった。教員をやめ朝日新聞に入社し、職業作家となり新聞小説を執筆することになる。その当時の新聞は総振り仮名であったので、当然そこに発表される小説も総振り仮名であった。最初の新聞小説である『虞美人草』では振り仮名の使用率は、京極興一氏のサンプリング調査（「漱石の振り仮名―「判然」の読み方をめぐって―」（『国語研究論集』一九八六年　明治書院　後に『近代日本語の研究』一九九八年　東苑社　所収）によると、約十九パーセントであった。漱石は執筆しながら自分が必要と思った箇所だけに付したものと思われる。その結果が渋川柳次郎への抗議のような事態が発生する。また志賀直哉への書簡に見られるように、読者にも自分の考え通りに読んでもらうためには、自己で防衛しなればならなかった。その結果が『彼岸過迄』や『こゝろ』において約四十七パーセントの漢字表記語に振り仮名を施すという姿勢になったのであろう。

『草枕』における出版社による振り仮名には特に字音仮名遣いの誤りが多かった。それはその当時の人々の字音仮名遣いに対する意識を表していると思われる。そのような状況であったから、明治三十三年八月に小学校令施行規則として「新定字音仮名遣」、いわゆる棒引き字音仮名遣が公布されることになる。またそれに先立って、同年四月に原敬は自らが社長として就任していた大阪毎日新聞に「ふり仮名改革論」を発表し、同新聞紙上でそれを実践している。字音仮名遣については、林原耕三宛書簡に見られるように漱石はあまり気にしていなかったし、また志賀直哉宛書簡に見られるように普通の人には区別しにくいものと把握していた。字音仮名遣いの煩わしさが、大正時代になるとルビ付き活字の使用が一般的になり解消される。

漱石は、最初は振り仮名を意識せずに小説を執筆していたが、新聞小説が総振り仮名であることから、むしろ振り仮名を利用し多くの当て字を使用することも可能になった。ある場合には一語に対して多くの漢字表記を活用することによって表記を楽しんでいるようにも見える。「緒言」で述べたように漱石は音を示す表記を愛好していたが、当て字の種類も字音的や字訓的な当て字から意味的な当て字への変化も見られる。『虞美人草』における和語の振り仮名率が二十三パーセントであったのが、『彼岸過迄』では訓読語の五十八パーセントに、『こゝろ』でも訓読語の六十三パーセントとなっていることも、その一面を示しているように思われる。中には振り仮名を示すことによって誤った表記を直して貰おうという意図もあったのかもしれない。当て字に関しては初期のものには振り仮名がないために、たとえ漱石が意図していてもそれを汲めない場合もあるし、逆に漱石が意図しないことまで誤って汲んでしまうこともある。

漱石のように振り仮名を利用し表記の多様性を試みている作家がいる一方で、義務的に施している作家もいる。また、他人に振り仮名を付けさせている作家もいる。岩野泡鳴の『発展』（明治四十五年）の第十章には、岩野が書いた原稿に愛人が振り仮名を施している作業が記述されている。もしその記述を信用するなら、他人にでも振り仮名が施すことが可能な表記、すなわち他の読みを許さないように書くことが求められる。

・渠《かれ》は原稿《げんかう》を書《か》き出《だ》すと、そばにゐてルビを打《う》つて呉《く》れるお鳥《とり》のことも殆《ほとん》ど忘《わす》れたやうになつてしまう。

（一六三頁）

・原稿《げんかう》の枚数《まいすう》はずん〳〵重《かさ》なつて行《い》つて、その小説《せうせつ》の表題《へうだい》もいよ〳〵『耽溺《たんでき》』ときまつたほどに形《かたち》を備《そな》へて来《き》たが、お鳥《とり》のルビ附《つ》けは却々《なかなか》はか取《ど》らない。

かの女《ぢよ》は先《ま》づ義雄《よしお》がどんな小説《せうせつ》を書《か》くのかといふ好奇心《かうきしん》を失《うしな》つてしまつた。次《つ》ぎに、また一枚《まい》に付《つ》き五銭《せん》づつ貰《もら》つて帯《おび》を買《か》ふ足《た》しにしやうと思《おも》つたルビ附《つ》けにも飽《あ》きが来《き》たのである。

（一七三頁）

第三節　漱石の特徴的な表記

漱石の「我輩《ママ》は猫である」の文字使ひは一種独特でありまして、「ゾンザイ」を「存在」、「ヤカマシイ」を「矢釜《ママ》しい」など、書き、中にはちよつと判読に苦しむ宛て字もありますが、それらが、それらにもルビが施してない。その無頓着で出鱈目なことは鷗外と好き対照をなすのでありますが、それが飄逸な内容にしつくり当て嵌まつて、俳味と禅味とを補つてゐたことを、今に覚えてゐるのであります。

（「体裁について　ロ　漢字及び仮名の宛て方」谷崎潤一郎『文章読本』一九三四年）

1　漱石の当て字

当て字といった場合それがかなり世間で認められている必要がある。漱石が用いている表記が世間に広まっているものであれば、それは漱石独特の当て字とはいえなくなる。漱石の独特の当て字といった場合、それは漱石の偉大さによる好意的な見方であり、世間的には誤字として扱われるべきものである。また、当て字か誤字かの違いを有意か過失かに置く池上禎造氏の考え方もある（「自筆本と誤字」『国語国文』二十二巻十一号　一九五三年十一月　後に『漢語研究の構想』所収　一九八四年　岩波書店）。漱石研究者は漱石の表記に対して有意のものとして、その意味を読み取ろうとする。しかし、森田草平が『文章道と漱石先生』で述べているように、有意か過失かの判断は困難な場合が多い。

当て字には二通りの形態がある。一つは、『文章読本』に挙げられている。「存在《ぞんざい》」のように漢字の音を当てるものや、「八釜《やかま》しい」のように漢字の字訓を利用するものである。もう一つは、「乾燥《はしや》ぐ」や「華麗《はで》な」のような意味を表す漢字の熟字表記によるものである。前者が狭義の当て字であり、この場合の当て字か誤字かの判断は多くの人々に使用されているかどうかが問題になってくる。後者は熟字訓として処理されることが多い。漢字による意味的な表記の使用は漱石の時代においては一般的に行われていたところであり、同時代の他の作家の小説においても同様に多くの使用が認められる。このような熟字表記に対しては誤字という判断を下すことはあまりない。漱石の活躍した時代において定着しつつあった言文一致体は、漢文訓読文体よりは和語が多く、和文体よりは漢語が多いという文体的特徴を持つ。そして表記においては漢字平仮名交じり文であることから、自立語に対しては努めて漢字を用いようとしている。そのために漢字表記が定まっていない和語にも振り仮名を使用することによって意味の近い漢語を利用していた。またそのような意味的な表記は、広い意味を持つ和語の意味の明確化などのために、一語に対して一作品中において多くの種類の表記が使用されることになる。これは後で扱う「はっきり」などに見られるものである。*1

漱石の独特の表記といっても漱石独自のものはそれほど多くはないであろう。「存在《ぞんざい》」は古いところでは近世中期の『志不可起』(一七二七年)や『和訓栞』中編上(一八六二年)に表記の可能性として指摘されている。また「八《や》釜《かま》しい」は若松賤子の『小公子』(明治二十三〜二十五年)や樋口一葉の『わかれ道』(明治二十九年)に使用されている。漱石の当て字として有名な魚の「三馬《さんま》」にしても『言海』二巻(明治二十二年)の見出し漢字表記である。漱石の当て字の中で多用され安定している「鹿爪《しかつめ》らしい」や「巫山戯《ふざけ》」も漱石の時代には既に一般的な表記になっていたようである。「鹿爪らしい」は、辞書では元の語形である「しかつべらし」が意識されているために漢字表記は示されていないが、漱石以前においても坪内逍遙の『当世書生気質』（明治十八年）や幸田露伴の『いさなとり』（明治二十四年）に見られるところである。一方の「巫山戯」は『言海』や『日本大辞書』などの辞書において既に見出し漢字表記として採用されている。

2　字音的表記・字訓的表記・音訓交用表記

和語が漢語らしき体裁を整えて書かれていることがある。漱石の作品では、たとえば「苦奴い」や「稀知」・「希知」がある。

・えゝ。随分叔父さんも苦奴《くど》いのね　（『明暗』六十二）

（平成版『漱石全集』の注に、「お延の意識を投影した当て字。「奴」はやかましく言うこと」とある）

・全体僕が零余子なんて稀知《けち》な号を使はずに、堂々と佐々木与次郎と署名して置けば好《よ》かつた。　（『三四郎』十二）

・彼は黒《くろ》い夜《よ》の中《なか》を歩《あ》るきながら、たゞ何《ど》うかして此心《このこゝろ》から逃《のが》れ出《で》たいと思《おも》つた。其心《こゝろ》は如何《いか》にも弱くて落付《おちつ》かなくつて、不安で不定で、度胸がなさ過《す》ぎて希知《けち》に見えた。　（『門』十七）

このような字音的な表記で特徴的なものは擬音語・擬態語の表記であろう。漱石は同時代の作家と比較すると擬音語・擬態語を漢字で表記することが多いように思われる。

・あつちは、廓《から》つとして、書斎より心持が好《い》いから。　（『虞美人草』十五）

・主人は此時寐返りを堂《〔どう〕》と打ちながら「寒月だ」と大きな声を出す。　（『吾輩は猫である』五）

・もう休めるかと思つたら最後にぽんと後ろへ放げて其上へ堂《〔ど〕》つさりと尻餅を突いた。　（『吾輩は猫である』六）

・其晩は例の竹が、枕元で婆娑《〔ばさ〕》ついて、寐られない。 （『草枕』三）

・緑《みどり》濃《こ》き黒髪《くろかみ》を婆娑《ばさ》とさばいて春風《はるかぜ》に織る羅《うすもの》を、蜘蛛《くも》の囲《ゐ》と五彩の軒《のき》に懸けて、自《みづか》ら引き掛《かゝ》る男を待つ。 （『虞美人草』十二）

・疲れたる頭《あたま》を我破《がば》と跳ね起させる為めに光《ひか》るのである。 （『虞美人草』十二）

・たまに来《き》ても左《さ》も気兼《きがね》らしく狐鼠々々《こそ》と来《き》て何時《いつ》の間《ま》にか、又梯子段《またはしごだん》を下《お》りて人《ひと》に気《き》の付《つ》かない様《やう》に帰《かへ》つて行《い》くのださうである。 （『行人』「友達」二十四）

・所が当人丈は、根が気が違つてるんだから、洒唖々々《しやあ〳〵》して平気なもんで （『草枕』五）

・頭脳の不透明を以て鳴る主人は必ず寸断々々《〔ずだ〳〵〕》に引き裂いて仕舞ふだらうと思の外、打ち返し〳〵読み直して居る。 （『吾輩は猫である』九）

このような擬音語擬態語の漢字表記は自立語を漢字で書く『今昔物語集』などの漢字片仮名宣命体や記録体などの変体漢文の影響で多用されるようになり、中世には真字本の流行もあり拍車をかけた。近世に出された『世話字尽』など世話字を集めた本には多くのものが収載されている。漱石の使用している表記と一致するものも多い。

オノマトペ以外の字音的な当て字の特徴としては、先に挙げた「存在」のように、既にある類音や同音の語の漢字表記を利用していることであろう。

・一層《いつそ》の事、実物をやめて影丈描《か》くのも一興だらう。 （『草枕』十）

・男がこれしきの事に閉口《へこ》たれて仕様があるものかと無理に腹這になつて、二頁を開けて見ると驚ろいた。 （『坊っちゃん』十一）

・又そんな世話《せわ》しない真似《まね》をする気《き》もないらしかつた。 （『明暗』五十四）他に『明暗』に三例

・反吐《へど》もどしてゐればゐる程形勢は危うくなる丈であつた。 （『明暗』百四十八）

・と云つて、ラファエルの聖母《マドンナ》の様なのは、天《てん》でありやしないし、（『三四郎』十）

字訓的な表記としては、二字の漢字の表記によって意味的な連関を持たせるような表記も見られる。

・私は飛泥《はね》の上《あ》がるのも構はずに、糠《ぬか》る海《み》の中《なか》を自暴《やけ》にどし〳〵歩《ある》きました。（『こゝろ』八十七）

・其何《いづ》れに向つても慣れないうちは異人種のやうな無気味《ぶきみ》を覚《おぼ》えるのが常なので、猶更迷児《まご》ついたのである。（『彼岸過迄』「停留所」八）

・己《おれ》は自分《じぶん》の子供《こども》を綾成《あや》す事が出来《でき》ないばかりぢやない。自分《じぶん》の父《ちゝ》や母《はゝ》でさへ綾成《あや》す技巧《ぎかう》を持《も》つてゐない。（『行人』「帰つてから」五）

・夫で詰問を受けると決して詫びた事がない何とか蚊《か》とか云ふ。（『吾輩は猫である』四）

「糠る海」は一例しかないが、「海」を「み」に当てている例は他に「ぬかるみ」の表記しての「泥海」（『虞美人草』十）「濘海」（『満韓ところ〴〵』四十九）や、「明海（あかるみ）」（『門』十三）にも見られる。ただしこれらの場合は「る」の音の後の「うみ」であることから、音の結合によって「み」になっているように見えると解釈することもできる。「まごつく」を「迷児つ（付）く」と表記してある例は『彼岸過迄』（二例）以外に『明暗』（二例）にあり、『明暗』では「迷児々々《まご〳〵》する」というような例まである。「まごつく」の表記は『彼岸過迄』以前の作品では「迷付く」（『吾輩は猫である』『三四郎』『それから』）であった。「迷児付く」は「迷付く」よりも音により密接であろうとする意図によるものであろうか。「まごつく」には「間誤つく」（『門』十六）といういわゆる湯桶読みの音訓交用表記の使用も見られる。オノマトペの漢字表記の例として挙げた「洒啞々々」の場合も、漱石以前は単なる「洒洒」であった。また「そらとぼける」の場合も、最初は「空とぼける」（『虞美人草』『それから』）のように「空」以外は仮名であったが、『彼岸過迄』では「空遠惚ける」という音に合うような表記を試みている。なおこの語の場合は、後に「空惚ける」（『行人』『明暗』）「空恍ける」（『行人』）という表記になっていく。「あやす」を「綾（あや）＋成（な）

す」という表記で書いている。正宗白鳥は「綾す」（『何処へ』明治四十一年）と表記している。「綾成す」の方が意味をより明確にすると考えたのであろうか。漱石は「蚊弱い」「何とか蚊とか」「何でも蚊でも」と「蚊」の字を接頭語や代名詞にも使用しているが、今野真二氏の『消された漱石』（二〇〇八年　笠間書院）の指摘のように当時の他の文献にも見られる。ここで取り挙げたものの多くが定まった表記を持っていない。しかし自立語である。漢字平仮名交じり文においては自立語はできるだけ漢字で表記した方が視覚的に読みやすい。漱石は漢字平仮名交じり文のスタイルを忠実に守ろうとしたのであろう。

次に音訓交用表記について見ていこう。第一章第二節「恵まれた資料」で扱った「馬尻」も、「馬」の音バと「尻」の俗語ケツとによる音訓交用表記である。例として次のようなものがある。

・あつた所が他《ひと》の事を余計《けい》な御切買《せつかひ》だと、自分で自分を嘲《あざけ》りながら　（『彼岸過迄』「停留所」十四）
・上《うへ》はハイカラでも下《した》は蛮殻《ばんから》なんだから　（『彼岸過迄』「須永の話」二十一）
・其船の形好《かつかう》は夜《よる》でもよく分《わか》らなかつたけれども、　（『彼岸過迄』「松本の話」十一）
・凡てが平穏である代りに凡てが寐坊気《ねぼけ》てゐる。　（『三四郎』四）

「せっかい」「ばんカラ」の場合はその語の用例数が少なく、またその語自体新しい語であるために表記が安定していない。明治四十年の『辞林』では、「せっかい」は「切匙」の見出し表記のもとにあり、二番目の意味として説明されている。「ばんカラ」は『辞林』では「蛮襟」という表記になっているように漢字表記が安定していない。それに対し「かっこう」「ねぼけ」の場合は、それぞれ「恰好」「寝惚」といった表記の方が漱石の作品においてもよく使用されており、「形好」や「寐坊気」は漱石にとっても特殊なものである。

3　混交表記

音訓交用表記として解釈できそうであるが、その表記が出現するためには意識下に意味的表記の関与が必要だと思われる。この種の表記が、先に扱った音訓交用表記と同様に、漱石の表記の特色ではないかと考えられる。たとえば「はっきり」に対して、漱石は「判然」「判明」「明快」「明確」「明瞭」「確的」「確呼」「確然」「判切」といった九種もの漢字表記を使用している。また作品による表記の異なりも見られたりする。漱石は作品によって表記を変えていることが表❶からも察せられよう。

表❶――「はっきり」の漢字表記

	判切	判明	明快	明確	明瞭	確的	確乎	確然
吾輩は猫である								
坊っちゃん							1	
草枕								
虞美人草								
三四郎		1		3			1	1
それから								
門						1		
彼岸過迄	13	1	1		1			
行人	5							
こゝろ								
道草		7						
明暗	5							

ここで問題としたいのは「判切」という表記である。「はっきり」については、「判然」の読みを問題として作品における振り仮名の有無との関係を論じた、京極興一氏の「漱石の振り仮名―「判然」の読み方を

表2――「じれったい」の漢字表記

	自烈	地烈	焦慮	焦心	焦急	焦熱	焦烈	焦
吾輩は猫である								
坊っちゃん			1					
草枕				1				
虞美人草		2	3					
三四郎								1
それから								
門								
彼岸過迄								
行人	2				1	1	1	
こゝろ	1							
道草								
明暗			2				1	1

めぐって―」（『国語研究論集』一九八六年　明治書院　後に『近代日本語の研究』一九九八年　東苑社　所収）があり、各作品における表記が表として示されている。ここでは混交表記の観点から京極氏の表を作り直した。なお「判然」は全作品を通して全般的に使用されているようであり、また京極氏が問題とされている音読みとの問題があることにより、ここからは除くことにする。

「判切」は『彼岸過迄』から出現する表記である。この『彼岸過迄』には「判然」も含め五種もの表記が使用されている。意味の明確化を意図しているのであろうか、あるいは様々な表記の試みをしているようにも感じられる。「判」にハツという音は無い。この表記が出現してきた背景には、「はっきり」の漢字表記として多用されている「判然」や、「判明」などの意味的表記の影響を考えたい。

同様な例として「じれったい」がある。この「じれったい」にも多くの漢字表記が使用されている。「自烈たい」や「地烈たい」という字音的表記や、「焦慮たい」「焦心たい」「焦急たい」「焦熱たい」という意味的表記、そしてここで問題とする「焦烈たい」という熟字形態や、「焦れつたい」という一字の漢字によるものなど八種の表記が見られる。これも表に示すと次のようになる（表❷）。

「焦」という漢字に対し当時の漢和辞典類にはまだ「じれる」という和訓はまだ記載されていない。『三四郎』において「じれったい」に「焦」の字を当てたのは、意味的表記の「焦慮たい」や「焦心たい」の影響と考えられる。また、「焦烈たい」は『行人』に出現し『明暗』においても使用されている。この『行人』には、「はっきり」における『彼岸過迄』のように多くの表記が使用されている。意味的表記の「焦急たい」や「焦熱たい」があり、また字音的表記の「自烈たい」がある。このような表記の状況からは、正しく「焦烈たい」は意味的表記と字音的表記との混交表記といえよう。ただし『三四郎』での「焦」一字を「じれる」の漢字表記とする意識があったとすれば、この『行人』での段階では音訓交用表記といえるかもしれない。

このような混交表記と考えられるものとしては、他に「こわいろ」の「仮色」、「ぬかるみ」の「泥海」「濘海」、「みじめ」の「見惨め」がある。また「ぼんやり」の「呆やり」「茫やり」や、「しつこい」の「執濃い」、そして「ききめ」の「効目」もそれに相当しようか。前者は意味的表記と字訓的表記との混交と考えられるものである。後者に関しても、混交的表記と見るが、字音的表記あるいは字訓的表記と解釈することも可能なものである。

それぞれ順に見ていく。まず「こわいろ」は漱石の作品では『吾輩は猫である』に三例あり、「仮声」が一例、「仮色」が二例である。

・東風子は先つき、其人物が出て来る様に仮色《こわいろ》を使ふと云つた癖に遣手や仲居の性格をよく解して居らんらしい。（『吾輩は猫である』二）

・私しが船頭の仮色を使つて、漸く調子づいて是なら大丈夫と思つて得意にやつて居ると、（二）

「こわいろ」の漢字表記としては、一般的には字訓的表記の「声色」であるが、意味的表記の「仮声」の使用もよく目にするところである。「仮色」は、字訓的表記の「声色」と意味的表記の「仮声」との混交表記と思われる。

・只滑《すべ》る様な泥海《ぬかるみ》を知らぬ間《ま》に用意する許である。（『虞美人草』十）

・泥海《ぬかるみ》に落つる星の影《かげ》は、影ながら瓦よりも鮮《あざやか》に、見るものゝ胸《むね》に閃《きらめ》く。（『虞美人草』十一）

・すると足《あし》が土《つち》と擦《す》れ〳〵になる迄車《までくるま》が濘海《ぬかるみ》に沈《しづ》んで来《き》た。（『満韓ところ〳〵』四十九）

「ぬかるみ」の漢字表記としては、先に字訓的表記の例として『こゝろ』の「糠る海」を挙げたが、「ぬかるみ」には意味的表記として「泥濘」が『三四郎』と『門』に使用されている。これらより前の作品である『虞美人草』には混交表記と思われる「泥海」が二例見られる。また『満韓ところ〳〵』には「濘海」が使用されている。「泥海」の場合は意味的表記の「泥濘」よりも出現が早いが、この「泥海」の表記には「泥濘」が必要である。

・恐れては又攫《つか》まうとする青年は一層《いつそう》に見惨《みぢめ》に違《ちがひ》あるまいと考へながら、腹《はら》の中《なか》で暗《あん》に同情の涙《なみだ》を彼のために濺《そゝ》いだ。（『彼岸過迄』「松本の話」五）

・さうして其悲劇の何《ど》んなに先生に取つて見惨《みぢめ》なものであるかは相手の奥《おく》さんに丸で知れてゐなかつた。（『こゝろ』十二）

「みじめ」の漢字表記として「惨」の一字で書いている現代からすると、漱石の使用した「見惨」の「見」は不要に思われる。しかし、『ことばの泉』や『辞林』では見出し漢字表記は「不見目」とあるし、昭和初期の『大言海』や『大辞典』にも「惨」の表記はまだ現れない。「みじめ」の漢字表記としての「惨」の定着は『明解国語辞典』（昭和十八年）に「不見目・惨」とあるのが早いところであろう。漱石の作品では意味的表記の「無残」（『明暗』）、「惨憺」（『坑夫』）、「悲惨」（『虞美人草』）が使用されている。このような状況からいえば、「見惨」の出現には「悲惨」や「惨憺」といった意味的表記の影響を考えなければならない。以上扱ってきた「仮色《こわいろ》」「泥海《ぬかるみ》」「見惨《みぢめ》」は意味的表記と字訓的表記との混交表記と断定してよいであろう。

「ぼんやり」や「しつこい」の場合は、意味的表記として用いられている漢字自体の字音がその語形にとって同音あるいは類音的なものであることから、見方を変えれば字音的表記と解釈することも可能である。また「ききめ」の場合は、「効」に「きく」という和訓が存在するので字訓的表記とも考えられる。漱石は先に見たように類音表記をしばしば使用している。

・非常に心配して二三日は寐られないんで、何だか茫《ぼん》やりして仕舞ました　（『吾輩は猫である』十）

・私はあすの朝まで折角のヴイオリンも弾かずに、茫《ぼん》やり一枚岩の上に坐つてたかも知れないです……　（『吾輩は猫である』十一）

・小僧は茫《ぼん》やりして知らんがの、と云つた。　（『坊っちやん』二）

・「えゝ」と云つて、呆《ぼん》やりしてゐる。　（『三四郎』八）

「ぼんやり」の表記としては、音訓交用表記の「盆槍」（『三四郎』『道草』『明暗』など）や、意味的表記の「茫然」（『三四郎』『それから』『門』など）や「茫乎」（『それから』『彼岸過迄』『明暗』）、「茫漠」（『門』）、それに加えここで問題とする「茫やり」「呆やり」といった多くのものが使用されている。一字漢字による「茫やり」は意味的表記の「茫然」や「茫乎」の影響と考えられるが、振り仮名のない作品での使用という点では類音利用の可能性も棄てきれない。もう一つの表記である「呆やり」は、意味的表記としては出現しないが、「茫然」の異表記である「呆然」の影響かとも考えられる。

・況んや後暗《うしろぐら》い関係でもあるやうに邪推して、いくら知らないと云つても執濃《しつこ》く疑つてゐるのは怪《け》しからんぢやないか。　（『彼岸過迄』「風呂の後」十二）

・それだのに叔父は何故《なぜ》三好に対《たい》する自分の評を、こんなに執濃《しつこ》く聴《き》かうとするのだらう　（『明暗』六十五）

「しつこい」の表記は、初期の作品（『吾輩は猫である』『草枕』『それから』）では仮名表記である。混交表記と考えられる「執濃い」が『彼岸過迄』（二例）に出現し、他に『明暗』（二例）に使用されている。意味的表記である「執着い」は最後の作品の『明暗』での使用である。

この「ぼんやり」と「しつこい」の場合は、混交表記と考えられる「茫やり」「呆やり」並びに「執濃い」がそれぞれの意味的表記よりも先に出現している。したがって、「ぼんやり」は先の「2 字音的表記・字訓的表記・音訓交用表記」で取り挙げた類音による字音的表記、また「執濃い」の場合は音訓交用表記と解釈した方が適切であろうか。ただし、『吾輩は猫である』には「茫然」「呆然」「茫乎」「茫漠」といった表記が見られる。振り仮名が施されていないので、これらは『作家用語索引　夏目漱石』や『CD-ROM版新潮文庫　明治の文豪』ではすべて漢語として処理されているが、中には「ぼんやり」の意味的表記としての使用もあったかもしれない。

「ききめ」の「効目」（九例）は、字訓表記の「利目」（九例）とともに使用されている。他に意味的表記の「効果」（二例）「効能」（二例）がある。「利目」と「効目」の二表記は時代によって使用がきれいに分かれ、相補分布を示している。当時の辞書の見出し表記として採用されている「利目」は『吾輩は猫である』『坊っちやん』『草枕』『それから』において、一方の「効目」は『門』『彼岸過迄』『明暗』においての使用である。漱石の中で「利目」から「効目」への交替が見られる。意味的表記の二表記は『門』より一作品遅れるが、『彼岸過迄』に出現する。「効果」は他に『こゝろ』に、「効能」は『明暗』に用いられている。「効目」は字訓的表記の「利目」と意味的表記の「効果」あるいは「効能」との混交表記のように考えられるが、先に述べたように「効」の和訓として「きく」が存していることから、単なる字訓表記とも解せられる。

4　複数表記

漢語だからといってすべての語の表記が固定していた訳ではない。現代でも、辞書の見出し漢字表記として複数の表記が掲出されている場合がある。漱石の複数表記の中には現代でも併用されている表記がある。たとえば「りょうけん」の「料簡」（五十三例）「了見」（四十七例）「了簡」（四例）「量見」（二例）、「ろじ」の「路次」（三例）「露地」（二例）「露次」（二例）「露地」（二例）、また「ぞうさ」「ぞうさく」の「造作」（六例）と「雑作」（六例）は、漱石の時代ほどではないが、現代にも表記の揺れが見られるものである。同義として扱ったがこの中には意味の異なっているものも含まれているかもしれない。それぞれの用例に使用数を記したが、これは『作家用語索引　夏目漱石』を使用したものであり、漱石の全作品を含んでいるわけではない。また第一章第二節「恵まれた資料」で述べたように、この索引の底本ははっきりしない。また漢字表記に関しては、これまで見てきたように編集の際に他人の手によって変更されていることがある。したがって、それぞれの使用数は漱石の実際の使用数を示しているわけではない。使用数はだいたいの傾向という程度であるが、『鶉籠』のような処理が入っているとこれまた怪しいものである。参考程度にとどめておきたい。

漱石の作品だけでなく、当時の辞書の見出し表記にも複数の表記が掲出されてものもある。「せんとう」における「洗湯」（十一例）と「銭湯」（三例）、「ひさん」における「悲酸」（六例）と「悲惨」（二例）は当時の揺れと解される。

複数の表記がある場合、それらの表記を巧みに使うことによって、文章の装飾を行うことができる。

・あの一図な所はよく、嫂《あによめ》の気性を受け継《つ》いでゐる。然し兄《あに》の子丈あつて、一図なうちに、何処《どこ》か逼《せま》らない鷹揚《おほよう》

な気象がある。　（『それから』十二）

『それから』においては、人の気質を表す場合、「気象」が三例、「気性」が二例使用されている。明治時代には「気象」が気象台などの用法によって次第に天候を表すようになるが、漱石並びに同時代の人々においては「気象」にまだ人の気質の意が残っていた。このような複数の表記があることによって、『それから』においては、一人の子の中に兄と嫂との両者の性格を持ち備えていることを「気象」と「気性」の二表記によって表現しているのである。

それに対して規範的な表記が定着しているにもかかわらず、漱石が異なる表記を使用している場合も見受けられる。この複数表記の使用の場合には様々な段階がある。たとえば、「最高」（三例）に対する「最好」（『それから』六）は『日本国語大辞典』では別の見出し語として掲出されている。しかも漱石以外の用例も上がっているので、両者は同音類義語の関係なのかもしれない。

・代助はかつて、是を敗亡の発展《はってん》と名《な》づけた。さうして、之を目下の日本を代表する最好の象徴《シンボル》とした。

「真最中」（二例、「最中」は十八例）に対する「真際中」（『道草』五十二）の場合は、誤字と判断してもよいかもしれない。

・然し其仕事《しごと》の真際中《まつさいちう》に彼は突然細君の病気を想像する事《こと》があつた。

逆に、漱石においてはその当時の規範な表記の用例が少なくて、他の表記の方が使用度の高い場合がある。「万遍なく」は現在許容の表記として認められているが、当時の辞書の見出し表記は「満遍なく」である。漱石は「万遍なく」を六例使用しているのに対し「満遍なく」は一例しかない。「万遍なく」が現在許容されていることからすると、当時においても揺れがあったものと思われる。

『坊っちゃん』の原稿には、次節に見るように、「仁参」を「人参」と書き直しているような漢字の訂正がよく見られる。直し忘れたのか「仁参」がそのまま活字化されている場合がある。このようなものも「人参」と「仁参」との複数表記ということになるが、実際には漱石にとって身に付いている表記は「仁参」ということになろう。

規範的な表記ともう一つの表記とが用例数の上でほぼ同じ場合がある。「言語道断」(二例)に対する「言語同断」(『吾輩は猫である』二例)、「相伴」(二例)に対する「招伴」(『草枕』二例)のように誤字と思われる表記が一作品にしか出現しないものや、「密接」(二例)に対する「密切」(『こゝろ』一例『彼岸過迄』一例)、「冷酷」(三例)に対する「冷刻」(三例『虞美人草』『彼岸過迄』『明暗』に各一例)のように複数作品に使用されている場合がある。一作品での表記であれば、その作品での一時的な誤字と解釈することもできようが、複数の作品に出現すれば漱石にとってはその表記も使用表記であったことになる。以上挙げたものは用例の少ないものであるが、規範的な表記ともう一つの表記ともによく使用されている場合がある。「商売」(二十例)と「商買」(七例)、「辛抱」(二十七例)と「辛防」(七例)[*2]などが挙げられる。「商売」の中には「商買」が編集の際に改められたものが多く含まれていようが、これらも漱石における同語異表記ということになろう。ただし、複数表記に関しては、原稿との異同の調査を行う必要がある。

一般に、個人の書き癖としては特定の一表記を好むと思われる。漱石の場合は他の人よりも表記の揺れが激しく、またその表記も複数回使用されている。特にある表記に固定して使用するという態度はこれまで見てきたように窺われない。漱石の用字法は、鷗外の厳格な用字法とは対照的であり、まさしく谷崎の指摘するように「無頓着で出鱈目」であるように思われる。これは本章(第八章)の「緒言」で示したように、漱石にとって漢字はあくまでも従であるという意識があったことに起因していよう。

5　まとめ

これまで見てきたように、ある一語を表すのに漱石は多種多様な漢字表記を用いていた。また作品によっては複数の表記を併用し、表記の試みをしているかのように感じられる場合もある。その原因としてはその語の漢字表記が固定化していなかったことによるものと考えられる。

漱石は漢字平仮名交じり文においては自立語はできるだけ漢字で書こうと努めている。中勘助の『銀の匙』の草稿に対して次のようにしたためている。

追白　あれは新聞に出るやう一回毎に段落をつけて書き直し可然候。ことに字違多く候故御注意専一に候、夫から無暗と仮名をつゞけて読みにくゝも候夫には字とかなと当分によろしく御混交可然か、

（大正二年三月四日書簡）

『銀の匙』は仮名の多いのが特徴であり、嫌みのない美しい文章として評価が高い。しかし、漱石は新聞において読みやすくするためには「(漢) 字とかなと当分」になるような漢字平仮名交じり文が適切と考えていたのである。ちなみに「当分」は「等分」の誤字ではない。江戸時代から明治時代にかけては「等分」とともに併用されていた表記である。

このような漱石の姿勢が、表記の固定していないものに対して字訓的表記や字音的表記、また類音的表記を用いさせているのではないだろうか。ただし音訓交用表記の場合、表記が固定化しているものに対しても使用している。またそこには振り仮名が施されている。振り仮名が付してあることを考慮すると、わざわざその表記を使用した意図を考える必要があるのかもしれない。

混交表記の出現は、その語を表すのに、複数の表記が頭の中で混ざったことによる。そのような状況が生じるのは、表記について充分に考える余裕がなかったことが原因と考えられる。文章の産出の早さに筆が追いつかないために、メモ的に取りあえず文章を忘れないように書き残すことに重点が置かれているように思われる。漱石に見られる字音訓表記・音訓交用表記・混交表記など不可思議な表記の多くがそのようにして生み出されたのであろう。もし原稿をじっくり読み返せば直す箇所も多かったに違いない。

第四節　誤字か当て字か「嘵舌」をめぐって

宗助は仕立卸《したておろ》しの紡績織の脊中《せなか》へ、自然《じねん》と浸《し》み込んで来《く》る光線《せん》の暖味《あたゝかみ》を、襯衣《しやつ》の下《した》で貪《むさ》ぼる程味ひながら、表《おもて》の音《おと》を聴《き》くともなく聴《き》いてゐたが、急に思ひ出した様に、障子越しの細君を呼んで、

「御米《およね》、近来《きんらい》の近《きん》の字はどう書《か》いたつけね」と尋《たづ》ねた。細君は別に呆《あき》れた様子もなく、若い女に特有なけたゝましい笑声《わらひごえ》も立《た》てず、

「近江《おほみ》のおほの字ぢやなくつて」と答《こた》へた。

「其近江《おほみ》のおほの字が分《わか》らないんだ」

細君は立て切つた障子を半分《ぶん》ばかり開《あ》けて、敷居《しきゐ》の外《そと》へ長い物指《ものさし》を出して、其先《さき》で近《きん》の字を縁側へ書《か》いて見せて、

「斯《か》うでしやう」と云つた限《ぎり》、物指《ものさし》の先《さき》を、字の留《とま》つた所へ置いたなり、澄《す》み渡《わた》つた空《そら》を一《ひと》しきり眺《なが》め入つた。宗助は細君の顔《かほ》も見ずに、

「矢っ張《ぱ》り左様《さう》か」と云つたが、冗談でもなかつたと見えて、別に笑《わらひ》もしなかつた。細君も近の字は丸で気にならない様子で、

「本当に好《い》いお天気だわね」と半ば独り言《ごと》の様に云ひながら、障子を開《あ》けた儘《まゝ》又裁縫《しごと》を始めた。

すると宗助は肱《ひぢ》で挟《はさ》んだ頭《あたま》を少し擡《もた》げて、

「何《ど》うも字《じ》と云ふものは不思議だよ」と始めて細君を見た。

「何故《なぜ》」

「何故《なぜ》つて、幾何容易《いくらやさし》い字《じ》でも、こりや変だと思つて疑《うた》ぐり出すと分《わか》らなくなる。此間《このあひだ》も今日《こんにち》の今《こん》の字で大変迷つた。紙《かみ》の上《うへ》でちやんと書《か》いて見て、ぢつと眺《なが》めてゐると、何だか違《ちが》つた様な気がする。仕舞には見れば見る程今《こん》らしくなくなつて来《く》る。——御前《まい》そんな事を経験した事はないかい」

「まさか」

「己丈《おれだけ》かな」と宗助は頭《あたま》へ手《て》を当《あ》てた。


（『門』一）

1　誤字の訂正

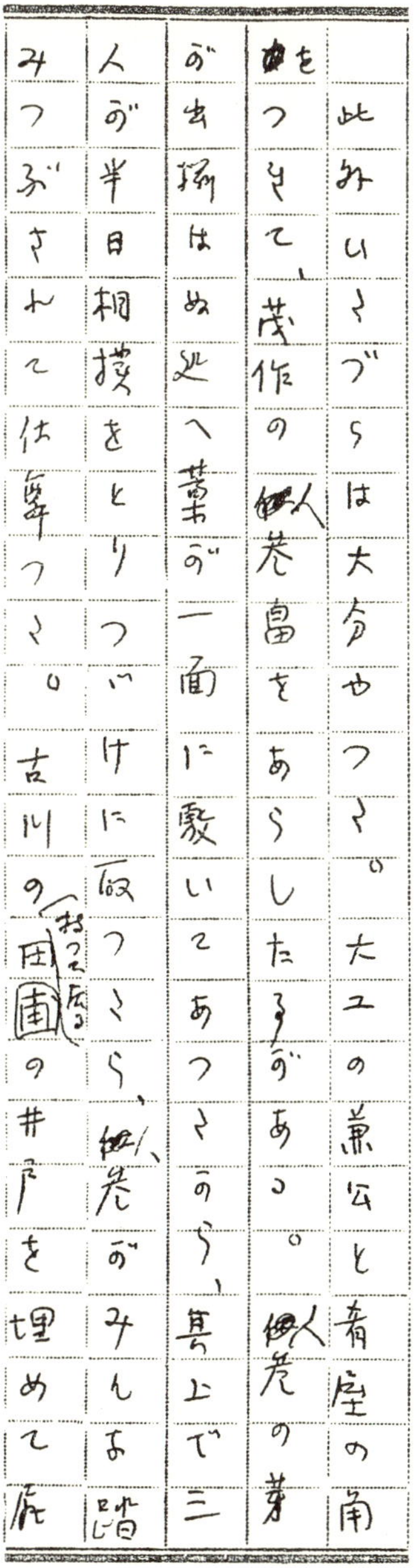
此外いたづらは大分やつた。大工の兼公と肴屋の角をつれて、茂作の人参畠をあらした事がある。人参の芽が出揃はぬ処へ藁が一面に敷いてあつたから、其上で三人が半日相撲をとりつゞけに取つたら、人参がみんな踏みつぶされて仕舞つた。古川の（持つて居る）田圃の井戸を埋めて尻

『坊っちやん』の自筆原稿を眺めていくと、漱石が漢字表記を直している箇所にしばしば出会う。たとえば、前頁に掲げた部分において「仁参」を「人参」と三箇所において直している。直し忘れてそのまま活字化されていることもあり、「仁参」は『彼岸過迄』に見られる。「人参」よりも「仁参」の方が漱石の習得した表記だったのであろう。しかし、「仁参」は辞書などに見られないことから誤字となる。つまり漱石は誤った表記を身につけたのである。

近年漱石の自筆原稿の複製が複数刊行され、活字では気づかなかった漱石の用字の様相を窺い知ることができるようになってきた。ここで扱っていく「しゃべる」の漢字表記「嘵舌」も、原稿を重視した平成版の『漱石全集』（岩波書店）によってそのような字が使用されていたのを初めて知り、さらに自筆原稿の複製によって自分の目で実際に確認できるようになった。つまり、これまでの漱石の作品集においては、その箇所が他の漢字に置き換えられて刊行されていたのである。このような自筆原稿の漢字については、先に見たように印刷所で直されることを期待して略字などを安心して使用しているという、執筆者の立場からの意見がある（高島俊男氏『漢字と日本人』九頁　二〇〇一年　文春新書）。その一方で、誤りということに気づかれることなく、意図的な表記として編集者や印刷所を通り、そのまま活字になるケースもあるという（笹原宏之氏『日本の漢字』一七一頁　二〇〇六年　岩波新書）。漱石の用字については、集英社の『漱石文学全集』や平成版の岩波の『漱石全集』などにおいて、原稿と初出・初版との異同が示されている。その異同表によって、原稿にあった誤字が活字化される際に訂正されている場合が多くあることがわかる。

ここでは、漱石の誤字「嘵舌」がどのように生じたのか。また、活字化の過程においてその字がどのように処理されてきたのかについて考えてみたい。

2　誤字の発生原因

誤字の発生には何らかの原因がある。たとえば、『坊っちゃん』の原稿に見られる「⿰其乍欺師」の「⿰其乍」は、笹原宏之氏が『日本の漢字』一七〇頁で指摘するように、「詐」と書こうとした際に下の「欺」の字の影響によって変化した、いわゆる逆行同化によるものである。ここで問題としていく「しゃべる」の漢字表記「嘵舌」の「嘵」は『道草』において次のように使用されている。

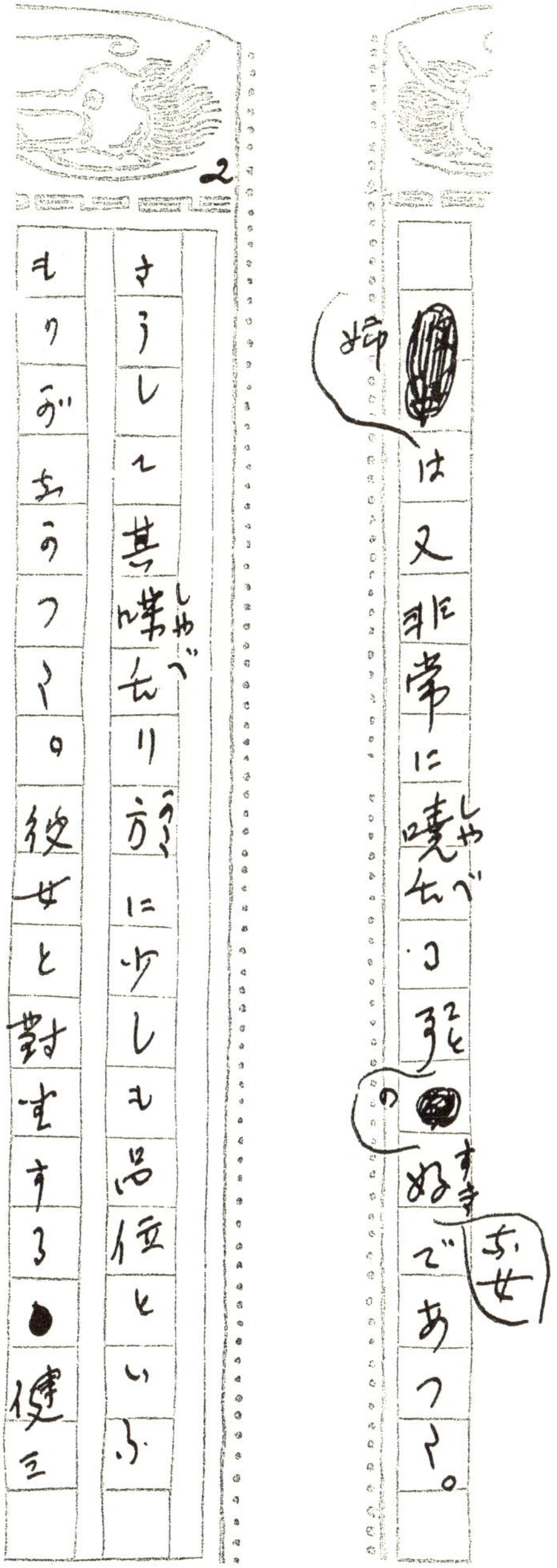

●——（二玄社の複製による）

表❶ 夏目漱石の「しゃべる」・「しゃべり」の表記

作品名	饒舌（る）	喋舌（る）	喋る	しゃべ（る）
吾輩は猫である	2	9		4
カーライル博物館		1		
琴のそら音		1		
坊っちゃん	1	8		
虞美人草	1	3		
三四郎	3	1		
坑夫	3			
それから	3	3		
門		1		
彼岸過迄	2	3	1	
行人	4	9		
こゝろ		1		
道草	2	7		
明暗	1	13		

姉は又非常に嘵舌《しゃべ》る事《こと》の好《すき》な女であつた。さうして其喋舌《しゃべ》り方《かた》に少しも品位といふものがなかつた。

（四）

この箇所には、「しゃべる」の漢字表記として、ここで問題としている「嘵舌」の他に、すぐ後に「喋舌」が見られる。

漱石は「しゃべる」に対して複数の表記を使用していたようであるが、作品での表記を確認するために、『CD-ROM版新潮文庫　明治の文豪』や『作家用語索引　夏目漱石』で検索すると、表❶のようになる。なお、表には名詞の「しゃべり」も含めてある。

この表によると、漱石は漢字表記として「饒舌」と「喋舌」を使用していることになる。また仮名表記も見られる。「饒舌」も「喋舌」もともに「しゃべる」の意味を表している熟字表記である。なお、現在用いている「喋」だけの表記は漱石の作品では『彼岸過迄』に一例見られるが、後の作品での使用がないことからすると、「喋舌」を使用する漱石にとっては中途半端に感じたのであろう。『道草』では、「喋舌」が七例、「饒舌」が二例の使用となっている。先に挙げた『道草』の「嘵舌」の箇所は、『明治の文豪』や『作家用語索引』では「饒舌」として処理されている。「しゃべる」に複数の表記があったために、次のような過程で両者の混交字形として「嘵」が生じたと考えられる。

1 「喋舌」と書こうとして途中から「饒舌」が浮かんだために生じた

2 「しゃべる」の例が近いために、装飾的な変字法として前は「饒舌」、後は「喋舌」と書き分けようとしたが、「喋舌」が浮かんできたために生じた

つまり、その場での一時的な誤字かと思われる。しかし『道草』の自筆原稿をさらに読み進めていくと、次のような例に出会う。

姉が余り嘵舌《しゃべ》るので、彼は何時迄《いつまで》も自分の云ひたい事《こと》が云へなかつた。（六）

この箇所も先の二つのデータベースでは「饒舌」として処理されている。つまり、『道草』において「饒舌」とされている二例ともに原稿では「嘵舌」とある。そこで、自筆原稿の複製されている『それから』において「饒舌」とされている三例についても確認すると、『道草』と同じく三例とも「嘵舌」となっている。このような状況からは、「嘵舌」は一時的な誤字とは考えられなくなる。ちなみに漱石の用いた「嘵」は実在する漢字である。ただし『大漢和辞典』によると、恐れるという意であり、意味が適していない。

平成版の『漱石全集』は、「嘵」を全集として始めて採用しており、また巻末の「今次『漱石全集』の本文について」において「嘵舌」を取り挙げているように、「嘵舌」の表記にこだわりを持っている。

ii 以下の場合に修訂をほどこすことがある。

ハ 意味は通じるが、音としての読みが一般になじまない熟語

（注 「嘵舌」のように漱石が自らルビを振っている場合は、この限りではない。）

『漱石全集』の編集者であった秋山豊氏は『漱石という生き方』（二〇〇六年 トランスビュー）の「あとがき」にお

いて、そのこだわりを紹介している（354〜356頁）。秋山氏は、「嘵舌」が『漢語大詞典』に「猶饒舌」と説明されており、清代の漢籍の用例が示されていることから、漱石は清代の文章に接し、好んで使用するようになったとされる。つまり「嘵」を混交字形と考えるのではなく、「嘵舌」自体を由緒正しい表記と考えているのである。

漱石において「しゃべる」の漢字表記として「嘵舌」が出現した原因としては、次のようなことが考えられる。

・「しやべる」の漢字表記である「喋（舌）」と「饒（舌）」との混交（字形の混交）
・漢字「饒」の意味的な誤習得（誤字）
・清代の漢籍に基く表記の使用（衒学的）

3　明治時代の「しゃべる」の漢字表記

「しゃべる」を「喋」で表記する現代の我々からすると、漱石の「しゃべる」の漢字表記について違和感を覚えるかもしれない。漱石がこのような複数の表記を使用しているのは、その当時においてはまだ「しゃべる」の漢字表記が確立していなかったからである。まず「しゃべる」の漢字表記の定着の過程を眺めておきたい。

『日本国語大辞典　第二版』によると、「しゃべる」の最古の用例として『日葡辞書』（一六〇三〜〇四年）が上がっている。この書には、意味として「ぺちゃぺちゃとよく話をする」（『邦訳日葡辞書』による）とある。「しゃべる」の名詞形である「しゃべり」は、大蔵流の狂言作法書である『わらんべ草』（一六六〇年）に「間をつくるに作法あり、間のうたひなきはしやべりなり、間のうたひあるは、かたり間なり」とあるように、狂言用語として使用されている。「しゃべる」は江戸時代初期頃には定着していたようである。その漢字表記としては、『書言字考節用集』（一七二七年）に「喒」とあり、後続の節用集類ではこの漢字表記を継承している。しかしこの字は「吻」の古字であり「くちさき」という意味である。したがって「しゃべる」にとっては適した漢字とはいえず、文学作品などでは仮名で表記するのが一般的であった。

明治時代の辞書においても仮名表記が一般的であり、漢字表記が採用されたのは『辞林』（明治四十年）頃からである。『辞林』には現代と同じ「喋」が見出し漢字表記となっている。『大日本国語辞典』『言泉』『大言海』など大正・昭和初期の辞書でも見出し漢字を「喋」としており、辞書によると明治時代末期頃には「しゃべる」の漢字表記として「喋」が確立したことになる。「喋」の和訓は、『大字源』（角川書店）によると、中古はツイハム、中世はクラフ・ツイバム、近世はクチガマシ・クラフ・チナガル・ツイバムとある。近世には「喋喋しい」という語が使用されており、これがクチガマシと対応しているようである。漢字「喋」にとって「しゃべる」は近世までには見られない明治時代になってから生じた新和訓ということになる。「しゃべる」と漢字「喋」との結びつきは、「喋」に近世の和訓としてクチガマシが見られることから、その意味によるものと考えられる。しかし、表❶で漱石の漢字表記を見たように、「しゃべる」の表記としては「饒舌」や「喋舌」といった熟字表記を使用していた。そして明治時代においては、漢字表記としてはこのような熟字表記が一般的であった。『CD-ROM版新潮文庫 明治の文豪』や『大正の文豪』によって、漱石と同じ表記である「饒舌」や「喋舌」が出現する作品を検索すると、表❷のようになる。（作品名はCD-ROM版での目次の作品名であり、短編が多く含まれている場合には使用されている作品と異なる場合がある。）

また『あて字用例辞典』（雄山閣）や『辞書にない「あて字」の辞典』（講談社＋α文庫）などを利用して「饒舌」や「喋舌」以外の表記を調べると、「喋口」（坪内逍遙）・「演舌」（三遊亭円朝）・「多弁」「多舌」（黒岩涙香）といった熟字表記が使用されている。「饒舌」と「多弁」は、『言海』に「漢ノ通用字」とされており、中国語で言い換えるとこれらの語が相当する。「演舌」は「演説」と併用されている表記である。これらの表記の中で「多舌」「喋口」「喋

表❷——「しゃべる」・「しゃべり」の表記の変遷

年	作品	饒舌（る）	喋舌（る）	喋（る）	しゃべ（る）
M20	浮雲（二葉亭四迷）	10			
21	あひゞき・めぐりあひ（二葉亭四迷）	8			
28	にごりえ・たけくらべ（樋口一葉）	2			
30	金色夜叉（尾崎紅葉）	1		1	
31	武蔵野（国木田独歩）	11			
33	歌行燈・高野聖（泉鏡花）	6			
34	牛肉と馬鈴薯・酒中日記（国木田独歩）	2	7		
38	吾輩は猫である（夏目漱石）	2	9		4
	倫敦塔・幻影の盾（夏目漱石）		2		
39	坊っちゃん（夏目漱石）	1	8		
	其面影（二葉亭四迷）	12	1		
	野菊の墓（伊藤左千夫）				1
	破戒（島崎藤村）	1	7		
40	虞美人草（夏目漱石）	1	3		
	平凡（二葉亭四迷）	7			
	婦系図（泉鏡花）	11			
41	坑夫（夏目漱石）	3			
	三四郎（夏目漱石）	3	1		
	生（田山花袋）	12			1
	春（島崎藤村）	1		1	1
42	それから（夏目漱石）	3	3		
	ヰタ・セクスアリス（森鷗外）	2			3

	田舎教師（田山花袋）	5			
43	門（夏目漱石）		1		
	青年（森鷗外）	1			2
	土（長塚節）	6			
	家（島崎藤村）		7		
44	雁（森鷗外）	2			1
	或る女（有島武郎）	1			3
45	彼岸過迄（夏目漱石）	2	3		
T1	葛西善蔵集〈悪魔〉		1		
T2	行人（夏目漱石）	4	9		
3	こゝろ（夏目漱石）		1		
4	あらくれ（徳田秋声）	1			1
	道草（夏目漱石）	2	7		
	羅生門・鼻（芥川龍之介）	1			2
5	明暗（夏目漱石）	1	13		
6	父帰る・屋上の狂人（菊池寛）		1	1	
	地獄変・偸盗（芥川龍之介）	3			2
7	学生時代（久米正雄）			1	
	新生（島崎藤村）	1	1		1
8	藤十郎の恋・恩讐の彼方へ（菊池寛）			1	
9	売色鴨南蛮（泉鏡花）		1		
11	多情仏心（里見弴）			37	1
12	青銅の基督（長与善郎）	1			
14	檸檬（梶井基次郎）			7	

舌」は、『大漢和辞典』や『漢語大詞典』に登載されていないことから、日本で作られた語（表記）であると思われる。特に「喋舌」はその当時よく使用されていた表記であるが、『日本国語大辞典』には見出し語として登載されていない。ということは、「喋舌」は字音語としてではなく「しゃべる」の漢字表記として成立したことになる。この表記の成立には、以前から使用されていた「喋喋しい」という語と、「しゃべる」の意味的な表記である「饒舌」とが関与しているものと思われる。「喋喋」と「饒舌」とが共起している場合が多く見られる。たとえば、『新編浮雲』では次のように使用されている。

・昇《のぼる》は絶《た》ゑず口角《くちもと》に微笑《びせう》を含《ふく》んで折節《をりふし》に手真似《てまね》をしながら何事《なにごと》をか喋々《てふてふ》と饒舌《しやべ》りたて、てゐた　（七）

つまり、「喋舌」の過程を経て「喋」が定着したと考えられる。しかし表❷を見ると、「喋」の使用は既に尾崎紅葉の『金色夜叉』の前編（明治三十一年刊行）に見られ、「喋舌」よりもその使用が早い。

・二人《ふたり》の事は荒尾より外に知る者は無いのだ。荒尾が又決《けつ》して喋《しやべ》る男ぢやない。　（四）

ただし、「喋」の使用は紅葉以後続かず、「喋」が一般的になったのは「喋舌」が多用されるようになってからである。このような文学作品での使用を見ると、『辞林』などの辞書の掲出は早すぎるような気がする。これは辞書が編纂にあたって見出し表記を必要としたことによる、すなわち和語を一字の漢字で表記しようとした意図によるものと思われる。

4　漱石の「饒舌」使用の疑義

「2誤字の発生原因」で見たように、CD-ROM版などで検出した『道草』の「饒舌」の用例は、自筆原稿によると二例ともに「嘵舌」であった。『それから』の三例についても同様に「嘵舌」になっている。そこで、『道草』

と『それから』以外の作品で、表❶において「饒舌」が使用されている漱石の作品について、その箇所が「饒舌」か「嘵舌」であるのかを確認してみる。ただし自筆原稿の残っている作品しか確認できないので、自筆原稿が残っているか否かによって分類しておく。

◉自筆原稿の残っている作品	◉自筆原稿の確認できない作品
坊っちやん	吾輩は猫である
三四郎	坑夫
それから（確認済）	行人
虞美人草	
彼岸過迄	
道草（確認済）	
明暗	

自筆原稿を重視した平成版の『漱石全集』を利用していくと、「饒舌」の箇所が原稿において「嘵舌」になっているのは、『三四郎』の全三例と『明暗』の全一例である。『三四郎』の原稿については天理図書館において確認した。原稿においても「饒舌」であるのは『坊っちやん』の全一例、『虞美人草』の全一例、『彼岸過迄』の全二例である。一作品中に「嘵舌」と「饒舌」とが併用されているものはなく、必ず一方である。『坊っちやん』の用例を自筆原稿で確認すると、「嘵」を「饒」に直したようにも思われる。他の食偏とは明らかに異なる。『虞美人草』と

たら、又うらなり君に逢つた。おれは会議や何かでいざと極まると、咽喉が塞がつて饒舌れない男だが、平常は随

（『坊っちゃん』七　岩波書店蔵）

「ホヽ一人《ひとり》で饒舌《しやべ》て……」と藤尾の方を見る。藤尾は應じない。

（『虞美人草』十一　岩波書店蔵）

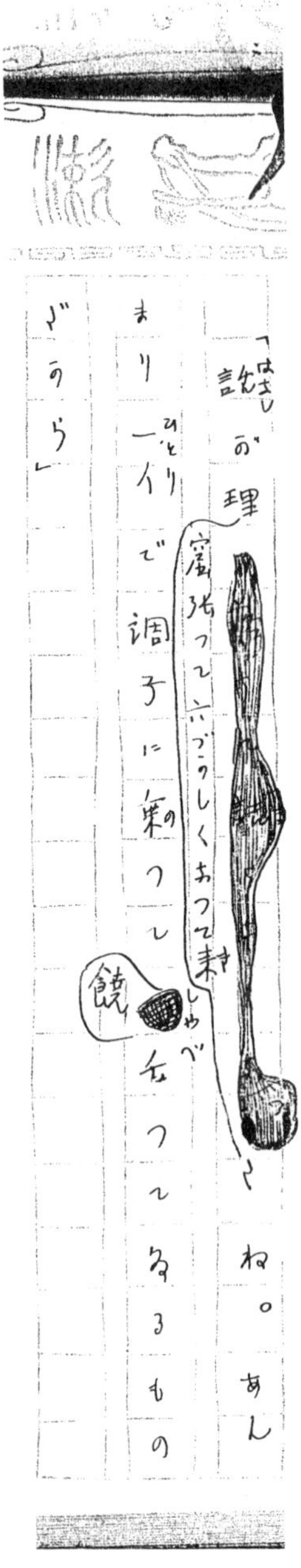
「話《はなし》が理窟張つて六づかしくなつて来ましたね。あんまり一人《ひとり》で調子に乗つて饒舌《しやべ》つてゐるものだから」

（『彼岸過迄』「須永の話」十三　岩波書店蔵）

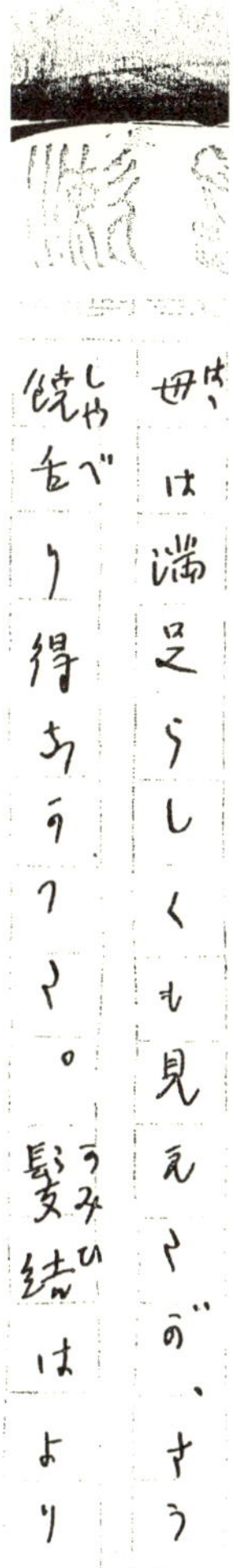

●――（『彼岸過迄』「須永の話」三十二）

『彼岸過迄』の原稿はまだ複製として刊行されていないが、ともに岩波書店が所蔵している。それによると、『虞美人草』の場合も、食偏が奇妙な形をしている。合とヒとの合字のようになっている。『彼岸過迄』においては（十三）の例は一旦書いたものを書き直している。元の字は黒く塗りつぶされているが、左側が小さい。また書き直した字も、食偏がはっきりと書かれている。（三十二）の例は明らかに「饒舌」である。この場合の食偏は他の食偏の字と同じ形をしている。「饒舌」の用例を見ると、漱石は「饒」の字を書くのにかなり気を遣っているように見受けられる。

5　「曉舌」の処理

平成版の『漱石全集』や自筆原稿の複製で確認すると、「饒舌」となっている箇所は少なくなる。原稿における「曉舌」が活字化される際にどのように処理されたのかをまとめたのが、表❸「「曉舌」の異同」である。

表❸を見ていくと、『三四郎』と『それから』の初出（朝日新聞）において、それぞれ三例中一例だけが原稿通りに「曉舌」となっている（ゆまに書房の複製による）。

が便利《べんり》だから、三四郎《らう》も成《な》るべく嘵舌《しやべ》るに若《し》くはないとの意見《いけん》である。偖《さて》愈《いよ〳〵》衆議《しうぎ》一、

（『三四郎』六・六）

けれども、平岡《ひらをか》へ行《い》つた所《ところ》で、三千代《みちよ》が無暗《むやみ》に洗《あら》ひ浚《ざら》ひ嘵舌《しやべ》り散《ちら》す女《をんな》ではなし、

（『それから』七・三）

新聞小説の場合一回分毎に活字が組まれ、その回を担当した人の判断によって、原稿通りの字に組んだのであろう。この二例は、初版ではそれぞれ「饒舌」となっており、初出における漢字表記がそのままには受け継がれていない。単行本として刊行するにあたって、「嘵」を「饒」の誤字として判断し訂正したのであろう。『道草』においては、二例中一例が初出で「喋舌」となっている。これは「2　誤字の発生原因」において取り挙げた箇所である。この用例の場合、すぐ後に「喋舌」が使用されていることから、「喋舌」の書き誤りとして処理したものと思われる。なお、原稿の「嘵」の字の口のところには朱点が施されており、編集の際に気になった箇所と思われる。先に示した三〇九頁の図版には残念ながら朱点は写っていない。複製で確認されたい。

「嘵舌」に対し現代の全集類では、岩波の『漱石全集』（平成版を除く）*1と『CD-ROM版新潮文庫　明治の文豪』ではすべて「饒舌」としている。それに対して、集英社の『漱石文学全集』においては『それから』の二例、『道草』の一例を「喋舌」として処理している。『道草』の例については、初出・初版ともに「喋舌」であったので、それに従ったものと思われる。しかし『それから』においては、三例の内の二例を「喋舌」としているが、この場合は初出や初版とは異なっている。どのような理由でこの二箇所を「喋舌」にしたのかわからない。『漱石文学全集』においては、初出、初版、原稿との校異を行っており、『それから』や『道草』の原稿を見ているようである

表3――「嘵舌」の異同

作品名	所在	原稿	平成	初出	初版	集英	岩波	新潮
坊っちゃん	三三六	○（★）	○	○	○	○	○	○
虞美人草	二一〇	○	○	○	○	○	○	○
三四郎	四一一	★	★	○	○	○	○	○
	四三五	★	★	○	○	○	○	○
	四三九	★	★	★	○	○	○	○
それから	七一	★	★	○	○	○	○	○
	一〇四	★	★	○	○	◆	○	○
	一一二	★	★	★	○	◆	○	○
彼岸過迄	二三九	○	○	○	○	○	○	○
	二九六	○	○	○	○	○	○	○
道草	一一	★	★	◆	◆	◆	○	○
	一七	★	★	○	○	○	○	○
明暗	一七四	未見	★	○	○	○	○	○

所在…平成版岩波『漱石全集』の所収されている巻の頁
平成…平成版岩波『漱石全集』
集英…『漱石文学全集』（昭和四十六年）
岩波…『漱石全集』（昭和四十年版）
新潮…『CD-ROM版新潮文庫　明治の文豪』
★…嘵舌
◆…喋舌
○…饒舌

が、「嘵舌」については一言も触れていない。このように見てくると、漱石の原稿にある「嘵舌」は初出で二箇所だけ受け入れられたものの、初版以降は平成版の『漱石全集』が刊行されるまで姿を消してしまったのである。

6　まとめ

漱石の「しゃべる」の漢字表記「嘵舌」について見てきた。初出で二例だけがそのまま採用されたが、初版や全集などにおいては一切認められず「饒舌」や「喋舌」の誤字として処理されてきたように、「嘵」は漱石の身についた誤字であると思われる。たしかに清代の文献にしゃべるの意味として「嘵舌」が使用されていたが、漱石が「嘵」の字を直そうとしているところからすると、由緒正しい表記と考えていたとは思えない。

漱石の当て字については、前節（第三節）で扱ったように、当て字も多いが、誤字もかなり多く見られる。漱石の死後直ちに着手された『漱石全集』のために作成された「漱石文法稿本」の「第九章　先生特殊の語法、用字の数例」によってもそのことを確認できる。漱石の誤字については、これまでも『漱石文学全集』の本文校訂において示されていたが、研究者の関心によって注視する箇所が異なっていた。「5「嘵舌」の処理」で見たように「嘵舌」については触れられていなかった。「1　誤字の訂正」で述べたように自筆原稿の複製類が刊行され、ようやく様々な観点からの研究が行われるようになってきた。原稿を用いることによって、漱石の書き癖などといった漱石の用字法についてこれから徐々に明らかにされていくだろう。今後の研究が楽しみである。

注

漱石の作品の引用は岩波書店の平成版の『漱石全集』による。

第一章 第一節 「嗽石」か「漱石」か

＊1 原稿の署名については岩波書店の平成版の『漱石全集』の後記によるが、『吾輩は猫である』の第十章・第十一章の署名をこの全集では「漱石」としている。しかし第十章の写真を見ると「嗽石」となっており、また第十一章についても山下浩氏の『本文の生態学』（一九九三年　日本エディタースクール出版部）によると「嗽石」となっているようである。

＊2 初出の署名については、『漱石雑誌小説復刻全集』全五巻（二〇〇一年　ゆまに書房）による。

第一章 第二節 恵まれている資料

＊1 たとえば、松澤和宏『生成論の探究』（二〇〇三年　名古屋大学出版会）では『こゝろ』について、十川信介『明治文学　ことばの位相』（二〇〇四年　岩波書店）では『こゝろ』『道草』『明暗』について論じている。

＊2 青空文庫の『それから』は岩波書店の平成版の『漱石全集』を底本にしている。青空文庫全体からの検索ではヒットしないが、『それから』単独で行うとヒットする。筆者の技術不足によるものだろうか。

＊3 拙稿「漱石の特徴的なあて字」（『国語文字史の研究』八　二〇〇五年　和泉書院）において、「八釜しい」が『吾輩は猫である』において使用されていないと記した。実際には「八釜しい」の使用は認められる。データベースをもとに調査をし、原文を確認しなかったために、このような初歩的なミスをおかした。拙稿の記述が今野真二氏の『消された漱石』（二〇〇八年　笠間書院）に引用されているので、誤りが広がるのを恐れここにおいても訂正しておく。

第三章 第一節 現代人から見た違和感

＊1 『坊っちゃん』の原稿では「こども」の漢字表記として「小供」十一例、「子供」一例が使用されている。初出の『ホトトギス』では十一例中二例が変更されている。初版の『鶉籠』では「小供」十一例すべてが「子供」になっている。「しょうばい」については原稿では「商買」五例、「商売」一例が使用されている。「商買」五例のうち、『ホトトギス』では二例が、『鶉籠』では三例が「商売」に変更されている。また「借す」（四例）と「例々」（二例）については『ホトトギス』の段階で「貸す」「麗々」になっている。

第四章 第一節 まぼしい

＊1 改暦の時期にあたるので西暦で示した。明治五年十二月三日を明治六年一月一日に改めた。

＊2 増井典夫「「まぶしい」の出自について―「マボソイ」→「マボシイ」→「マブシイ」―」（『淑徳国文』三三号 一九九二年）

＊3 真田信治「標準語の地理的背景」（徳川宗賢編『日本の方言地図』一九七九年 中公新書）。増井氏の論は注＊2に同じ。

＊4 葛西秀早子・真田信治「日本言語地図による標準語形の地理的分布」（『日本語研究』五 一九八二年）

第四章 第二節 おぬぼれ

＊1 たとえば、意地見（いじめ）る、迷児付（まごつ）く、判切（はっきり）、盆槍（ぼんやり）、薩張（さっぱり）、自列（じれっ）たい、間誤（まご）つく、八釜敷（やかましい）、気作（きさく）など多くの当て字が使用されている。詳しくは第八章第三節「漱石の特徴的な表記」参照。

第四章 第三節 つらまへる

＊1 ここでは「つらまへる」や「とらへる」のように歴史的仮名遣いで語形を示す。なお用例が終止形以外のものでも、

ここでは終止形で示しておく。

＊2　漱石の初期の作品においては振り仮名が施されていないものが多く、どの語であるか断定しづらい場合が多い。本稿では後で触れるところの振り仮名のある作品によって判断している。ただし、疑問に思われるものについては保留としここでは扱っていない。

＊3　例外として次のようなものが挙げられる。

・浅井を捕へて、狐堂先生への談判を頼んでしまう。（『虞美人草』十四）

原稿に「つらま」と振り仮名がある。

＊4　『吾輩は猫である』の送り仮名については、語が弁別できるような書き分けがなされていないようである。そこで『吾輩は猫である』の「つらまへる」と「とらへる」の対象についてはこの注で扱うことにする。なおこの作品にはほとんど振り仮名が施されていないので、総振り仮名になっている昭和四十年版の岩波書店の『漱石全集』の振り仮名をもとに分類しておく。

仮名表記「つらまへる」や「捉らまへる」・「捉まへる」の場合は間違いなく「つらまへる」と判断がつく。これらの対象は、子供・主人・此問題・泥棒である。「捕へる」の場合には「つらまへる」と「とらへる」の場合がある。全集本によると、「つらまへる」の場合の対象は車屋のかみさんとなっている。「とらへる」の対象は、烏・鳴いている連中・鳴いている所・五分刈・敵・主趣となっている。「捉へる」の場合はすべて「とらへる」とされ、その対象は頚根つ子・君子の袖である。対象が他の作品と異なっている点があり、振り仮名のない作品における読みのむずかしさを感じる。

第五章　第一節　近代日本語が必要とした新漢語

＊1　単行本では「自覚」が「覚醒」に変更されている。

＊2　谷崎は新語と古語を次のように定義している。

こゝに古語と申しますのは、明治以後、西洋の文化が這入つてから出来た言葉を新語とし、それに対して、その以前から伝はつてゐる言葉を指して云ふのであります。

（三　文章の要素　○用語について）

＊3　『新文章講話』（明治四十二年）では「科語」が「術語」に変更されている。

＊4　次のような基準を設けた。初出が幕末以前であっても、蘭学書での用例の場合は新漢語として扱った。現代の意味での使用が幕末以降であっても、その語形が既にそれ以前から使用されている場合は新漢語とは扱わなかった。ただし一部の語については意味の連関がないと考え、新漢語としたものがある（例、点滴）。漢字音が呉音から漢音、あるいは漢音から呉音への交替の場合もここでは新漢語とは扱わなかった。後で本文で扱うが、「看護婦」という語は新しいが、語基である「看護」は明治以前から使用されていた古い漢語である。このような語基が古い漢語の場合も、新しい漢語とは扱わなかった。基準を緩やかにすることによって新漢語の数も増えよう。なお初出については『日本国語大辞典第二版』を、単語の検出にあたっては『作家用語索引　夏目漱石』（教育社）を利用した。

＊5　『分類語彙表　増補改訂版』（二〇〇四年）による新たな作業は行っていない。

＊6　『分類語彙表』において一語に複数の番号がついている場合、文脈によってある程度は一つに決定できるのであるが、ここでは複数のままであり、一語が複数の項に分類されている。なお四二〇あまりの新漢語の中には使用頻度が低いために、『分類語彙表』で扱われていない語もある。ここでは大体の傾向がわかればとよいと考えている。

＊7　抽象的関係においては、小数点以下3けたにおいても異なりが大きいため、ひとまとめにすることには問題がある。小数点以下3けたで分類しても特出する項目が認められないので、ここではとりあえず小数点以下2けたで示しておく。

＊8　「自覚」は仏教用語でもある。漱石は、『吾輩は猫である』において哲学・心理学用語としての「自覚」と仏教用語としての「自覚」とは異なることを述べている。

僕の解釈によると当世人の探偵的傾向は全く個人の自覚心の強すぎるのが源因となつて居る。僕の自覚心と名づけるのは独仙君の方で云ふ、見性成仏とか、自己は天地と同一体だとか云ふ悟道の類ではない。（十一）

第五章　第二節　「現代」の定着と「近代」

＊1　平成版の『漱石全集』のページを示した。

＊2　それぞれの学問分野の進展状況や、その状況による区切りを考える必要があるかもしれない。

＊3　太陽コーパスは、明治二十八年、三十四年、四十二年、大正六年、十四年のデータからなっている。

第六章　第二節　「目をねむ（眠）る」から「目をつぶ（瞑）る」へ

＊1　「め」の漢字表記としては文学作品においては「目」よりも「眼」の方が一般的であるが、「目」で代表させておく。ただし例文では原文のままとする。

＊2　国立国語研究所『動詞の意味・用法の記述的研究』（一九七二年　秀英出版）一二八頁に指摘されている。

＊3　意志性と他動詞性は関係がないという意見もある。角田太作『世界の言語と日本語』（一九九一年　くろしお出版）参照。角田氏は、「一般に、意志性は他動詞文と自動詞文の区別とは無関係である。即ち、他動詞の原型の要素の一つと見なす理由は無い。」と述べている（八二頁）。

＊4　注＊2に同じ。同様な指摘がある（一三四頁）。

＊5　注＊2に同じ。「つぶる」と「つむる」とを日常語と文章語というように文体差と位置づけている（七一二頁）。

第六章　第三節　「〈ル形〉＋途端」から「〈タ形〉＋途端」へ

＊1　漱石作品に使用されている「途端」に直接あるいは間接的に承接している動詞を挙げておく。なお、「途端」の前に句点があるものには括弧内に「句」と、読点があるものには「読」を施してある。

ル形　〈ア行〉仰向く（二例）　開く（二例）　上げる（二例）　歩き出す（一例）　いひかける（一例）　いふ（一例）　行く（一例「読」）　入れる（一例）　疑ふ（一例）　圧しつけられる（一例「句」）　落ちる（一例「句」）　驚く（一例）　思ふ（八例）　〈カ行〉屈める（一例）　考へ出す（一例）　考へる（一例）　〈サ行〉下がる（一例）　叫ぶ（一

例）差し込む（一例）据ゑかける（一例）（〜とする）（九例「読」一例）〈タ行〉出す（一例）突く（一例）途切れる（一例）飛び起きる（一例）飛び下りる（一例）飛び出す（一例）〈ナ行〉抛げる（一例）なり掛ける（一例）〈ハ行〉這入る（一例）離れる（一例）振り返る（一例「読」）振りむく（一例）〈マ行〉舞ひ上がる（一例「句」）またぐ（一例）見合はす（一例）向き直る（一例「読」）向く（一例）戻りかける（一例）

タ形　〈ア行〉開けた（一例「句」）入れた（一例「句」）動いた（一例「句」）思つた（一例「句」）〈カ行〉（更へに）掛かつた（一例）来た（一例）〈サ行〉（〜と）した（一例「句」）（〜して）しまつた（一例「句」）〈タ行〉出しかけた（一例）（気が）附いた（一例）〈ナ行〉なり切つた（一例）〈ハ行〉引いた（一例「句」）〈マ行〉見回した（一例「句」）

第七章 第一節　文末詞から見た女性ことばの確立

＊1　本来ならば音声的な片仮名で表記するべきであるが、用例の関係で平仮名表記で記した。

第七章 第二節　「みたようだ」から「みたいだ」へ

＊1　「みたいだ」と「みたようだ」について前接する語による使い分けという見方もできそうであるが、たとえば「みたいだ」と「みたようだ」の使用がほぼ均等である『行人』の場合を見たところでは、前接の語によるものとは考えがたい。

「みたいだ」…将棋の駒・貴方・文鎮・お前・牢屋・お貞さん・兄さん・私・二郎さん・お重

「みたようだ」…裁判所・麦酒・嫂さん・兄さん・佐野さん・お前（二例）・女・三勝半七

ただし、「私」（『行人』）・「僕」（『彼岸過迄』）・「あたし」「僕」「此方徒等」（『明暗』）など一人称の場合には「みたいだ」が接続している。特にこの『行人』については、注＊3で述べるように、この作品の基準からいえば、「私」の場合には「みたようだ」が使われるべきものである。しかし「みたいだ」が使用されていることからすると、話し手自身については崩れた表現が使用できるようである。他の作品については一人称であるからという理由を用いないでも説明がつく。

＊2　宮地論文四頁。宮地氏は、菊池幽芳の作品において、女性の愛人に対しての物言いの中に両用があらわれていることについて、「みたいだ」は相手になれなれしく甘える場面に使用されているとする。

＊3　盲女は先に記したように父の友人のかつての恋人である。相手との関係から言えばここでは「みたようだ」が使用されるべきであるが、来客や子供達との談話中での回想であるため客や子供達を意識して「みたいだ」が用いられたとも考えられる。次節（第三節）で述べるがこのメンバーに対し「ちまう」を使用している。

第七章　第三節　「てしまう」から「しまう」そして「ちゃう」へ

＊1　「読む」の音便形が撥音のため連濁してしてジャッタとなっている地域が多い。茨城県では「読む」に接続していてもチャッタとなっている。ここでは連濁していない形で表しておく。

＊2　実際に出現するのはチャッ（タ）であるが、「ちゃう」の活用形はすべて「ちゃう」で代表させておく。「てしまう」や「ちまう」についても同様である。

＊3　吉田金彦（一九七一）『現代語助動詞の研究』明治書院

田中章夫（一九八六）「東京語の完了表現「行っチャウ・死んジャッタ」をめぐって」『論集　日本語研究（一）　現代編』明治書院

飛田良文（一九九二）『東京語成立史の研究』東京堂

田中章夫（一九八七）「言いシマウ」から「言っチャウ」へ—江戸語東京語の完了形—」『近代語研究7』武蔵野書院

飛田良文（二〇〇二）『明治生まれの日本語』淡交社

李徳培（二〇〇三）『ちまう・ちゃう考』J&C　ソウル

＊4　近年女学《きんねんぢよがく》の勃興《ぼっこう》するに従《したが》ひ比較的下流社会《ひかくてきかりうしやくわい》の子女《しぢよ》が極《きわ》めて多数《たすう》に各女学校《かくぢよがくかう》に入学《にふがく》するに至《いた》りしより所謂《いはゆる》お店《たな》の娘小《むすめこ》児《ども》が用《もち》ゆる言語《げんご》が女学生間《ぢよがくせいかん》に用《もち》ひらるゝに至《いた》れること左《さ》に掲《かゝ》ぐる例《れい》の如《ごと》し

○なくなつちや○おーやーだ○行《い》つて丶○見《み》て丶よ○行《い》くことよ○よくツてよ○あたいいやだわ○おツこちる○のツかる

教師《けうし》の面前《めんぜん》に在《あ》りては殆《ほと》んど斯《か》ゝる言語《げんご》を用《もち》ひざれど一たび彼等《かれら》の控所《ひかへじよ》若《もし》くは運動場《うんどうば》に至《いた》れば裏店《うらだな》の娘等《むすめら》が喋《てふ》々喃《なん》々と饒舌《しやべ》り居《を》るに異《ことな》らず

（「女学生の言語」　読売新聞　明治三十八年三月十六日）

第八章　第二節　表記の示す幅

＊1　この箇所の基になっている論文「和語と漢字表記の対応関係―『坊っちやん』―」（『東海学園女子大学国語国文』三九号　一九九一年　後に『近代漢字表記語の研究』一九九八年　和泉書院　所収）では、『坊っちやん』において振り仮名があるもの、ないものを表の形で掲出している。

＊2　松井栄一氏の『続・国語辞典にない言葉』（一九八五年　南雲堂）によれば、明治時代には次のような十四の表記が見られる。

冗談・笑談・常談・情談　戯談・戯言・戯語・戯謔・戯譃・戯嘘・串談・串戯・調戯・悪戯

また私の調査（『近代漢字表記語の研究』一三〇頁）では、他に次のような表記の使用も見られた。

諧謔・嘲謔・詼謔・謔語・譃談・雑談

第八章　第三節　漱石の特徴的な表記

＊1　一作品に限らず複数の作品で見ていけば、たとえば「くらす」に対し活計・家計・生活・生計、「おとなしい」に対し柔順・温和、「かたくな」に対し頑固・頑愚、「からかう」に対し調戯・揶揄といった複数の表記が当てられている。

＊2　他に用例の少ない「辛棒」（『吾輩は猫である』二例）がある。

第八章　第四節　誤字か当て字か「嘵舌」をめぐって

＊1　平成版はこれまで述べてきたように「嘵舌」になっているが、岩波書店の『漱石全集』では大正六年版から昭和三十一年版まで「喋舌」になっている。「饒舌」にしたのは昭和四十年版からである。

あとがき

本書の骨子は、二〇〇五年十二月に茨城大学人文学部で行った集中講義の内容をもとにしている。前著『近代漢字表記語の研究』（一九九八年十一月　和泉書院）は三十代の仕事のまとめであった。四十代の課題として、前著の終章「実態から意識へ」で述べた近世におけることばに関する意識史の研究に取りかかった。しかし、意識資料が膨大であることと、三十代とは異なり勤務先の雑用も増え、思うようには研究が進まず、迷いの四十代であった。

愛知県の景気が悪くなり勤務先の改組の動きが本格的になってきた。それまで愛知県から出たことがなく、別の世界を見たいということもあり、四十四歳の時（二〇〇二年）名古屋から仙台に移った。ただし、最初の一年間は毎週仙台と名古屋との往復であった。

新しい環境に少し慣れた頃、名古屋大学に非常勤講師として勤めていた当時の受講生であり大学院の後輩にあたる、茨城大学の櫻井豪人氏より、集中講義のお誘いを受けた。櫻井氏のお考えでは前著の内容についてのものを期待していたと思われるが、無理を言って漱石のことば関係の講義をさせてもらった。漱石については、既に前の勤務先や、名古屋時代の非常勤先、また現在の勤務先で日本語学講読の授業などで扱ってきた。第一章緒言「なぜ、漱石の作品なのか」で述べたように、古典の読めない学生に対しても、漱石を扱うことによって日本語史という学問に入りやすくなると考えていたからである。茨城大学での集中講義がなければ、迷いから抜け出せなかったであろうし、本書が成立することはなかったと思われる。

初稿の段階で、本書の内容について名古屋大学において集中講義を行う機会（二〇〇九年八月）に恵まれた。その御蔭で、原稿の多くの誤りに気がつき、手を加えることができた。この集中講義のお誘いは、昨年刊行した『現代漢字の世界』（朝倉書店）の内容に関するものと思われるが、名古屋大学の釘貫亨先生、宮地朝子先生には漱石を題材に講義をすることを了解していただいた。

既発表論文との関わりは次のようになっている。

第一章　第一節　「嗽石」か「漱石」か

「嗽石・漱石・潄石」（『日本文学ノート』四十三号　宮城学院女子大学日本文学会　二〇〇八年七月）

第四章　第一節　まぼしい　第二節　おのぼれ　第三節　つらまへる

「漱石の江戸語三題―「まぼしい」「おのぼれ」「つらまえる」―」（『日本文学ノート』三十八号　宮城学院女子大学日本文学会　二〇〇三年七月）

第五章　第一節　近代日本語が必要とした新漢語

「明治時代の漢語」（『日本語学』二〇〇三年十二月号　明治書院）

第五章　第二節　「現代」の定着と「近代」

「「現代」の定着と「近代」―漱石の「今代」の使用を通して―」（『東海学園　言語・文学・文化』八号　東海学園大学日本文化学会　二〇〇九年三月）

第六章　第二節　「目をねむ（眠）る」から「目をつぶ（瞑）る」へ

「「目をねむ（眠）る」から「目をつぶ（瞑）る」へ」（『人文学会誌』十号　宮城学院女子大学大学院人文学会　二〇〇九年三月）

第六章　第三節　「〈ル形〉＋途端」から「〈タ形〉＋途端」へ

「「〈ル形〉＋途端」から「〈タ形〉＋途端」へ」（『説林』四十九号　愛知県立大学国文学会　二〇〇一年三月）

第七章 第一節　文末詞から見た女性ことばの確立
「明治期東京語における女性の文末表現の年齢差」（『名古屋・方言研究会　会報』二十五号　二〇〇九年三月）
第七章 第二節 「みたようだ」から「みたいだ」へ
「漱石作品における語の習熟―「みたようだ」から「みたいだ」への変遷―」（『語彙研究の課題』二〇〇四年三月　和泉書院）
第七章 第三節 「てしまう」から「ちまう」そして「ちゃう」へ
「漱石作品における「てしまう」「ちまう」「ちゃう」」（『方言研究の前衛』二〇〇八年九月　桂書房）
第八章 第二節　表記の示す幅　2「読みの揺れについて」
「和語と漢字表記の対応関係―『坊っちゃん』を利用して―」（『東海学園国語国文』三十九号　東海学園女子短期大学国語国文学会　一九九一年三月）後に『近代漢字表記語の研究』（一九九八年十一月　和泉書院）に所収
第八章 第三節　漱石の特徴的な表記
「漱石の特徴的なあて字―字音的・字訓的表記と意味的表記との混交―」（『国語文字史の研究』八　二〇〇五年三月　和泉書院）
第八章 第四章　誤字か当て字か「嘵舌」をめぐって
「漱石の誤字「嘵舌」をめぐって」（『日本文学ノート』四十一号　宮城学院女子大学大学院人文学会　二〇〇六年七月）

何とかまとめることができ、前著刊行時に考えていたより一年遅い五十二歳での刊行となった。前著から約十年たったが、その間に、南山大学時代の恩師である池上禎造先生と、池上ゼミの先輩である櫻井進氏（南山大学教授日本思想史）がお亡くなりになった。池上先生には大学卒業後もいろいろとご指導いただいた。櫻井氏には会う度に熱っぽく語られ、勉強をしなければ思うことしばしばであった。学恩に感謝したい。

本著刊行にあたり、天理図書館や国立国会図書館には貴重な資料を見せていただいた。また岩波書店や永青文庫には貴重な資料を提供していただき、その複写をお認めいただいた。岩波書店並びに各機関に感謝申し上げる。

本書の刊行を翰林書房にお願いした。以前から漱石を扱うなら翰林書房しかないと思い、お願いしたところ、社長の今井肇さんには快く承諾していただいた。また本書の編集にあたっては今井静江さんに大変お世話になった。内容はともかく、このようなすばらしい体裁の本を刊行できたのは翰林書房のお二方の力によるものである。感謝申し上げる。

本書の刊行にあたっては、勤務先の宮城学院女子大学二〇〇九年度出版助成を受けている。また本書は、二〇〇八年度特別研究「漱石から見た近代日本語史」の成果によるものである。

二〇〇九年八月　仙台の研究室にて

田島　優

【著者略歴】
田島　優（たじま　まさる）
宮城学院女子大学学芸学部日本文学科教授
略歴
1957（昭和32）年愛知県生まれ
南山大学文学部国語学国文学科卒業
名古屋大学大学院文学研究科博士後期課程単位取得満期退学
愛知県立大学教授を経て、2002年より現職
2000年1月名古屋大学より博士（文学）の学位を授与
（博士論文「近代漢字表記語の研究」）
著書
『近代漢字表記語の研究』（1998年　和泉書院）
『現代漢字の世界』（2008年　朝倉書店）

漱石と近代日本語

発行日	**2009年 11月 20日** 初版第一刷
著　者	**田島 優**
発行人	**今井 肇**
発行所	**翰林書房**
	〒101-0051 東京都千代田区神田神保町 1-14
	電 話 (03)3294-0588
	FAX (03)3294-0278
	http://www.kanrin.co.jp
	Eメール● Kanrin@nifty.com
装　釘	**須藤康子＋島津デザイン事務所**
印刷・製本	**シ ナ ノ**

落丁・乱丁本はお取替えいたします
Printed in Japan. © Masaru Tajima. 2009.
ISBN978-4-87737-290-3